브라질의
하룻밤

브라질의 하룻밤

초판 1쇄 찍은 날 | 2020년 4월 21일
초판 1쇄 펴낸 날 | 2020년 4월 29일

지은이 | 문희
펴낸이 | 예경원

편집 | 주승아

펴낸곳 | 예원북스
등록번호 | 제396-2012-000132호
등록일자 | 2012. 7. 25
YRN | 제1-0262호

주소 | 경기도 고양시 일산동구 호수로 646-24 위너스21-Ⅱ 206A호 (우) 10401
전화 | 031-819-9431 팩스 | 031-817-9432
http://cafe.naver.com/yewonromance
E-mail | yewonbooks@naver.com

ISBN 979-11-365-2518-5 03810

문희 장편 소설

브라질의
하룻밤

YEWONBOOKS ROMANCE STORY

Contents

프롤로그 ································· 7

1. ································· 33

2. ································· 65

3. ································· 92

4. ································· 121

5. ································· 154

6. ································· 186

7. ································· 208

8. ································· 232

9. ································· 252

10. ································· 286

11. ································· 309

에필로그 ································· 343

프롤로그

결혼식이 2주 앞으로 다가오자 하늘은 몸이 두 개라도 부족한 판이었다. 예비 신랑이자 의사인 진수는 너무 바빠서 결혼 준비는 그녀가 전담하고 있었다. 엄마와 친구들이 도와준 덕분에 그나마 조금 나았지만, 직장 생활을 하며 자질구레한 용품까지 채우려니 하루하루가 바빴다.

오늘도 양손에 주방용품을 한가득 사 들고도 아직 백화점을 떠나지 못하는 하늘의 눈은 속옷 코너의 마네킹에 가 있었다. 팔등신의 마네킹에 입혀진 속옷은 하얀색 레이스로 된 신부용 브래지어와 팬티 세트였다.

거기에 야릇한 레이스 가운까지 걸쳐져 있어서 만약 입는다면 상상만으로도 부끄러워졌다. 그럼에도 그녀가 발길을 떼지 못하는 이유는 지난번에 그녀의 예비 신랑인 진수가 이곳을 지나며 예쁘다고 했던 말이 떠올랐기 때문이었다.

결국, 그냥 지나치지 못한 하늘은 속옷 매장으로 들어갔다.

"어서 오세요. 이번 신상품인데 반응이 좋아요."

하늘이 마네킹을 보고 들어왔다는 걸 아는지 판매 직원이 매끄럽게 마네킹의 속옷에 대해 이야기했다.

"많이 사 가나요?"

하늘이 순진하게 직원에게 물었다.

"신혼여행 때 입겠다고 사 가신 분들이 많아요."

"아……."

그냥 보기에도 민망한데 잘나간다니 한 번 더 눈길이 갔다.

"사이즈 한번 봐 드릴까요?"

결국은 그녀의 손에 속옷 쇼핑백이 추가되었다. 직원의 판매력이 대단하기도 했지만, 예비 신랑의 말이 귓가를 계속해서 맴돌았기 때문이었다. 평소에 옷을 얌전하게 입는 편은 아니었지만, 너무 노골적인 것도 싫었다. 하지만 특별한 날이니 조금 신경을 쓰는 것도 괜찮을 것 같았다.

신혼집 아파트 지하 주차장에 도착한 하늘은 양손 가득 쇼핑백

들을 챙겨 들고 엘리베이터를 겨우 잡아탔다.

"아이고 무겁다."

차에서 주방용품이 담긴 박스를 꺼낸 하늘은 낑낑대며 엘리베이터에 올랐다. 그녀는 지금 작은 주물(鑄物) 냄비 하나의 무게를 무시한 죗값을 치르고 있었다.

디리릭!

비밀번호를 간신히 누르고 집 안으로 들어가자 그녀의 눈에 가장 먼저 띈 건 현관에 놓인 신발 두 켤레였다. 하나는 진수의 신발이었고 다른 하나는 여자 신발이었다. 그건 하늘의 신발이 아니었다. 처용의 노래가 갑자기 떠오른 이유는 뭘까?

'둘은 내 것이지만 둘은 누구의 것인고……'

"뭐지……?"

무거운 마음으로 안으로 들어간 하늘은 식탁 위에 어지럽게 널린 포장 음식을 보고는 깜짝 놀랐다. 간신히 진정하고 식탁 위에 짐을 내려놓은 하늘의 발끝에 뭔가 걸렸다.

"……"

하늘의 발끝에 걸려 있는 건 검은색의 야릇한 레이스 팬티였다. 그리고 그녀의 시선을 따라 마치 뱀이 허물을 벗어 놓은 듯이 옷들이 침실을 향해 널려 있었다. 심장이 두근거리며 터질 듯이 뛰었다. 정신이 반쯤 나간다는 게 이런 걸까?

아니면 꿈을 꾸고 있는 걸까? 다른 사람들이 그들의 신혼집에 들어온 게 아닐까 하는 말도 안 되는 생각을 했다. 하지만 한 걸음 한 걸음 내디딜 때마다 그녀는 현실을 자각하기 시작했다.

널려 있는 옷들의 반은 진수의 옷들이라는 걸 알았다. 걷다 보니 그녀의 발끝에 지난번 진수의 생일에 그녀가 사 준 아르마니 넥타이가 밟혔다.

"더 세게……."

숨을 헐떡이며 강하게 해 달라는 여자의 목소리에 하늘은 걸음을 멈추었다. 한 걸음만 더 간다면 열린 침실 안을 볼 수 있었다.

"이렇게?"

진수의 목소리에 다리 힘이 완전히 풀려 버려 벽을 손으로 짚었다.

"응, 자기야……."

진수의 목소리와 여자의 목소리가 거친 숨소리와 함께 뒤섞여 들렸다. 하늘은 열린 침실 문을 통해서 그녀가 몇 날 며칠을 고른 침대를 더럽히고 있는 남녀를 보았다. 그녀를 절망하게 만든 건 진수의 파트너였다.

고은아, 그녀의 대학 동기인 은아는 그녀의 결혼 준비까지 도와준 절친한 친구였다. 침구는 은아와 같이 가서 샀는데 그녀가 아닌 은아가 먼저 사용해 버렸다. 속이 새까맣게 타들어 갔지만 그럴수록 머리는 점점 더 냉철해지고 있었다.

휴대폰을 든 그녀는 동영상을 찍었다. 이제 끝인데 증거가 필요하다는 생각이 들었다. 휴대폰으로 찍는데도 그들은 섹스에 열중하느라 하늘이 존재 따위는 보이지도 않는 것 같았다. 하늘은 휴대폰을 주머니에 넣고는 문 앞으로 한 걸음 나아갔다.

"내려와!"

하늘이 차분한 음성으로 말했다. 작은 소리로 말했는데도 그들이 화들짝 놀라 떨어졌다.

"하늘아."

진수가 땀에 젖은 머리를 쓸어 올리며 그녀의 이름을 불렀다. 하늘은 역겨움에 욕지기가 나오는 것 같았다.

"언제부터야?"

언제부터 그들이 자신을 속였는지 알고 싶었다.

"그게⋯⋯."

진수는 그녀가 사 준 최고급 가운을 걸치고는 머리를 쓸어 올렸다.

"언제부터냐니까?"

"1년."

진수와 그녀는 만난 지 2년이 되었고 1년 전에 은아를 소개해 줬다. 그렇다면 둘은 곧바로 그렇고 그런 사이가 된 것 같았다.

"그럼 나한테 청혼하지 말았어야지."

이렇게 놀아날 거면 청혼은 하지 말았어야 했다. 극심한 분노로 갑자기 가슴에 통증이 온 하늘은 이를 악물고 고통을 참았다.

"그러니까. 너는 점점 질리는데 은아는 안 그랬어."

"뭐? 그게 지금 나한테 할 소리야?"

미친 인간이 뚫린 입이라고 함부로 지껄였다. 그 와중에 진수가 은아에게 가운을 주었다. 그 가운은 하늘의 것이었다. 그녀가 입지도 않은 가운을 은아가 먼저 걸쳤다.

"벗어, 그 옷. 당장 벗어."

이를 꽉 깨물며 말했다. 이건 경고였다.

"우리는 서로 사랑해."

하늘의 경고 따위는 아무것도 아니란 듯이 은아가 당당하게 말했다.

"먼저 미안하다고 해야 하는 거 아니야?"

"그렇다고 네가 용서해 줄 것도 아니잖아?"

등잔 밑이 어두웠다. 그리고 남의 남자를 유혹하는 것이 취미인 은아를 그동안 너무 믿은 그녀의 잘못이었다.

"이렇게 된 거 그냥 네가 진수 씨랑 헤어져."

은아는 진수 옆에 서서 그녀의 커플 가운을 욕보이고 있었다. 은아의 뻔뻔하고 당당함에 하늘은 이성을 잃어버렸다. 태어나서 단 한 번도 몸으로 싸워 본 적이 없는 하늘이 은아에게 달려들었다.

눈이 돌아간다는 게 어떤 것인지 오늘 제대로 알게 된 하늘은 은아의 머리카락을 야무지게 잡고 놓지 않았다.

그런 그녀를 진수가 기를 쓰고 떼어 내려 했지만, 분노에서 비롯된 괴력은 은아의 머리를 한 움큼 뽑아 놓을 때까지 이어졌다.

은아의 머리카락을 잡고 뺨을 수차례 때렸는데도 불구하고 분이 풀리지 않았다. 그리고 아까부터 그녀의 손을 아프게 잡고 머리카락을 빼려 하는 진수도 미웠다. 하늘은 진수의 턱을 머리로 받아 버렸다.

퍽!

수박 깨지는 소리와 함께 진수가 바닥에 굴렀다.

"내 이빨……."

이가 나간 모양이었다. 그러거나 말거나 하늘은 끝까지 은아의 머리를 놓지 않았다.

"이거 놔……! 놓으라고! 꺅!"

은아의 비명이 들렸지만, 하늘의 손은 여전히 은아의 머리카락을 휘어잡고 있었다.

"사람이 사람 구실을 못 하면 죽어야 하지 않겠어?"

"뭐?"

"오늘 다 같이 죽자는 말이야. 난 더는 잃을 게 없으니까. 남편과 친구를 동시에 잃었는데……. 아니지, 버러지 같은 너희만 죽는 게 맞는 것 같다."

하늘이 은아를 끌고 창가 쪽으로 가자 놀란 진수가 무릎을 꿇었다.

"미안해, 한 번만 용서해 줘!"

두 손을 싹싹 빌며 용서를 비는 그의 구차한 모습을 보니 더 기가 막혔다.

"결혼식에 관한 모든 건 네가 알아서 처리해. 이 집 꾸밀 때 들어간 돈도 다 내놔야 할 거야. 그리고 너희 둘은 기대해. 내가 앞으로 어떻게 하는지."

하늘은 휴대폰을 그들 앞에 흔들었다.

"포르노보다 못한 영상이지만 유용하게 쓰일 것 같다."

그녀는 미련 없이 그 집에서 나왔다. 집으로 돌아가는데 손발이 떨려 운전이 힘들었다. 눈앞은 눈물로 흐려져 어쩔 줄을 몰랐다. 잠시 차를 갓길에 세운 하늘은 한동안 펑펑 울었다. 그렇게 2년간의 사랑은 아픔만 남기고 그녀의 인생에서 사라져 버렸다.

하늘의 집안은 그녀 때문에 한바탕 난리를 치렀다.

"여보, 우리 하늘이가 지금 뭐라고 한 거예요?"

엄마는 멍한 표정으로 아빠와 그녀를 번갈아 보았다.

"아니지?"

"엄마, 김진수하고 결혼 안 해."

"하늘아, 아무리 싸웠다고 결혼 2주 전에 파혼이라니 그게 말이 돼? 아빠한테 얘기해 봐. 내 이놈을 당장에 불러서 혼내 줄 테니까."

자상한 아빠는 울고 있는 그녀의 등을 토닥이며 위로해 주었다.

"아빠, 그게 아니야. 김진수가……. 그놈이 바람났어."

"뭐? 그게 정말이야?"

동생 하민은 진수와 같은 대학의 후배이기도 했다. 그래서 평소 '선배님, 선배님.' 하면서 아주 잘 따랐다. 식구들은 의사인 진수의 겉모습만 보고 아주 점잖은 사람이라고 생각했다.

"내 친구 고은아랑 바람이 났다고!"

"말도 안 돼! 어떻게 언니 친구랑 바람이 나?"

하민은 이제 대놓고 그녀에게 뭐라고 했다. 하늘은 말로는 도저히 안 될 것 같아서 휴대폰에 촬영한 영상을 가족들에게 보여 주었다. 아빠의 인상이 점전 굳어졌다. 엄마와 하민도 낯뜨거운 장면을 보았다.

"내가 이 개자식을……."

"아빠!"

밖으로 나가려는 아빠를 하늘이 잡았다.

"김 변호사한테 당장에 전화 걸어. 이놈을 내가 찢어 죽이거나 아니면 이놈의 집안을 아주 박살을 내 버릴 거니까."

옆에서 영상을 본 엄마는 그 자리에 그대로 쓰러져 누워 버렸다.

"내가 오늘 김진수 이 자식을 죽이지 않으면 사람이 아니야."

이번엔 하민까지 난리였다.

하늘의 행복했던 일상이 지옥이 되었다.

결혼 1년 차인 후안 데 리스는 세계 3대 남자 모델이자 유니섹스하고 캐주얼한 브랜드 델리스를 런칭해 지금은 세계 75개국에 지사를 두고 있는 SPA패션의 회장이었다. 그가 올린 성과만큼이나 그는 브라질에서 가장 바쁜 사람이었다.

결혼하긴 했지만, 집에 있는 시간은 거의 없었다. 그게 항상 후안은 마음에 걸렸다. 그리고 오늘은 그의 결혼기념일이었다. 그래서 뭔가 특별한 이벤트를 해 주고 싶었다. 후안은 오후에 시간을 내서 티파니에 들러 목걸이를 사고 꽃다발까지 준비했다.

그의 아내인 멜리나는 세계적인 기업 UL의 상속녀이자 자유로운 영혼이었다. 그들의 결혼은 비즈니스였지만 멜리나는 원래부터 그의 열성 팬이었다. 그는 멜리나에게 열정은 없었지만, 성의

껏 잘해 주었다.

피곤한 몸을 이끌고 그가 리우에 있는 그의 대저택에 도착한 시간은 저녁 8시였다. 롤스로이스가 대저택의 문을 열고 들어가자 차 밖의 사람들이 분주하게 움직이기 시작했다.

「오셨습니까?」

멜리나의 집사가 인사를 했다. 집사는 멜리나가 어릴 때 고용돼서 지금까지 그녀를 보필하고 있는 사람이었다. 결혼하자 집사도 멜리나를 쫓아 그의 집으로 와서 살림을 봐 주었다. 유능하기는 했지만 후안은 집사가 마음에 들진 않았다.

「멜리나는?」

「네?」

「멜리나는 어디에 있지?」

그가 왔는데도 멜리나의 모습이 보이지 않았다.

「주무십니다.」

「이 시간에?」

집사의 표정에 뭔가를 숨기고 있음을 느낀 후안은 빠르게 집 안으로 들어갔다. 그리고 멜리나의 침실을 열었다.

「…….」

하지만 멜리나의 침실엔 아무것도 없었다. 2층의 모든 방문을 연 끝에 그는 게스트 룸 중의 한 곳에서 멜리나를 발견했다. 멜린

나는 약에 취해 정신을 차리지 못하고 있었고 그 옆에는 같이 약에 취해 있는 두 명의 남자가 있었다.

모두가 옷 하나 걸치지 않았고 방안은 섹스파티를 즐긴 흔적들이 여기저기에 있었다. 후안은 주먹을 불끈 쥐었다.

「회장님.」

그제야 집사가 그의 곁에 나타났다.

「내 집에서 언제부터 이러고 있었지?」

그는 어이가 없었다.

「마님은 힘든 시간을 보내고 계셨습니다.」

집사는 그의 집을 더럽히고 그의 얼굴에 먹칠까지 한 멜리나를 두둔했다.

「구급차하고 경찰 불러.」

「하지만…….」

「불러!」

그의 불호령에 멜리나의 집사가 휴대폰을 들고 전화를 걸었다. 하지만 그건 경찰이 아니었다.

Rrrrrrr—

멜리나의 아버지인 UL 회장의 전화였다.

「여보세요?」

[네가 경찰을 불렀다고 들었다. 왜 경찰을 부르는 거지? 이건

후안의 잘못도 있지 않나?」

　회장은 격앙된 목소리로 말했다.

　[멜리나가 외로움에 못 견뎌서 이 지경이 되도록 곁에서 뭘 한 거야?]

　어이가 없어 후안은 저도 모르게 웃어 버렸다.

　[지금 웃음이 나와?]

　「이렇게 기가 막힌 경우는 처음입니다. 딸이 마약을 하는데도 저한테 시집을 보내신 겁니까? 제가 쓰레기 처리장도 아니고요.」

　[뭐야? 멜리나는 멀쩡했어.]

　「멜리나의 결혼 전의 행실은 저에게 차고도 넘칠 정도로 자료가 많습니다. 오늘 결혼기념일이라서 선물까지 준비해서 왔더니, 멜리나는 저에게 다른 선물을 준비했군요. 이제부터 제가 알아서 합니다.」

　그는 직접 경찰에 전화를 걸었다.

　「당신은 해고야. 저 여자와 함께 나가!」

　후안의 거친 목소리에 두려움을 느낌 집사가 빠르게 집을 빠져나갔다. 후안은 너무나 열이 받아 집 밖으로 나섰다.

　후안은 자신의 람보르기니에 올라 근처에 있는 리우 호텔로 향했다. 지금은 다 꼴 보기 싫었다. 누군가에게 배신당하는 게 익숙한 사람은 없을 것이다. 후안은 멜리나를 사랑하지는 않았지만,

부인으로서 자신을 배신할 거라고는 생각해 본 적이 없었다.

그래서 더 충격이었다. 호텔에 도착한 그는 당분간 지낼 스위트룸을 잡고는 리우호텔의 바에 가서 술을 마시기 시작했다. 집으로 들어가기 싫어서 그는 당분간 리우호텔에서 지낼 생각이었다.

어차피 내일이면 일에 치여 잊을 일이었다. 멜리나를 사랑한 것도 아니지만, 그의 자존심에 상처가 나 버렸다. 리우호텔의 바는 바다와 연결이 되어 있었다. 모래사장이 그의 눈에 보였다. 남미의 열정이 가득한 곳이 이곳 리우였다.

하지만 그는 그런 열정을 누릴 만한 시간이 없었다. 날로 커가는 그의 회사는 이제 남미의 자랑이었다. 이곳 리우호텔도 그의 지분이 많은 곳이었다.

그때 갑자기 요란한 음악이 울리더니 사람들이 하나둘씩 몰리기 시작했다.

「K팝에 맞춰 춤을 추는 사람인데 굉장히 유명해요.」

한국에 지사를 둔 그는 K팝의 영향력에 관해 누구보다 잘 알고 있었다. 델리스의 글로벌 모델도 K팝 아이돌이었다. 브라질의 청년이 한국 음악에 맞춰 춤을 추니 신선하다는 생각이 들었다.

그런데 갑자기 비키니를 입은 동양인 여자가 춤을 추기 시작했다. 그에 사람들이 구름처럼 그녀의 주위로 몰려들었다.

「한국 아이돌인가?」

상당한 춤 실력이었다. 음악에 맞추어 춤을 출 때마다 그녀의 아름다운 몸짓에 시선을 빼앗겼다. 그는 주황색 비키니의 디자인을 보았다. 그의 회사 제품이었다. 갑자기 더욱더 여자에게 관심이 갔다.

「정말 예쁜데요.」

바텐더가 그에게 여자 칭찬을 했다. 동양인 치고는 큰 키에 볼륨감이 넘치는 여자였다. 거기에 태닝을 했는지 구릿빛 피부가 탄력 있는 몸과 어우러져 브라질 남자들이 선호하는 스타일이었다.

여자는 모두의 시선을 한 몸에 받고 있었다. 그는 고개를 돌려 다시 술을 마시기 시작했다. 한두 잔 술을 마시던 그의 옆에 주황색 비키니의 그 여자가 와서 앉았다.

「마르가리타 한 잔 주세요.」

여자는 이렇게 말하며 술을 마시기 시작했다. 후안은 옆의 여자가 신경 쓰였다. 한 번도 이런 적은 없었는데 그녀의 춤과 몸매를 보고 나니 어쩔 수 없이 옆에 앉은 매력적인 여자에게 시선이 갔다.

여자는 연속해서 두 잔이나 테킬라가 베이스인 마르가리타를 마시고 있었다. 술을 잘 마실 것 같지 않은데 무슨 일이 있는지 계속해서 술을 마시고 있었다. 그 와중에 남자들이 몇 명이나 와서 그녀에게 말을 걸었다.

「옆에 남자 친구 안 보여?」

그녀가 마지막으로 온 남자에게 소리를 지르더니 그의 손을 덥석 붙잡았다. 순간적인 일이라서 깜짝 놀라긴 했지만, 그도 자연스럽게 받아들였다. 후안의 얼굴을 알아본 남자는 곧바로 자리를 피했다.

여자는 그의 손을 놓더니 다시 마르가리타를 마시기 시작했다.

「속상한 일이 있었나 보군.」

「뭐, 별로. 결혼식 2주 전에 예비 신랑이 친한 친구와 바람이 난 정도?」

「이 근처에 사나?」

「난 한국에 살아요. 여긴 신혼 여행지였는데 저 혼자 왔어요.」

여자의 브라질어 수준은 최고였다. 마치 현지인 같았다.

「그쪽은 왜 혼자 마셔요?」

「뭐, 별로. 결혼기념일인데 아내가 마약에 취해 남자 둘과 널브러져 있어서.」

자신의 개인적인 이야기를 이렇게 모르는 사람에게 한 적은 결코 없었다.

「아…….」

그녀는 마르가리타를 계속해서 마셨고 그도 위스키를 계속 마셔서인지 술기운이 올라왔다.

「어디 묵지?」

「여기요.」

그가 잔을 다 비웠다. 그리고 그녀도 잔이 다 비워졌다.

「그만 올라가지, 객실까지 데려다줄 테니.」

「내가 매력이 그렇게 없나요?」

「아니, 너무 넘쳐 탈이지.」

그의 말에 그녀가 술에 취해 풀린 눈으로 그를 올려다보았다.

「나랑 잘래요?」

그녀의 말에 후안은 놀랐지만 거절하고 싶진 않았다.

「싫어요?」

「아니.」

그는 여자의 손을 잡고 자신의 방으로 향했다.

「이름이 뭐지?」

「그게 중요해요?」

「아니…….」

제일 꼭대기 층에 도착하자마자 그는 빠르게 자신의 방의 문을 열고 그녀를 안으로 밀어 넣었다. 그리고 안에 들어가자마자 여자 의 입술을 삼켜 버렸다. 이렇게 뜨겁게 여자를 원해 본 적은 처음 이었다.

그의 가슴에 그녀의 가슴이 강하게 눌려 왔다. 후안은 여자의 호흡까지 모조리 빨아들일 것처럼 깊은 키스를 하며 여자를 벽으로 밀어붙였다. 그의 몸에 밀착된 여자의 부드러운 몸이 주는 느낌이 좋았다.

그는 숨을 쉬기 위해 벌어진 여자의 입술 사이로 혀를 밀어 넣었다. 그녀의 입 안는 환상적이 느낌이었다. 첫 키스 같은 강한 쾌감이 그의 몸을 관통했다. 그동안 너무 섹스에 굶주린 탓인 것 같았다.

그는 거칠게 그녀 입술을 빨아들이며 짐승처럼 혀를 그녀의 입 안으로 다시 밀어 넣었다. 둘의 혀가 뜨겁게 엉켜 들었다.

"으으음……."

여자의 입에서 신음이 흘러나왔다. 키스가 이어지는 동안 그는 여자의 풍만한 가슴을 손으로 감쌌다. 그리고 흥분으로 단단해진 그녀의 유두를 손바닥으로 문질렀다. 수영복 아래서 그녀의 유두가 느껴지자 그는 더 많은 것을 원하게 됐다.

그는 수영복을 단번에 벗겨 버리고 그녀의 맨가슴을 손으로 만졌다. 후안의 호흡이 자신도 모르게 거칠어졌다. 여자의 모든 것이 그를 흥분시켰다. 그는 다급한 손놀림으로 여자의 가슴을 만졌다. 이렇게 앞뒤 안 가리고 여자를 덮친 적은 단 한 번도 없었다.

"하아……."

그가 여자의 분홍색 유두를 빨기 시작하자 그녀가 신음을 흘렸다. 오늘 밤 그는 이 여자와 불타는 시간을 보낼 거란 확신이 들었다. 그의 최고의 섹스가 오늘이 되지 않을까 하는 생각이었다. 그들은 말없이 서로의 몸만을 어루만졌다.

여자는 그의 머리카락 사이에 손을 넣었고 그는 여자의 가슴을 미치도록 빨고 있었다. 여자의 몸은 마치 부드러운 실크 같았다. 몸 전체를 왁싱한 것처럼 그녀의 몸은 부드러웠다. 그의 손이나 입술이 닿는 곳마다 그는 미칠 것 같이 흥분되었다.

그의 입술이 그녀의 움푹 파인 배꼽을 지나 검은 숲에 닿았다. 여자의 머리카락은 금발에 가까운 색이었지만 이곳은 검은색이었다. 그는 입술을 벌려 그녀의 검은 숲을 단숨에 삼켜 버렸다.

여자는 벽에 기대서 그에게 다리를 벌려 주었다. 경험이 많은 것인지 여자의 모든 게 자연스러웠다. 그리고 여자는 그의 어깨에 다리를 올리고는 그의 혀를 받아들이고 있었다. 그녀는 흥분으로 애액을 쏟아 냈다.

이렇게 민감한 여자는 처음이었다. 그는 여자를 안아 들고는 침실로 향했다. 이 상태로 버티기 힘이 들었기 때문이었다. 그녀를 침내에 놓고는 그는 빠르게 옷을 벗었다. 흥분으로 땀에 젖어 옷이 쉽게 벗겨지지 않았다.

쫘악!

그는 자신의 명품 셔츠를 찢어 버렸다. 그리고는 빠르게 바지를 벗고는 그녀 앞에 당당하게 섰다. 그의 페니스가 그녀의 안으로 들어가라고 아우성쳤다.

"처음이니까 천천히 해요."

여자가 그를 보며 말했다.

"내 첫 남자가 외국인이 될 거라고는 상상도 못 했는데……."

여자가 한국어를 한다는 생각이 들었다.

"하긴 거칠면 또 어때. 브라질의 마지막 밤은 생각과 다르네……."

여자가 이렇게 말하는 동안 그는 잠시 여자를 내려다보았다.

「넣어 달라고요.」

그녀의 말에 후안의 조금 남아 있던 인내심은 바닥이 나 버렸다. 그는 여자의 다리를 벌리고 자신의 페니스를 그녀의 질 안으로 밀어 넣었다.

「윽!」

"악! 아파……."

그럴 리가 없었다. 이렇게 매혹적인 여자가 처음이라니. 믿을 수가 없는 그는 잠시 동작을 멈추었다. 이렇게 그리고 여자를 내려다보았다.

「아무런 생각하지 말고. 해 줘요.」

여자가 고통에 이를 악물며 말했다. 하지만 그도 지금 멈출 수 있는 상황이 아니었다. 그녀의 엉덩이를 양손으로 잡은 그가 빠르게 허리 짓을 하기 시작했다. 그는 여자와 연결된 곳에 피가 배어나오고 있다는 걸 알았다.

섹스를 한 이래 이런 느낌은 처음이었다. 자신의 페니스를 조이고 있는 여자의 질이었다. 이렇게 강하게 쾌감을 끌어내는 여자는 처음이었다. 심장이 미친 듯이 뛰었다. 이러다가 심장이 터져서 죽을 것 같았다.

그는 쾌감에 못 이겨 정신없이 움직이기 시작했다. 그의 움직임에 여자는 신음했다. 그의 페니스가 그녀의 안에 들어갔다가 나오는 걸 보자 후안은 더 흥분되었다. 그는 여자에게 더 강한 자극을 주기 위해 허리를 움직이며 그녀의 클리토리스를 엄지손가락으로 만졌다.

"하아……."

여자의 입에서 듣기 좋은 신음이 몇 번이고 흘러나왔다. 그의 움직임에 여자는 숨을 거칠게 쉬며 후안의 목에 팔을 감았다. 그는 자신의 페니스를 잠시 빼고는 그녀의 여성에 대고 문지르기 시작했다.

여자는 고양이처럼 갸르릉거리며 쾌감에 빠져들고 있었다. 그는 여자의 입술을 다시 머금었다. 그녀의 입안에 그의 뜨거운 혀를 밀어 넣었다. 그들의 혀가 한참 동안 얽혀들었고 그들의 음부는 맞닿아 있었다.

「왜 처음이라고 안 했지?」

그가 여자의 입술에 대고 말했다.

「닥치고 넣기나 해요.」

여자의 도발에 그는 다시 그의 페니스를 여자의 안으로 밀어 넣었다. 여자는 정말 처음이 아니라고 느낄 만큼 정열적이었다. 하지만 여자의 질 안에 자신의 페니스를 집어넣을 때면 여자가 처음이라는 걸 알 수 있었다.

「너무 자극적이야.」

「하아……. 당신도 자극적이에요.」

처음인 여자가 후안보다 훨씬 더 여유가 있다는 게 신기했다. 그가 여자의 허리를 잡고는 정신없이 허리를 움직였다. 이제 절정을 향해 가고 있었다. 그녀의 비명에 가까운 신음이 계속되었다.

그는 허리를 튕기며 여자의 깊은 곳까지 자극을 주었다. 그의 온몸이 땀으로 젖어 들었다.

"하아……."

여자의 가쁜 신음과 함께 그는 자신의 분신을 그녀의 배 위로 쏟아 냈다. 그는 곧바로 여자를 안아 들고는 욕실에서 따뜻한 물로 샤워를 시켜 주었다. 여자는 서 있기도 힘이 드는지 그의 몸에 기대 축 처져 있었다.

「힘들어?」

「자고 싶어요.」

많이 힘든 모양이었다. 하지만 이상하게 그의 페니스는 다시 고개를 들었다. 그들이 시선이 욕실에서 다시 뜨겁게 부딪쳤다.

「그런 눈으로 보지 말아요.」

「내 눈이 어떤데?」

「섹스하고 싶어 죽겠다는 눈빛?」

그녀의 가슴골 사이로 샤워기의 물이 야릇하게 흘러내리고 있었다. 그는 다시 그녀의 허리를 끌어안았다.

「맞아, 지금 섹스를 못 하면 죽을 것 같아.」

그들이 입술이 다시 뜨겁게 얽혀들었다. 말은 싫다고 하면서도 여자는 그의 목을 팔로 감으며 뜨겁게 키스했다. 그는 여자의 한쪽 다리를 들고 자신의 페니스를 힘겹게 넣었다.

"아아악!"

여자는 여지없이 고통에 신음했고 그는 쾌감에 신음했다. 그는 처음인 여자를 두 번이나 가진 짐승이 되었다. 욕실에서 섹스 후에 여자는 기절한 듯이 잠이 들어 버렸다.

그는 그런 여자를 품에 안고 모처럼 깊은 잠에 빠져들었다.

아침에 눈을 떠 보니 그는 혼자였다. 침대에서 혼자 눈을 뜨는 게 어색하게 느껴진 건 처음이었다. 이만큼 뜨거운 섹스를 한 여인은 없었다. 마치 꿈을 꾼 것 같았다.

Rrrrrrr—

멜리나로부터 온 전화였다. 하지만 그에겐 그녀의 전화를 받을 이유가 없었다. 그는 침대에서 일어났다. 그의 발밑에는 그의 옷들이 사방에 흩어져 있었다.

어제는 꿈이 아니었다. 후안은 그 여인을 다시 만날 것만 같았다. 왜 이런 생각이 드는지는 그도 알 수 없었다.

아침에 뜨거운 태양이 눈이 부셔서 일어나 보니 옆에 남자가 누워 있었다. 그것도 브라질 남자가 말이다. 남자가 그녀를 품에 안고 있었지만 깊게 잠이 들었는지 하늘이 그의 품을 빠져나오는데도 죽은 듯이 잠들어 있었다.

그녀는 대충 어제 벗어 놓은 주황색 비키니를 입었다. 그리고는 그의 방에서 나와 자신의 객실로 도망치듯이 나왔다. 엄청난 일을 저질렀지만, 오히려 홀가분한 기분이 들었다.

"그래 이제 돌아가면 새롭게 시작하는 거야."

그녀는 출발하기 전에 리우해변을 한 번 더 걷기로 했다. 커피 한 잔을 사들고 바닷가를 슬슬 걸었다. 어제의 일로 걷기도 힘이 들었지만 이제 한국으로 돌아가면 못 볼 광경을 눈에 담아 두고 싶었다.

그리고 진수의 일도 깨끗이 잊고 갈 생각이었다.

브라질의 뜨거운 태양이 내리쬐는 리우해변은 연인들의 해변이었다. 아름다운 남미의 여인들은 첫날 똑바로 볼 수 없을 정도로 과감한 수영복 차림으로 하늘을 당혹스럽게 했고 거침없는 스킨십은 놀라움을 자아냈다.

하지만 그건 그들의 일상이었고 문화였다. 외부인이 왈가왈부할 수 있는 것이 아니었다.

일주일 전의 그녀는 저도 모르게 자신의 앞을 지나가는 T팬티의 여인을 넋을 놓고 보고, 스케이트보드를 탄 여자가 유두만 가린 수영복 차림으로 다니는 게 신기했었다. 아무리 해변이고 아무리 브라질이지만 놀랄 수밖에 없었다.

하지만 리우에 온 지 일주일이 지난 지금은 익숙해진 상황이었다. 이곳에 올 수 있었던 건 그녀의 상사인 마띠아스 덕분이었다. 그녀가 파혼을 얘기했을 때 그는 진수를 욕하며 자신이 결혼선물로 준 신혼여행 티켓으로 여행을 다녀오라고 했다.

리우에 호텔까지 잡아 준 마띠아스 덕분에 그녀는 모든 걸 털어버릴 수 있었다. 리우해변의 비치 의자에 누운 하늘은 한 폭의 섹시한 그림 같았다. 170cm의 늘씬한 키에 풍만한 가슴을 가진 하늘은 브라질의 글래머와는 다른 섹시함을 풍기고 있었다.

"이것도 마지막이겠지?"

그녀는 자신의 회사에서 디자인한 주황색 비키니를 입었다. 브라질에 오기 전에 돈 들여 태닝한 효과를 톡톡히 보고 있었다. 시원한 커피를 마시며 마음껏 태양을 즐겼다. 그리고 하늘은 호텔로 돌아와 짐을 챙겨 리우공항으로 향했다.

그 남자와 마주치면 어쩌나 하는 생각을 했지만, 다행히 그런 일은 일어나지 않았다. 그녀는 한국행 비행기에 오르며 리우와 마지막 인사를 했다. 리우의 푸른 바다가 그녀의 시야에서 서서히 사라지고 있었다.

1

아침부터 SPA 사옥 로비는 부산했다. 촬영 장비들이 즐비하게 들어와 이동 중이었기 때문이었다. 야외 촬영을 마친 장비들을 모두 30층의 사장실로 이동시키는 것이었다.

"오늘 촬영 있나 봐."

출근 중인 디자인실 이 대리와 윤 대리는 1층 커피숍에서 커피를 사 들고 엘리베이터 쪽으로 이동 중이었다.

"와, 저기 봐."

요즘 가장 핫하다는 배윤희 아나운서가 지나가고 있었다. 미스코리아 진 출신답게 실제로 보니 대단한 미인이었다. 그리고 그 옆에는 회사의 얼굴이라고 일컬어지는 SPA 한국 지사장실의 비서, 성하늘 비서실장이 있었다.

"배 아나운서보다 성 실장이 더 예쁜 것 같지 않아?"

"내 생각도 그래. 저 얼굴이면 연예인을 해도 됐을 것 같은
데……."

배 아나운서 옆에서 하늘이 미소 지으며 회사에 관해 설명하는
것 같았다. 늘씬하고 아름다운 여자 둘이 로비에 있으니 주위가
다 환해지는 느낌이었다.

"소문엔 성 실장이 결혼 전에 파혼 당했다던데, 맞아?"

이 대리가 비밀 이야기를 하듯이 작은 목소리로 물었다.

"응, 그렇다나 봐. 제일 친한 친구하고 바람났다고."

소식통 윤 대리는 모르는 게 없었다.

"그래?"

"그런데 그게 우리 디자인실 고은아 대리란 말이 있어."

"대박!"

이미 회사 안에 파다하게 퍼진 소문이었다. 물론 확인된 건 아
니지만 카더라 통신에 의하면 그랬다. 발이 넓은 윤 대리의 레이
더망에 걸린 이야기들은 고급 정보들이 많았다.

"거짓말이겠지. 고은아 대리가 그랬는데 어떻게 지금까지 회사
에 다니겠어? 저쪽은 지사장님의 오른팔인데."

이 대리는 살짝 의심이 갔다. 아무리 소문이라도 그건 말이 되

는 것 같지 않았다.

"하여간 소문은 그래. 그리고 성 실장도 지사장님의 세컨드라는 소문이 있지."

윤 대리의 말에 이 대리가 이번엔 고개를 끄덕였다. 성 실장과 지사장은 바늘과 실처럼 붙어 다녔기 때문이었다.

"사장님은 총각인데? 그런 세컨드가 아니라 그냥 애인인 거겠지."

"그렇군."

엘리베이터에 도착한 둘은 배 아나운서와 성 실장과 함께 엘리베이터를 탔다. 이 대리와 윤 대리는 말이 없었지만 속으로 오늘은 운수 대통이란 생각을 했다. 하지만 더 대박인 일은 고은아 대리가 3층에서 엘리베이터를 탔다는 것이었다. 엘리베이터 안에 갑자기 긴장감이 흘렀다.

엘리베이터 안의 모든 시선은 알게 모르게 고은아 대리와 성하늘 비서실장에게로 쏠려 있었다. 이건 막장드라마의 클라이막스 부분 같은 것이었다.

"오늘 잘 부탁드립니다."

하늘은 우리나라 최고의 인기 아나운서에게 부탁 인사를 했다.

"별말씀을요. 듣던 대로 미인이세요."

배 아나운서가 그녀의 미모를 칭찬해 주었다. 가식이 아닌 진심 어린 말이었다.

"감사합니다. 미인에게 칭찬을 들으니 기분이 좋네요."

"그런가요?"

배 아나운서는 성격이 참 좋았다. 그들이 나란히 로비를 걷자 그 시간에 출근하는 직원들의 시선이 그녀들 쪽으로 향했다.

"이런 시선을 많이 받으시나 봐요?"

"네?"

배 아나운서가 그녀에게 한 질문을 그녀는 이해하지 못했다.

"워낙 예쁘셔서 그런지 사람들이 많이 보나 봐요. 이런 시선에 익숙한 사람은 보통 연예인들이거든요."

"절 보는 게 아니라 아나운서님을 보는 거예요."

엘리베이터에 탄 그들은 직원들의 인사를 받았다. 그렇게 기분 좋게 하루를 시작하나 했는데 3층에서 문이 열리더니 은아가 엘리베이터에 올랐다. 가끔 이런 일이 있긴 했다. 자주 일어나는 건 아니었지만 같은 회사에 있다 보니 어쩔 수 없이 마주치는 일이 생기곤 했다.

회사에 퍼진 소문은 하늘이 낸 거다. 그 일이 벌어진 지도 벌써 6개월이 흘렀지만, 은아는 뻔뻔스럽게도 아직 회사를 그만두지 않았다. 어찌나 낯이 두꺼운지 대놓고 욕하는 사람들이 있어도 끄

떡없이 회사에 다니고 있었다.

하지만 그것도 얼마 안 남았다. 그녀는 서서히 은아의 목을 조르고 있었다. 디자인 팀장과 하늘은 아주 친하게 지냈다. 가끔 만나서 술도 마시는 사이였다. 디자인 팀장에게 그녀가 술에 취한 척 그날의 일을 다 말했다.

그다음부터 회사에 소문이 쫙 퍼졌다. 디자인 팀장도 신랑이 바람이 나서 이혼한 사람이라서 은아 같은 인간을 아주 경멸했다. 그래서 지금 디자인 팀은 모두 은아에게서 등을 돌린 상태였다.

엘리베이터 안에 긴장감이 흘렀다. 하지만 곧 20층에서 모두가 내려 긴장감은 사라졌다.

"회사가 참 예뻐요."

"네, 우리나라 최고의 건축가님이 특별히 한국 전통 문양들을 모티브로 삼으셔서 디자인한 곳이라서 더 특별하죠."

"그렇군요."

배 아나운서도 공감했다. 아침에 촬영팀이 인터뷰 전에 회사이 전경부터 찍었다. 그래서 더욱 공감하는 것 같았다.

요즘 트렌디를 선도하고 있는 세계적인 SPA패션 한국지사는 아름다운 외관으로도 명성을 크게 얻고 있었다. 한강이 내다보이는 외적인 조건도 좋았지만 30층의 고층에 한국적인 분위기의 외관은 각종 잡지에 소개가 되고 있었다.

그래서일까? 한국 지사장은 다른 회사의 지사장들보다 훨씬 더 많은 인터뷰를 해야 했다. 오늘도 오전에 한 방송사의 인터뷰를 진행했다. 패션과는 동떨어지게 생긴 얼굴과 몸매와는 다르게 그는 패션을 선도하는 사람이었다. 170cm의 작은 키에 통통한 외모였지만 그는 특별한 감각으로 옷을 소화해 내고 있었다.

오늘도 아무나 소화할 수 없는 노란색 슈트를 입고 연두색 와이셔츠까지 입었지만, 그와 아주 잘 어울리고 있었다.

배 아나운서도 그를 보고는 센스가 있다면서 처음부터 화기애애한 분위기에서 촬영이 시작되었다. 촬영 장소는 사장실이었다. 이곳은 사장의 안목이 한몫하는 공간이었다. 전통 한옥을 옮겨다 놓은 것 같은 실내 장식이었기 때문이었다.

병풍과 칠보 장식장이 굉장히 멋스럽게 어우러져 있는 곳이었다.

"마지막으로 SPA 회장님께서 한국에 방문하실 예정이신데 우리나라에 특별한 투자를 하신다고요?"

"네, 디자인 학교를 만들 계획입니다."

한국인들보다 한국어을 잘하는 마띠아스는 아나운서도 놀라게 한 한국어 실력이었다.

"우리는 한국의 감각적인 친구들을 육성할 생각입니다."

"그러시군요, 마지막으로 하시고 싶은 말씀이 있다면 하십시오."

"저야, 우리 SPA를 많이 사랑해 주셨으면 합니다. 그리고 저희도 한국을 위해 조금이나마 보탬이 되는 기업이 되겠습니다."

"감사합니다."

인터뷰 촬영이 끝이 나자 마띠아스가 그녀에게 미소를 지으며 다가왔다.

"어땠어?"

"잘하셨습니다. 저는 사장님이 인터뷰하시는 거 하나도 걱정이 안 됩니다. 워낙 잘하시니까요."

그녀의 칭찬에 기운을 얻은 마띠아스는 기분이 좋은 것 같았다. 하지만 하늘은 기분이 좋을 수만은 없었다. 후안 데 리스가 한국에 온다는 말에 요 며칠 머리가 지끈거리고 있었기 때문이었다.

"저기, 회장님께서는 별일이 없으시겠죠?"

"응?"

"그러니까, 브라질 본사에 무슨 일이 없냐는……."

"왜?"

마띠아스가 이상하다는 눈으로 그녀를 보았다. 후안이 한국을 방문한다고 말한 건 이번이 처음은 아니었다. 그동안 몇 번이나 온다고 했는데 사정상 한국을 건너뛸 때가 많은 것뿐이었다. 이번에도 그렇게 되길 하늘은 바랐다.

"아니, 오신다고 하니 준비를 철저히 하려고요."

그녀의 말에 그가 피식 웃었다.

"우리는 지금도 완벽해."

"아……. 네."

그게 걱정이 아니었다. 후안이 그녀의 얼굴을 알아볼까 봐 며칠 동안 잠도 못 잤다. 물론 후안 같은 사람은 하룻밤 상대에게 특별한 관심을 주진 않겠지만 그래도 걱정이었다. 그녀가 후안이 자신이 다니는 회사의 회장인 걸 안 건 브라질에서 후안과 뜨거운 하룻밤을 보내고 한국으로 돌아오는 비행기 안에서였다.

잡지책에 떡하니 나온 SPA 회장의 사진은 그녀가 뜨거운 밤을 보낸 남자가 확실했다.

"어떻게 모를 수가 있냐고?"

실물과 사진의 모습이 달랐다. 그리고 잘생겼다는 건 알지만 브라질 남자 얼굴은 잘 구별이 되지 않았다. 하늘은 저도 모르게 발을 땅에 쿵쿵 찍었다.

"왜 그래?"

마띠아스가 그녀를 보며 물었다. 오늘 하늘의 행동이나 말이 이상하다고 느끼는 것 같았다.

"아닙니다."

"오늘 좀 이상하네. 기분 전환도 할 겸 다른 약속이 없다면 밖에서 점심이나 할까?"

"네."

마띠아스는 하늘을 특별하게 챙겨 주었다. 그건 마띠아스가 그녀에게 관심이 있다기보다 자신의 직원들을 누구보다 아끼는 사람이기 때문이었다. 그들은 근처의 한식당에서 밥을 먹었다. 마띠아스는 한국의 뼈다귀해장국을 아주 좋아했다.

육회를 뺀 모든 고기류를 좋아하긴 했지만, 특히 해장국을 좋아했다.

"누가 보면 어제 술을 굉장히 많이 마신 줄 알겠어요."

"내가? 왜?"

"해장국은 술 먹은 다음 날 먹는 음식이거든요."

"난 항상 우리 성 비서에게 취해 있지."

하여튼 마띠아스는 혀에 기름칠을 한 것처럼 입에 발린 소리를 잘하는 사람이었다. 그래서인지 마띠아스에겐 여자들이 많았다. 다른 건 힘든 게 없는데 그의 여자들을 중간에서 커트하는 게 가장 힘이 들었다.

"김유나 씨하고는 헤어지신 거예요?"

요즘 계속해서 전화를 거는 여자의 이름이었다. 어제는 이 여자 때문에 거의 업무가 마비될 지경이었다. 다른 사람들에 비해 집착이 좀 강한 것 같았다.

"응, 우린 쿨하게 끝난 사이야."

쿨은 무슨. 벌써 비서실로 몇 번이나 전화가 왔는지 모른다.

"회사로 찾아오신다고……."

"뭐? 누가?"

"김유나 씨가요."

자꾸 온다는 말이 신경이 쓰여 마띠아스에게 미리 말했다.

"없다고 해."

이렇게 말하면서 쿨하게 헤어졌다는 말을 하다니 웃겼다.

"회장님께서 오시면 묵을 호텔은 잘 체크하고 있지?"

마띠아스가 다른 이야기로 화제를 돌렸다. 하늘이 가장 많이 신경을 쓰고 있는 이야기였다. 후안 데 리스…….

"네, 서울 호텔 스위트룸을 잡았습니다."

"하나하나 신경 써서 챙겨."

"네, 지사장님."

그들은 식당에서 나와 근처 커피숍에서 커피를 사서 사무실로 들어갔다. 무난한 하루가 이어질 것 같았는데 아니었다. 사무실 안에서 김유나가 떡하니 버티고 있었다.

김유나라고 안 해도 얼굴에 딱 그렇게 쓰여 있었다. 나이는 20십 대 중반일 것 같은 여자는 한국 여자라고 말하기 어렵게 글래

머였다. 아니 옷을 거의 벗고 있었다. 메이크업 아티스트라고 했던가? 어쨌든 튀는 외모의 여자였다.

"유나……."

마띠아스도 놀란 얼굴이었다.

"너야?"

유나는 마띠아스가 아닌 하늘을 보고는 입에 거품을 물었다.

"너라니요?"

하늘은 유나의 예의 없는 말에 기분이 상했다. 아무리 비서라고는 하지만 이런 취급을 받을 이유가 없었다.

"네가 마띠아스의 새로운 애인이냐고!"

도대체 무슨 오해를 한 건지. 기가 찬 순간이었다.

"뭔가 잘못 알고 계신 것 같은데……."

"맞아, 우리는 아무런 관계가 아니라고."

마띠아스가 하늘의 어깨에 팔을 두르며 말하자 여자가 유나가 그녀를 향해 돌진했다. 마치 폭주하는 기관차처럼 김유나는 무서운 속도로 달려와 하늘의 머리카락을 잡았다.

"이러고도 아니야!"

"유나!"

마띠아스가 놀라 유나의 팔을 잡았지만 때는 이미 늦은 상황이었다. 머리가 불에 타는 것처럼 아팠다.

"이거 안 놔!"

하지만 비서실 직원들이 합세해도 유나를 떼어 놓을 수가 없었다. 비서실 직원이 네 명이나 있지만, 모두가 여자라서 힘을 쓸 수가 없는 것 같았다.

마띠아스 혼자서 여자를 잡은 상황이었다. 하지만 마띠아스도 머리카락을 꽉 움켜쥔 여자의 손을 떼어 내지는 못하고 있었다.

"아아아! 이거 놓으라고!"

"안 놔! 마띠아스……. 악!"

그런데 그때 갑자기 여자가 비명을 지르며 머리카락을 잡은 손을 놓았다. 하늘은 그 자리에 주저앉았다. 머리가 화끈거려서 죽을 것 같았지만 화가 나는 게 고통보다 더했다.

"이게 뭐 하는 거죠?"

하늘이 화가 나서 여자를 쏘아보며 말했다.

"네가 내 남자에게 꼬리 쳤잖아!"

"……."

악을 쓰는 유나의 뒤로 커다란 그림자가 드리워졌다. 하늘이 저도 모르게 고개를 들어 어두운 그림자의 정체를 확인했다. 블랙슈트와 블랙셔츠를 입은 후안은 마치 저승사자와 같은 모습이었다.

모든 것이 정지된 가운데 후안만이 그녀의 눈에 들어왔다. 푸른 눈동자가 오늘따라 유난히 더 푸르게 번뜩이고 있었다. 사냥에 나선 늑대의 안광을 하늘은 보았다. 두려움에 온몸에 소름이 돋았다.

독 안의 든 쥐가 이런 느낌일까? 지금 하늘의 모습은 어떨지 뻔했다. 멀쩡한 상황에서 만나고 피하고 싶은데 최악의 상태일 때 만나다니 하늘도 무심했다. 아니 어쩌면 이런 그녀를 그는 못 알아볼 수도 있었다.

그렇다면 다행이지만 그의 표정으로 봐서는 그런 것 같지도 않았다. 혐오스러움이 가득한 표정에 하늘은 쥐구멍에라도 숨고 싶은 심정이었다.

「마띠아스, 이 소란은 뭐지?」

후안의 낮은 목소리에는 노기가 서려 있었다.

「죄송합니다. 제 잘못입니다.」

마띠아스가 어쩔 줄 모르고 있었다. 브라질에 있을 때보다 머리가 더 길어진 후안은 화보에서 튀어나온 것처럼 매력적인 모습이었다. 그의 짙어진 푸른 눈엔 알 수 없는 눈빛이 가득했다. 그녀를 알아본 것 같았다.

「어떻게 할까요?」

유나를 잡은 건 후안의 경호원이었다. 우리나라 사람이 아닌 브라질 사람이었다. 거구의 남자는 유나를 가볍게 안아 들고는 소리치는 유나를 그대로 밖으로 데리고 나갔다.

"괜찮으세요?"

유나가 나가는 사이 비서실에 근무하는 여정이 그녀의 상태를 물었다.

"안 괜찮아. 나 화장실 좀 다녀올 테니까. 회장님은 여정 씨가 살펴 드려."

"네."

그들의 시선이 다른 곳에 있을 때 빠르게 이 자리를 뜨고 싶었다. 그래서 그녀는 뒤처리를 여정에게 맡기고 조용히 화장실로 향했다.

쏴아아!

세면대에 물을 틀고 앞에 있는 거울을 보았다. 거울 안에는 머리가 산발인 여자가 있었다.

"억세게 운도 없지."

후안이 왔다. 그리고 그는 하늘을 알아봤다.

그는 일정보다 일찍 한국에 도착했다. 이렇게 바쁠 때는 꼭 일이 생기는 것 같았다. 75개국에 걸쳐 있는 지사들을 일일이 찾기는 솔직하게 힘이 들었다. 하지만 한국처럼 매출이 좋은 국가는 그래도 1년에 한 차례는 들리려고 노력을 했다.

그런데 계속 일이 꼬이는 바람에 그간 오지 못한 것이다. 덕분에 한국 방문은 이번이 처음이었다.

이태리를 방문하려고 했는데 이태리 지사가 밀라노로 이전을 하는 바람에 일정이 바뀌었다. 한국은 생각보다 강렬한 인상이었다. 그가 공항에서 강남에 있는 SPA 사옥까지 오는 내내 그가 본 사람들은 다 멋쟁이였다.

한국은 화장품만 발전한 것이 아니라 패션의 유행도 앞서가는 곳이었다.

「다 모델들이군.」

솔직하게 충격적이었다. 어느 나라든지 멋쟁이들은 있다. 하지만 모두가 멋쟁이는 아니다. 한국도 모두 멋쟁이는 아니지만 다른 나라에 비해 그 빈도가 높은 것 같았다. 그는 친구이자 한국 지사장인 마띠아스에게 오늘 도착한다는 사실을 알리지 않았다.

그를 놀라게 해 주고 싶은 마음에서였다. 그는 좋은 친구이자 사업파트너로 후안이 인정한 몇 안 되는 사람 중의 하나였다. 그는 전용기를 타고 이곳에 왔다. 한국에 올 때는 최소한의 인력만 움직였다.

그의 비서인 세바스티앙과 그는 SPA의 사옥 앞에서 넋을 잃고 서 있었다. 확실히 사진이나 영상은 건물이 주는 압도적인 느낌을 담아내지 못했다. 후안은 한국적인 디자인의 건물 외관에 마음을 빼앗겼다.

「마치 거대한 예술품을 보는 것 같습니다.」

「맞아.」

세바스티앙과 그는 사옥의 아름다움에 감탄했다. 그리고 그가 로비에 들어서자 사람들의 시선이 그들에게로 향했다. 회장이 누구인지는 아는 모양이었다. 그도 직원들을 보았다. 특히 여자직원들에게 눈길이 갔다.

성하늘……

6개월 동안이나 그의 머릿속을 차지하고 있는 여자였다. 그가 그녀를 찾았을 땐 이미 브라질을 떠난 후였다. 그가 알아낸 것이라곤 이름과 CCTV에 잡힌 얼굴 사진이 전부였다. 그가 조금 일찍 온 이유 중의 하나가 그녀를 한번 찾을 계획이 있기 때문이었다.

「이곳 정부에 아는 사람이 있다고?」

「네, 회장님.」

「그럼, 당장 연락해서 찾아봐. 돈은 얼마든지 들어도 좋아.」

「네, 한국 여자이고 투숙객의 이름이 성하늘이었습니다. 그밖에 몇 가지 단서가 있지만 찾을 확률은 낮을 것 같습니다.」

기대하지 말라는 뜻이었다. 그는 엘리베이터를 타고 30층의 사장실로 향했다. 그리고 충격적인 장면과 마주했다. 여자들이 머리 끄덩이를 잡고 싸우는 것이었다. 한 여자가 일방적으로 당하고 있었다.

후안은 일단 그들을 떼어 놓기로 했다. 그리고 회사 안에서 이런 일이 일어난 것에 대한 책임을 반드시 물을 생각이었다. 세바스티앙이 여자들을 가볍게 떼어 놓았다. 머리를 잡힌 여자는 뭘 잘못했기에 저러나 하는 생각이 들었지만, 그가 상관할 바는 아니었다.

그런데 그녀의 얼굴이 낯이 익었다.

「설마…….」

그는 저도 모르게 한 발 앞으로 다가가며 여자의 얼굴을 확인했다.

「마띠아스, 이 소란은 뭐지?」

그리고 후안은 여자를 알아보았다. 그는 자신을 멍하게 보고 있는 마띠아스에게 물었다.

「죄송합니다. 제 잘못입니다.」

미띠아스가 이런 일로 그에게 사과하는 것은 처음이었다.

「어떻게 할까요?」

세바스티앙이 그에게 물었다. 그는 당장에 치우라고 손을 들어 보였다. 그런데 세바스티앙이 시끄러운 여자를 데려간 사이에 하늘이 또 사라졌다.

「두 사람은 뭐지?」

「그게…….」

「확실하게 말하는 게 좋을 거야.」

「제 애인이 오해해서 일어난 일입니다.」

애인이란 말이 귀에 딱 걸렸다. 누가 애인이란 말인가? 그때 세
바스티앙이 안으로 들어왔다.

「앉으셔서 천천히 말씀 나누시죠.」

마띠아스가 어쩔 줄을 모르고 있었다. 가뜩이나 땀이 많은 마띠
아스는 연신 이마에 흐르는 땀을 수건으로 닦아 내고 있었다.

「믿고 보냈더니 이러고 있었군.」

「아닙니다. 맹세코 처음입니다.」

마띠아스가 거의 울 기세였다.

「머리를 잡힌 쪽인 연인인가?」

「아뇨, 그녀는 제 비서인 하늘입니다.」

하늘이란 말에 그의 턱 끝이 움찔했다.

「그럼, 바람을 피운 건가?」

「아뇨, 유나가 오해해서 그런 겁니다. 그리고 유나와는 끝났습
니다. 그런데 끝난 이유가 하늘이라고 생각한 모양입니다.」

하늘이 억울하게 오해를 받은 것 같았다.

「비서에게 직접 듣고 싶은데?」

「성 비서는 지금 많이 놀란 것 같아서…….」

그의 얼굴을 본 마띠아스가 인터폰으로 하늘을 불렀다. 약간의 시간이 걸리긴 했지만, 그녀가 안으로 들어왔다. 하늘이 들어오자 세바스티앙이 자신이 가지고 있는 그녀의 사진을 보고 또 하늘의 얼굴을 번갈아 보았다. 그리고는 후안을 보며 눈짓으로 맞냐고 물었다.

그는 아무런 대꾸를 하지 않고 하늘을 보았다. 하늘은 그를 보지 않고 바닥만 보고 있었다. 사람들 앞에서 춤을 추고 대담하게 그에게 원나잇을 제안한 여자의 모습은 아니었다. 그녀도 지금의 상황이 불편한 모양이었다.

「다들 나가 주겠어?」

「회장님, 이건 성 비서의 잘못이 아닙니다.」

마띠아스가 자신의 비서를 옹호하고 나서는데 더 기분이 나빠진 후안이었다.

「나가 있어.」

세바스티앙이 마띠아스를 데리고 나갔다. 그제야 하늘이 그를 바라보았다. 검은 치마 정장의 하늘은 조금 낯설었다. 거기에 머리는 프렌치 트위스트로 연출해서 마치 승무원 같은 느낌이 들었다.

주황색 비키니를 입고 그의 몸 아래에서 욕망에 몸부림치던 환상적인 몸매의 섹시한 여인과는 거리가 멀었다.

「여기 있었군.」

「네, 그동안 잘 지내셨어요?」

하늘은 담담하게 말했지만 지금 그녀는 확실히 불안해하고 있었다. 그녀는 연신 치마에 손을 살며시 문질렀다. 손에 땀이 나는 모양이었다.

「난 잘 지냈는데 당신은 못 지낸 것 같군.」

「잘 지냈는데 오늘은 이래저래 운이 없네요.」

「브라질어를 원어민보다 잘하는 비결을 알고 싶군.」

그녀의 말은 전혀 어색하지 않았다. 그래서 당연히 브라질에서 사는 여자일 거라고 생각했다. 그녀의 자유로운 분위기도 그랬고 그녀의 정열 또한 브라질의 기질이 흘렀다. 그런데 이렇게 멀리 떨어진 곳에서 살 줄 몰랐다.

「전 몇 가지 언어를 할 줄 압니다. 그냥 전부 보통 실력입니다.」

「겸손하군.」

이건 진심이었다.

「마띠아스와 아무런 관계가 아닌가?」

「그는 제 상사이고 전 상사와 일 이외의 것은 공유하지 않습니다.」

하늘은 차분하게 말했다. 화도 내지 않았다. 방금 그런 일을 겪은 여자라고는 말할 수 없을 정도의 지독한 차분함은 어디에서 나오는 걸까? 툭 건드려 보고 싶은 마음이 들었다. 하늘을 그날 밤처럼 흔들고 싶었다.

「나도 상사인데.」

그가 핵심을 집어냈다. 그러자 하늘의 입술이 살짝 떨렸다. 그녀의 작은 것 하나까지도 그의 눈에 들어왔다. 그녀가 흔들린 걸까? 하지만 곧바로 차분한 모습으로 돌아온 하늘을 그가 아주 신기한 눈으로 보았다.

「상사인 줄 알았다면 그렇게 하지 않았겠죠.」

「나에게 의도를 가지고 접근하는 여자들은 많아.」

「전 아닙니다.」

그녀는 상당히 단호하게 말했다. 마치 그는 관심이 없다고 말하는 것 같았다. 그녀를 흔들고 싶었지만 오히려 후안이 흔들리고 있었다. 그의 깊은 곳에서 하늘을 흔들어 보라는 소리가 들리는 것 같았다.

「여자들은 다들 아니라고 말하지. 하지만 진실을 말하는 여자는 많지 않아. 그날 난 하늘이 진실을 말한다고 생각했어.」

「맞아요, 그때 파혼당하고 떠났다고 한 건 진실입니다. 그리고 거기서 굉장히 멋진 남자를 만났고, 끌렸던 건 사실이었습니다.

그래서 전 그냥 즐겼어요. 그게 답니다.」

이 세상에 그를 즐기기만 한 여자는 없었다.

「그게 끝이다?」

「말하자면 그렇죠.」

그녀는 서서 이야기를 했고 그는 소파에 앉은 채로 대화를 나누는 중이었다. 그가 자리에서 일어나자 하늘이 그를 올려다보았다. 여자로서 큰 키였지만 그에 비해 하늘은 머리 하나는 작았다.

「그날의 일이 그냥 그랬군.」

「뭐…….」

그녀가 뒷걸음질 치기 시작했지만, 그의 동작이 더 빨랐다. 그녀는 곧 그와 문 사이에 갇힌 상황이 되었다.

「소리를 지르면 밖에서 들려요.」

하늘이 귀여운 협박을 했다.

「세바스티앙이 막을 거야.」

모두 세바스티앙의 체구를 보고는 그를 경호원으로 알고 있었다. 물론 경호 일도 병행하긴 하지만 세바스티앙은 그의 비서였다.

「도대체 왜 이러는 건가요?」

그와 그녀는 완벽하게 밀착되어 있었다. 그녀의 뛰는 심장이 그대로 느껴졌다. 후안의 손이 하늘의 턱을 잡았다. 하늘이 고개를 세차게 돌렸지만, 그의 손은 그녀의 턱에서 떨어지지 않았다.

그가 힘을 주어 하늘이 그를 보게 했다.

「솔직하게 나에게 접근한 의도를 말한다면 여기서 멈출 거야.」

「착각이 너무 대단한 거 아닌가요? 난 그 당시에 당신이 아니었어도 유혹했을 거예요.」

그녀의 말에 그의 표정이 움찔했다. 왜 이렇게 화가 나는 것일까? 6개월 동안 그는 그날을 잊지 못해서 매일 밤 제대로 잠도 이루지 못했는데, 이 여자는 아니라고 말하고 있었다.

「아무나하고?」

「네, 누구라도 상관없었어요.」

「내가 파트너가 아니었다면 그날이 처음이란 걸 믿지 못했을 거야. 물론 그렇게 뜨겁게 반응하던 여자가 아무것도 못 느꼈다니 그것 또한 못 믿겠고.」

약은 그가 오른 것 같았다. 얼굴에서 열이 올라왔다.

「아무것도 느끼지 못했다?」

「네……. 읍!」

순간적으로 화가 나서 시작한 것이었다. 그가 얼마나 키스를 잘하는지 보여 주고 싶었다. 그에게 키스해 달라고 애원하게 할 생각이었다. 그녀의 턱을 잡고 억지로 벌린 입술에 그의 혀를 밀어 넣었다.

그녀의 입안에서 그의 혀는 거칠 것이 없었다. 입안 전체를 핥으며 목구멍 깊숙이 혀를 밀어 넣었다. 거칠게 그녀의 아랫입술을 빨아들인 그는 자신이 실수했음을 알았다. 그녀의 아랫입술을 이빨로 물어 길게 늘어트리며 그는 그날의 황홀했던 키스를 떠올리고 말았다.

"읍!"

그는 더는 생각할 것도 없이 거칠게 그녀의 입술을 탐하기 시작했다. 그녀의 입술을 숨도 못 쉬게 막아 버렸다. 그녀가 버둥거려도 놓아주지 않은 그는 하늘이 숨을 쉬기 위해 입술을 벌리면 더 깊은 키스를 했다.

그의 가슴을 밀어내던 손이 얌전히 그의 가슴 위에 놓이고 그를 거부하던 입술이 열렬하게 그의 혀를 받아들이기 시작했다. 이건 키스가 아니라 싸움 같았다. 그의 넥타이를 잡은 하늘이 그를 끌어당겼다.

"으으음……."

그리고 신음을 내뱉으며 그의 입술을 혀로 핥기 시작했다. 그녀는 마녀였다. 후안은 6개월에 걸쳐 그녀를 찾은 보람을 지금 하는 키스로 보상받는 느낌이었다.

"그만……."

그가 하늘을 살짝 밀어냈다.

「많은 걸 느낀 것 같은데?」

그녀의 동공이 초점을 잃고 흔들렸다. 방금 자신이 한 행동을 후회하는 눈빛이었다.

「이제 속이 시원한가요?」

후안은 대답 대신에 그녀의 입술을 혀로 핥았다.

「뭐 하는 거죠?」

「입술의 피를 닦아 준 거야……」

그의 목소리가 위험하게 가라앉았다.

「비겁해요.」

「난 거짓말하는 게 세상에서 가장 싫어.」

「당신이 좋아하든 싫어하든 난 관심 없어요.」

그녀는 이렇게 말을 한 후에 사무실을 나가 버렸다. 그는 비릿한 웃음을 지으며 그녀가 사라진 문을 바라보았다. 한국의 출장이 지루하진 않을 것 같다는 생각이 들었다.

쿵쿵쿵!

진정이 되지 않았다. 사장실에서 나오자 마띠아스를 비롯한 많은 시선이 그녀를 향해 있었지만, 하늘은 너무 화가 나서 그들이 보이지도 않았다. 그녀는 곧바로 화장실로 향했다. 그리고는 문을 쾅 닫고는 변기에 앉았다.

오늘은 그녀 인생의 두 번째 최악의 날이었다. 첫 번째가 마지막일 줄 알았는데 아닌 모양이었다. 후안은 그녀에게 이를 갈고 있었다. 뭘 원하는 걸까? 그는 그녀의 반응에 자존심이 상한 것 같았다.

그래서 자신의 힘을 보여 주기 위해 그녀에게 키스한 건데 하늘은 그의 그리운 키스에 그만 정신을 놓아 버리고 반응하고 말았다. 그날의 일은 그렇게 잊어버려야 하는 것이었다. 그가 브라질에 모든 기억을 두고 온 것처럼 말이다.

"미쳤어."

그녀는 자신의 머리를 양손으로 감싸고는 후회를 하고 있었다. 하지만 언제까지 이렇게 화장실에 피해 있을 수는 없었다. 후안은 일주일 일정으로 우리나라를 찾았다. 하지만 그가 3일이나 일찍 왔으니 열흘은 우리나라에 있는 것이다.

다들 정부의 요인들을 만나는 자리들이 많아서 일정의 변경이 어렵다는 걸 하늘은 누구보다 잘 알았다.

"열흘……."

지옥 같은 열흘이 시작될 것 같았다.

"이보다 더한 것도 견뎠어."

그녀는 이렇게 말하며 일어나 세면대로 갔다. 그리고는 흐트러진 모습을 정돈했다. 하지만 터진 입술은 어떻게 되지 않았다. 피가 멈출 때까지 기다린 하늘은 아무렇지 않게 자신의 자리로 돌아갔다.

"실장님, 괜찮으신 거죠?"

비서실의 서수빈 대리가 걱정이 가득한 눈으로 그녀를 보았다.

"오늘은 안 괜찮아. 일진이 너무 사나운 날이다."

그녀가 이렇게 말한 적이 단 한 번도 없기에 직원들이 잔뜩 위축된 모습이었다.

"난 신경 쓰지 말고 일들 해."

"네."

얼마지 않아서 사장의 호출을 받은 하늘은 사장실로 다시 들어갔다. 하지만 이번엔 후안이 잡아먹을 듯이 보지는 않았다.

「호텔 예약 다시 잡아.」

「기간은 언제까지로 할까요?」

「열흘 동안 잡으면 될 거야.」

그녀의 예상이 맞았다. 3일이 더 늘어난 것이었다. 그녀는 사장실에서 나와 호텔에 전화를 걸어 열흘간으로 예약을 했다. 하늘은 지옥의 문이 열린 게 그대로 느껴졌다. 잠시 후에 지사장실의 문이 열리고 후안과 그의 경호원이 자리를 떠났다.

후안은 그녀를 바라보며 의미심장한 미소를 짓고는 사무실을 나섰다.

"두 분 아는 사이세요?"

서 대리가 궁금한지 물었다.

"그런데 왜 두 분만 이야기하신 거예요?"

"일정 조율한 거야. 일들 하지?"

"네."

하늘은 이를 갈았다. 그녀의 평화로운 일상에 또다시 방해자가 생긴 것 같아서 기분이 좋지 않았다.

"우리 오늘 소주 한잔할까?"

"좋죠."

"'남자 친구 있어요. 오늘은 먼저 들어가야 해요.' 뭐 그런 말을 해야 하는 거 아니야? 예쁜 사람들이 다들 왜 이래?"

하늘이 괜히 직원들에게 핀잔을 주었다.

"실장님이 가장 우선순위입니다."

"그럼, 여기 있는 사람들 시집 못 가. 그러니까 난 그만 신경 쓰고 각자의 연애나 힘써."

"그래서 오늘 안 가요?"

"아니, 가."

모두가 피식 웃었다. 아마도 오늘 그녀의 꿀꿀한 일과를 곁에서 봤기 때문에 호응해 준 것 같아 고마운 마음이었다. 그녀는 퇴근 후에 직원들과 술을 거나하게 마시고 노래방에서 신나게 논 후에 집으로 향했다.

하지만 하늘은 자신이 미행을 당하고 있다는 걸 전혀 알지 못했다.

미아리에 있는 단독 주택에 도착한 하늘은 술에 취해 갈지자로 걸으며 집 안으로 들어갔다.

"아빠, 엄마, 사랑하는 동생 하민아. 언니가 왔다!"

정신은 멀쩡한데 몸이 말을 안 듣는 날이었다.

"으그, 화상아!"

"악!"

엄마에게 강스파이크 스매싱을 당하고는 돈 들여 마신 술이 다 깨 버렸다.

"아프잖아."

팔을 돌려 아픈 등을 만졌다.

"그럼, 아프라고 때리지."

"하여튼 우리 엄마는 폭력적이야."

정신은 멀쩡한데 그녀가 듣기에도 혀가 많이 꼬부라진 상황이었다.

"딸 왔어?"

아빠가 그녀를 다정하게 부르며 방에서 나왔다.

"아빠……."

하늘이 아빠에게 쓰러지듯이 안겼다. 엄마를 혀를 차며 기가 막히다는 듯이 그녀를 보고 있었다.

"무슨 일 있었어?"

"아니, 없었어."

이렇게 말했지만, 하늘은 서러움에 아빠 품에 안겨 울었다. 가족들도 하늘의 마음을 알기에 가만히 그녀가 다 울 때까지 기다려 주었다.

"아직도 김진수, 그 자식 못 잊은 거야?"

하민이 차가운 생수를 그녀에게 건넸다.

"아니야, 기억도 않나."

김진수는 그녀의 기억에서 사라진 지 오래였다.

"그런데 왜 그래?"

"또 다른 자식 때문에……."

술에 취해서 헛소리한 것 같았다. 그녀는 자신이 무슨 소리를 했는지도 몰랐다.

"어떤 자식?"

엄마가 은근한 소리로 물었다.

"있어, 파란 눈의 개자식."

후안을 생각하면 가장 먼저 떠오르는 게 그의 눈이었다.

"딸꾹!"

하늘이 자신의 입을 막았다.

"파란 눈……."

엄마가 인상을 쓰며 말했다.

"엄마, 언니 취해서 헛소리하는 것 같아. 내가 방으로 데려갈 테니까 신경 쓰지 마."

하민이 속상하게 그녀의 말을 믿지 않았다.

"아니야……. 맞아……."

후안은 파란 눈이 맞았다. 이렇게 말하는데도 머리가 핑 돌았다. 하늘은 저도 모르게 웃고 있었다.

"언니!"

"후안 데 리스……."

"지금 외국 놈 만난다는 거야?"

엄마가 걱정되는지 큰 소리로 말하는 게 들리긴 했다.

"아니, 후안 데 리스는 언니네 회사 회장이야. 지금 꽐라 돼서 정신은 저기 안드로메다에 간 것 같아. 그 사람은 브라질에 있고 아주 부자에다가 세계적인 모델 출신이야. 지금 헛소리하는 거라고."

"아니야! 난 멀쩡하다!"

"그렇게 믿고 싶겠지. 내가 언니로 태어났어야 했는데. 그래야 때려서라도 정신 차리게 하지. 이건 언니라 때릴 수도 없고."

하민이 아빠와 함께 그녀를 짐짝 나르듯이 2층 방까지 날랐다. 하늘은 그렇게 정신없이 취해 잠이 들었다.

2

쏴아아!

차가운 물줄기가 후안의 조각 같은 몸을 덮치고 있었다. 물방울이 그의 몸을 타고 흘러내리는 걸 후안은 멍하게 바라보았다. 그녀의 손이 그의 가슴에 닿았을 때 그는 심장이 터지는 줄 알았다.

"섹스……."

그렇게 강하게 섹스를 원한 건 처음이었다. 정말 한 번의 키스가 더 있었다면 그는 하늘을 소파에서 안았을 것이다. 그의 혀를 감싸던 그녀의 혀의 감촉이 아직도 입안에 남아 있는 것 같았다. 그렇게 찾아 헤맬 때는 보이지도 않더니 이렇게 강렬하게 다시 만날 줄은 몰랐다.

샤워를 마친 그는 수건 한 장만 두른 채 스위트룸의 거실로 나왔다. 그곳엔 세바스티앙이 서 있었다.

「성하늘 씨를 찾기 위해 3일간의 일정을 모두 비워 두었는데, 어떻게 할까요?」

「회사로 출근할 거야. 그동안의 일을 살펴보는 것도 괜찮을 것 같아.」

그는 내일부터 하늘을 그의 비서로 쓸 생각이었다. 가까이서 그녀를 보고 싶기도 했고 그렇게 보다 보면 그녀에 대한 그의 지나친 환상이 깨질 것 같았기 때문이었다.

「성하늘 씨에게 혹시 몰라서 사람을 붙였습니다. 한국에 계실 동안 고용했던 경호원 중에 두 명을 붙여 놓았습니다.」

확실하게 그에 대해서 잘 파악하고 있는 세바스티앙이었다.

「퇴근 후에 비서실 직원들과 술자리를 가졌고 귀가한다는 연락이 왔습니다.」

「집도 확인한 거야?」

「주소는 마띠아스 사장에게 받아서 가지고 있었습니다. 작은 사업을 하시는 아버지와 전업 주부인 어머니, 그리고 의대에 다니는 동생이 한 집에 살고 있습니다.」

「수고했어. 오늘은 쉬어.」

세바스티앙이 나가고 그는 머리를 젖은 머리를 손으로 털며 냉

장고에서 시원한 맥주를 한 캔 꺼내 들었다. 그는 맥주를 마시며 창밖에 펼쳐진 서울의 도심을 내려다보았다. 리우의 느낌과는 사뭇 다른 느낌이었다.

리우의 집에선 아름다운 바닷가가 보였다면 이곳에선 커다란 강이 보였다. 유람선이 떠다니고 높은 건물들이 불야성을 이루는 곳이었다.

Rrrrrrr—

그의 개인 휴대폰이 울리고 있었다. 번호를 보니 모르는 번호였다. 원래 모르는 번호는 잘 받지 않지만, 웬일인지 그는 휴대폰을 집어 들었다.

「여보세요?」

[안녕하세요? 하늘인데요……]

하늘이라는 말에 그의 정신이 번쩍 들었다.

[딸꾹, 내가 왜 전화를 했냐면……]

혀가 꼬이고 난리가 아니었다. 그런데 이상하게 웃음이 나왔다. 이런 어이없는 상황은 후안의 인생에선 처음 있는 일이었다.

「취했군.」

[아뇨, 난 멀쩡해요. 내가 아무리 생각을 해도…… 당신은 키스를 너무 잘해……]

터져 나오는 웃음을 참으며 하늘의 말을 들어 주었다.

[그런데 난 말이지. 당신한테 관심이 없어. 알아?]

「글쎄, 그런 것 같진 않은데?」

[난……. 딸꾹! 이제 두 번 다시 남자를 만나고 싶지 않아…….]

「여보세요?」

술에 취해 잠이 든 것 같았다. 규칙적인 숨소리가 전화기 너머에서 들렸다. 왜 이 소리를 듣고 있는 건지 그 자신도 몰랐다. 하지만 그는 한참 동안 그녀의 숨소리를 듣고 있었다. 그리고 저도 모르게 미소 지었다.

그의 전화번호는 어떻게 알았을까? 하긴 그건 마띠아스의 비서니 그를 통해 알 수 있었을 것이다. 그렇다면 지난 6개월 동안 그녀는 왜 전화를 하지 않은 걸까?

그녀의 말대로 남자에게 더는 관심이 없는 걸까? 순간 후안은 하늘을 그렇게 만든 하늘의 전 약혼자를 보고 싶었다. 친구와 바람이 난 남자라…….

그는 세바스티앙에게 전화를 걸어 하늘의 전 약혼자에 대한 조사를 부탁했다. 후안은 궁금한 걸 그냥 넘어가는 법이 없는 남자였다. 이렇게 하늘을 만났으니 또다시 허무하게 놓을 수는 없다.

그냥 그녀에 대한 궁금증을 풀고 싶었다. 그래야 브라질로 돌아가더라도 이전의 삶을 찾을 수 있으니까.

머리가 깨질 것같이 아팠다. 베개에 머리를 박고 일어나려고 애를 쓰는 하늘은 우중충한 날씨를 보며 자신의 기분 같다는 생각을 했다.

"비가 오려나?"

겨우 고개를 든 하늘이 창밖을 바라보았다. 어제 술을 마신 기억은 있는데 그 후의 기억은 없었다. 대리를 불러서 오긴 온 것 같은데 그다음은 기억이 없었다. 몸을 일으킨 그녀는 출근 준비를 하기 위해 욕실로 들어갔다.

"……."

거울을 본 그녀는 비명을 지르고 싶었다. 아이라인은 번져 있고 머리는 산발이었다. 미친 게 분명했다. 아무런 기억은 없는데 뭔가 일을 저지른 기분이었다.

"뭐지? 이 기분 나쁜 느낌은……."

"언니, 밥 먹어!"

하민의 목소리가 들렸다.

"알았어."

그녀는 빠르게 씻고 아침밥과 엄마의 잔소리를 같이 먹은 후에 회사로 출근했다.

대리를 불렀는지 차는 주차장에 있었고 모든 게 그냥 평소의 술

마신 다음 날이었다. 차에 탄 그녀는 제일 처음 핸드폰을 거치대에 놓았다.

그런데 그때 불길한 예감이 불현듯 스쳤다.

"뭔 짓을 한 것 같은데……."

불안해서 핸드폰을 열어 볼 수도 없었다.

Rrrrrrr—

그때 하민에게서 전화가 왔다.

[출발했어?]

"아니."

[나 좀 전철역까지 태워 주라.]

"빨리 나와."

오늘 하민이 늦은 모양이었다. 평소에는 이런 부탁은 하지 않는데 이상했다. 하민의 전화를 끊다가 하늘은 어젯밤 찍힌 최근 통화 기록을 넋 놓고 보고 있었다.

"10분……."

후안과 통화를 했다. 그것도 10분씩이나…….

"언니, 땡큐."

"아아악!"

그녀가 핸들을 잡고 발버둥을 쳤다.

"언니, 미쳤어? 그렇게 차를 태워 주기 싫었으면 말을 하지……."

하민이 서운한 목소리로 말했다.

"너 때문이 아니야. 나 때문이지."

"왜? 어제의 기억이 새록새록 나는 거야?"

그녀가 고개를 끄덕였다.

"가장 안 아프게 죽는 방법을 말해 주라."

곧 의사가 될 하민이었다.

"내 손에 맞아 죽는 거?"

"아아악!"

그녀는 이 미친 짓에 소리를 질렀다.

"무슨 말을 한 거지?"

"파란 눈한테?"

파란 눈이란 소리에 하늘은 심장이 쿵 하고 떨어졌다.

"너, 넌 어떻게 알아?"

도대체 집에선 무슨 소리를 한 것일까? 이제 정말 죽는 방법뿐
이었다. 이렇게 살아갈 수는 없었다.

"어세 후안 데 리스……."

"그만!"

아, 집에서도 다 말한 것일까? 도대체 어디까지 말한 것일까?
아침에 엄마가 잔소리 폭탄을 쏟아 낸 걸 보면 집에서도 폭탄급

발언을 한 게 분명했다.

"뭐야? 사실이야?"

하민이 눈을 가늘게 뜨며 그녀를 보았다.

"어?"

"어제 말한 게 사실이구나?"

"내가 어제 뭐라고 했든……."

이제 거의 목소리가 울먹이고 있었다.

"너무 걱정하지 마. 파란 눈하고 후안 데 리스란 이름밖에 말하지 않았으니까."

"정말이야?"

하민의 말이 믿기지 않았다. 뭔가 일을 저지른 게 분명했다. 아니 왜 후안에게 전화를 건 걸까? 죽고만 싶었다.

"정말이야. 저기서 세워 줘."

동생을 내려 준 하늘은 회사에 출근해야 하나 말아야 하나 걱정이었다. 오늘은 후안의 일정이 없어서 다행히 그의 얼굴은 보지 않아도 되지만 며칠 있으면 어쨌든 후안과 마주해야 했다.

"미친 거야. 죽어야 해."

회사 주차장에서 하늘은 내리기를 망설이고 있었다.

똑똑똑!

깜짝 놀라 창밖을 보니 서수빈 대리가 그녀를 보고 있었다.

"안녕하세요?"

"안녕 못 해……."

"왜 그러세요? 어제 꽐라 되신 것 때문에 그러세요?"

또 여기선 무슨 짓을 한 것일까? 걱정되었다. 아니 불안했다.

"응, 내가 무슨 짓을 하긴 한 거야?"

"음……."

"왜? 왜 그렇게 뜸을 들이는 건데?"

불안한 마음이 들었다.

"혹시 아이돌 연습생 출신이세요?"

"뭐?"

"노래방에서 춤추시는데 완전 아이돌인 줄 알았잖아요. 다들
깜짝 놀랐다니까요? 이제껏 술은 마셔도 정신 줄을 놓으신 적이
없잖아요. 어제는 완전히 정신 줄을 놓고 흔드시는데……."

서 대리가 엄지를 들어 올렸다.

"놀리는 거지?"

"아니요, 진짜 너무 멋있게 잘 추시더라고요."

"예전에 한참 좋아하던 그룹이 있어서 팬클럽 가입하고 충성을
다했었지."

"아……."

그들은 주차장 엘리베이터로 향했다.

"가끔 그런 생각 안 해 보셨어요?"

"무슨 생각?"

"엘리베이터가 고장 났는데 출근은 해야 하고……."

"여기 지하 1층이야. 죽으란 말이지. 그런 끔찍한 생각은 하지
도 마."

그때 지하 3층에서 엘리베이터가 도착했다. 문이 열리고 그 안
에 탄 사람을 본 하늘은 몸이 굳어 버렸다.

「안녕하십니까?」

서 대리가 후안과 세바스티앙에게 브라질말로 인사를 했다.

"실장님?"

서 대리가 그녀를 불렀다. 정신을 차린 하늘은 고개를 살짝 숙
여 후안에게 인사를 한 후에 엘리베이터에 올랐다.

"실장님, 진짜 잘생겼죠."

"어……."

"역시 세계적인 모델 출신이라서 다른가 봐요. 몸매가 완
전……."

서 대리가 흥분해서 말을 했다. 1층에서도 직원들이 타고 엘리
베이터는 만원이었다. 그녀가 어쩔 수 없이 후안의 앞까지 밀려
들어갔다.

"오늘은 일정도 없는데 왜 오신 걸까요?"

"3일간 놀 수는 없으니까……."

엘리베이터 안의 여직원들이 후안을 보고는 아주 난리였다. 그때 3층의 문이 열리고 가운데 있던 직원이 내렸다. 그 과정에서 하늘이 밀려 후안과 부딪쳤다. 하늘의 등에 그의 가슴이 닿아 있었다. 마치 그에게 안겨 있는 것 같았다.

하늘이 심장이 미친 듯이 뛰었다. 그리고 도대체 통화에서 뭐라고 말했을까? 하는 불안감이 엄습했다.

"오늘 점심시간에 저랑 해장국 드실래요?"

서 대리가 그녀를 보며 물었다.

"……좋아."

그때 그의 손이 그녀의 허리를 감싸 안았다.

"흡!"

하늘이 저도 모르게 몸을 움찔했다.

"여정 씨가 황태해장국 잘하는 데 안다고 했어요."

"그거 회사 뒷골목에 할머니 황태 해장국집이에요."

총무과 직원이 아는 체했다.

"맞아요, 그 집."

"그런데 진짜 회장님 멋지시다."

총무과 직원이 후안을 흘깃 보고는 얼굴을 붉히며 말했다.

"맞죠."

서 대리가 맞장구를 쳤다.

"한국말 모르시겠죠?"

"모르시지."

"이런 남자라면 정열을 불태울 준비가 됐는데······."

"그런 생각 접어."

서 대리의 말에 여기저기서 낄낄거렸다. 다들 후안에게 시선이
집중되었다. 그는 어딜 가나 시선을 끄는 남자였다. 브라질에서도
그녀의 시선이 단번에 그를 향했었다.

"······."

그의 손이 점점 위로 올라와 그녀의 가슴을 만지고 있었다. 하
늘의 온 신경이 그의 손에 가 있었다. 그는 대담하게 그녀의 가슴
을 감쌌다. 하늘은 다른 사람들이 볼까 봐 몸을 살짝 틀어 그의 손
을 가렸다.

"실장님."

"······어?"

"지난번에 말씀하셨던 필라테스 괜찮아요?"

그는 손가락으로 그녀의 단단해진 유두를 눌렀다.

"······괜찮아."

"저도 다니려고요."

"그래, 같이하자."

하늘은 이를 악물고 간신히 대답했다. 그의 손가락은 그녀의 재킷에 가려 보이지 않아 다른 사람들은 모르겠지만 하늘은 미칠 것 같아 입술을 꽉 물었다. 서 대리가 가까이 있어서 그의 손을 쳐 낼 수도 없었다. 사실 그의 손이 주는 짜릿함이 좋았다.

사람들이 가득한 공간에서의 은밀한 행동이 그녀를 자극했다. 그녀의 팬티가 욕망으로 인해 젖어 들었다. 그의 손은 집요하게 그녀의 유두를 공격하고 있었다. 시간이 정지된 것만 같았다.

그와 둘만 있는 공간이었다면 그들의 입술은 벌써 하나가 되어 있을 것만 같았다. 어제의 일이 떠올라 하늘은 얼굴이 화끈거렸다.

띵!

엘리베이터의 문이 열리고 사람들이 빠져나가고 그들도 30층에 도착했다.

"후……."

아쉬움인지 아니면 안도의 한숨인지 그녀의 입에서 한숨이 흘러나왔다.

「오늘 일정은 없습니다.」

그녀가 뒤를 돌며 차갑게 말했다.

「알아, 그런데 왜 왔는지 궁금한가?」

「네, 회장님.」

하늘은 심각한 얼굴이었고 그는 지금의 상황을 아주 재미있어 하는 얼굴이었다.

「회장이 일이 없다고 놀면 안 되지. 일이야 만들면 되는 거고. 그걸 하라고 비서가 있는 거 아닌가?」

그때 마띠아스가 엘리베이터에서 내렸다. 그리고 후안을 보고는 깜짝 놀란 얼굴이었다.

「사무실 좀 같이 쓸까?」

「네, 회장님.」

마띠아스는 어쩔 줄 모르고 있었다.

「회장님, 여기 계시는 동안 쓰실 사무실이 있습니다. 준비시키겠습니다.」

「좋아.」

"성 실장, 회장실 정리 좀 해 줘."

"네, 그런데 오래 머무실 건가요?"

"아닐 거야. 워낙 바쁘신 분이니까."

마띠아스와 후안이 안으로 들어갔다. 물론 그림자 같은 남자 세바스티앙도 그들과 함께 사장실로 들어갔다.

"무슨 일인 거예요?"

서 대리가 궁금했는지 물었다.

"쉬지 않고 일하신다고."

"그런데 실장님은 어떻게 그렇게 브라질어를 그렇게 잘하세요?"

"잘하진 않아. 그냥 알아듣는 정도지. 이럴 시간 없어. 얼른 회장실 정리해야 해."

그녀는 서 대리만 남기고 연정과 민지를 데리고 회장실로 갔다. 그간 주인은 없었지만, 관리는 잘된 곳이었다.

"여긴 왜 만든 거예요?"

"회장님이 한국지사에 오셨을 때 업무를 보시라고 만든 공간이야."

"아……."

정리를 빠르게 하고 회장실 바로 앞에 자리한 세바스티앙의 자리도 정리했다.

"너무 멋지지 않아요?"

"누가?"

"회장님은 말할 것도 없고 세바스티앙이란 그분이요. 완전 근육질에 몸도 좋고 얼굴도 그 정도면 남자답고 섹스는 죽이게 할 것 같던데……."

민지는 세바스티앙에게 마음이 있는 것 같았다.

"그거 아세요?"

"뭘?"

"후안 회장님이 맨땅에 헤딩에서 일어난 사람이라면 세바스티앙 비서님의 집안은 브라질 최고의 정치 가문이래요. 그래서 그분이 비서긴 하지만 요트를 타고 모델들하고 즐기는 사진은 아주 유명하죠."

처음 듣는 이야기였다.

"민지 씨는 어떻게 그렇게 잘 알아?"

"제가 관심 가는 연예인이나 사람에게 약간 집착 증상이 있나 봐요."

"제가 보기엔 아주 많이요."

연정이 거들었다.

"그렇지? 고쳐야 하는데 안 돼. 그리고 이미 나의 마음엔 세바스티앙이 들어왔어."

민지가 양손을 꼭 쥐고 꿈꾸듯이 말했다. 하지만 지금 하늘의 관심은 온통 후안을 향해 있었다.

마띠아스는 후안의 얼굴을 멍하게 보고 있었다. 지금 왜 이렇게 이 남자가 그를 괴롭히는 건지 마띠아스는 알 수 없었다. 그는 후안, 세바스티앙과 함께 대학 때부터 친구였다. 그들은 모두 옥스퍼드를 나왔다.

각자의 상황은 달랐지만, 정치에 관심이 있었던 그들은 모두 전

공을 정치학으로 했다. 가장 가능성이 있는 건 세바스티앙이었다. 작은아버지가 브라질의 대통령이고 친척들은 고위관리들이었다.

세바스는 정치적으로 영향력이 있는 집안의 사람이었고 세바스가 정치하는 건 당연했다. 마띠아스는 어쩌다 보니 옥스퍼드에 오게 되었다. 공부는 원래 잘했고 어머니, 아버지의 이혼으로 마띠는 집안을 떠나고 싶은 마음에서 영국을 선택했다.

후안은 당시에 잘나가던 모델로 자신의 커리어를 쌓기 위해 당시의 활동 무대였던 영국에 학교를 결정하게 된 것이었다. 셋은 대학 내내 같이 다녔고 후안의 제의로 사업을 시작하게 되었다.

대학 때부터 만든 SPA는 그와 후안의 학업을 접게 했고 세바스티앙만 학교를 졸업했다. 그리고 후에 그들과 합류했다.

그들은 영국에서 몇 년간 함께 살았었다. 그래서 서로의 성향을 누구보다 잘 알았다. 후안과 세바스는 운동 광이었다. 마띠처럼 숨쉬기 운동으로 모든 걸 해결하는 남자들이 아니었다.

그래서 무슨 일이 있으면 처리하는 방식도 달랐다. 마띠는 앉아서 일을 처리하는 반면 후안이나 세바스는 돌아다니면서 일을 처리하는 스타일이었다.

「마띠, 뭘 그렇게 생각해?」

후안이 그를 보며 물었다.

「내가 아는 후안은 이렇게 시간을 낭비하는 사람이 아니라서.」

「내가 여기에 온 게 불만이야?」

「아니, 좋아. 하지만 난 모르고 너희 둘만 아는 뭔가가 있는 것 같아서 기분이 좋지는 않아.」

마띠의 솔직한 심정이었다.

「아니라고는 못 하겠지만 곧 있으면 알게 될 거야. 회사의 일은 아니고 지극히 개인적인 내 일이야.」

「알았어. 도움이 필요하면 말해.」

마띠는 마지못해 이렇게 말했다. 후안은 언제나 사람들을 몰고 다녔다. 그의 외모는 세계가 주목하는 섹시한 얼굴이었다. 세계 명품 중에 그를 모델로 쓰지 않은 곳은 한 군데도 없었다. 특히 향수 쪽에선 그는 독보적인 존재였다.

수영복만 걸치고 바다에 누워 있는 그의 모습은 여자들을 뜨겁게 만들었다. 그런데 정작 후안은 여자 복이 없어도 너무 없었다. 그래서일까? 결혼 실패 후에는 더 여자를 가까이하지 않는 것 같았다.

"지사장님."

마띠의 비서 중 한 명이 수줍은 얼굴로 들어왔다.

"그래, 수빈 씨."

"준비가 다 되었습니다. 이동하셔도 좋을 것 같습니다."

"고마워."

준비가 다 된 모양이었다.

「한 가지 부탁이 있어.」

「네, 회장님.」

친구에서 상사가 된 순간이었다.

「여기 있을 때 성 실장을 비서로 쓰고 싶어. 세바스가 잘 모르니까.」

「그게…….」

그는 마띠의 말을 듣지도 않고 자리에서 일어났다. 그리고 사무실에서 나가자마자 하늘과 눈이 마주쳤다. 하늘은 그의 눈을 피하지 않았다. 그런 하늘의 당당함이 좋았다.

「성하늘 씨는 나와 같이 가지.」

"전 안 갑니다."

마띠에게 항의를 하는 것 같았다.

"그러니까……. 그렇게 됐어. 성 실장이 이해를 좀 해 줘."

"지사장님."

"한 번만 살려 주라."

그는 애원하는 것 같은 마띠를 보며 하늘에게 말했다.

「안내를 해 줘야지 갈 것 아닌가?」

"……사장님, 다녀온 후에 말해요."

"제발……."

마띠가 아주 난처한 표정으로 그녀를 보는 걸 보고는 후안은 세바스와 함께 사무실을 나왔다. 그러자 그의 뒤를 하늘이 따라왔다.

「전 싫습니다.」

하늘은 정색하며 말했다. 그를 거부하는 여자가 있다는 게 신선하게 느껴졌다. 다들 그와 같이하고 싶어서 안달인데 하늘은 참 특이한 여자였다.

「열흘이야.」

그가 한국에 있을 수 있는 시간은 고작 열흘뿐이었다.

「열흘이 아니라, 단 10분도 싫습니다.」

하늘이 그를 또다시 도발했다. 이 여자는 자꾸 왜 이러는 걸까?

「나한테 안길 땐 안 그렇던데?」

그의 말에 하늘의 얼굴이 빨개졌다. 그건 부끄러워서가 아니라 세바스가 옆에 있는데도 그들의 비밀을 말했기 때문이었다.

「정말 너무하는군요.」

하늘이 발끈해서 그에게 따졌다.

「사실을 말했을 뿐이야.」

「여긴 우리 둘만 있는 게 아니라고요.」

「알아, 그게 문제가 안 된다는 것도 알고. 이제 사무실이 어딘지 가르쳐 주겠나?」

그녀는 그들 앞에 섰다. 사무실은 30층에 있었다. 아마 이 건물을 지을 때 그를 배려하기 위해 만들어 둔 공간 같았다. 안타깝게도 사용하는 건 오늘이 처음이지만.

그가 사무실에 들어가자 마띠의 것과 같은 크기의 공간이 있었다.

「회장실이 아주 마음에 들어. 어떻게 한국에 눌러앉을까?」

그의 말에 하늘은 완전히 뚜껑이 열린 얼굴이었다.

「세바스 잠깐 나가 주겠어?」

「아뇨, 제가 나가겠습니다.」

하지만 그의 동작이 더 빨랐다. 후안은 하늘의 가는 허리를 끌어안았다. 그러는 동안 세바스티앙이 사무실을 빠져나갔다. 역시 눈치가 빠른 친구였다.

「왜 매일 이렇게 칙칙한 옷만 입지? 여긴 패션 회산데?」

후안은 하늘이 브라질에서 입고 있던 비키니를 잊지 못했다. 완벽한 바디라인이 그의 기억 속에 자리 잡고 있었다.

「전 모델도 아니고 사람들의 이목을 끄는 건 싫습니다.」

「브라질에선 주황색의 비키니를 입고?」

「전, 공과 사를 구별할 줄 아는 사람입니다.」

그와는 사적인 관계가 아니란 말투였다. 그가 하늘의 허리를 끌어당겼다.

「여기는 일하는 곳입니다.」

「맞아.」

그의 입술이 그녀의 입술 위에 놓였다. 하지만 키스는 하지 않았다. 그냥 대고 있을 뿐이었다. 그들의 코가 닿고 그들이 눈이 서로를 이글거리는 시선으로 바라보고 있었다.

「위험한 여자야.」

그녀를 자리에 눕히고 그대로 갖고 싶었다. 보기만 해도 섹스가 떠오르는 여자였다.

「회장님이 위험한 남자죠.」

「맛을 알아 버렸는데, 어쩌지?」

그가 하늘의 입술을 혀로 쓸었다.

「잊으세요.」

그녀가 그의 가슴을 밀더니 밖으로 나가 버렸다. 왜 그녀는 그를 거부하는 것일까? 자신의 몸값을 높이기 위해서 그러는 것이라면 성공이었다. 하지만 결혼을 원해서 그러는 것이라면 그건 실패였다.

그의 인생에서 결혼은 두 번 다시 없을 테니까. 후안은 씁쓸한 미소를 지었다.

서울의 한적한 레스토랑에서 은아는 진수와 식사 중이었다. 진수는 촉망받는 피부과 의사로 가끔 TV에 나오기도 했다. 그런 진수를 차지한 하늘이 너무 얄미워서 그녀는 진수를 유혹했다.

하지만 날이 갈수록 진수에게 싫증이 나는 은아는 요즘 고민이 많았다. 잘생기고 능력 있고 돈도 어느 정도 있는 진수를 하늘은 왜 이렇게 금방 잊은 걸까? 그날 머리채를 잡힌 이후로 그들에겐 아무 일도 없었다.

하늘이 너무 태연하니 그녀는 자신이 덥석 문 진수에게 뭔가 문제가 있는 게 아닌가 하는 생각이 들기 시작했다.

"오늘 왜 그래?"

"아니야."

"음식이 맛이 없어?"

"아니, 요즘 회사가 좀 힘이 들어서……."

진수는 한 번도 그녀에게 회사를 그만두라고 말한 적이 없었다.

"집에서 일 안 하고 쉬는 여자들은 매력 없어."

"왜?"

"난 여자가 사회생활을 하는 게 좋아."

"나도 그래."

그녀는 맞장구를 쳐 주었지만, 의사 마누라가 되면 당연히 아이들은 보모에게 맡기면서 집에서 편하게 살 수 있을 거라 생각했다. 물론 결혼해서 힘들다고 하고 안 나가면 그만이지만 그래도 남편이 나가지 말라고 하는 것과는 다른 일이었다.

"그럼, 우리 결혼하는 거야?"

"아직 말씀 안 드렸어."

"왜?"

"어머니가 하늘이를 워낙 마음에 들어 하셨거든."

하늘이 아버지가 작은 중소기업을 하고 동생도 의대생인 데다가 어머니들도 봉사 활동하고 계시니 통하는 게 많아 그의 어머니가 좋아하신다고 했다. 하지만 은아는 집안이 형편없었다. 엄마, 아빠는 이혼하고 그녀는 할머니의 손에 길러졌다.

예쁘고 공부 잘하는 그녀를 할머니는 자랑스러워했고 없는 형편에서도 머리서부터 발끝까지 브랜드로 입혀서 학교에 보냈다.

그런 은아를 아이들은 부잣집 딸이라고 생각했다. 어느 순간부터인가 은아는 자신이 부잣집 딸이라고 스스로 말하고 다녔다. 아빠는 사업을 하시고 엄마는 주부인 다복한 가정의 아이라고 말이다.

"난 언제 인사드리러 가지?"

요즘 부쩍 진수가 그녀의 부모님을 뵙고 싶다고 말했다.

"엄마, 아빠가 지금 유럽여행을 가셔서……."

요즘은 핑곗거리도 없어졌다.

"그래? 알았어. 돌아오시면 날 잡아."

자신은 그녀를 인사도 못 시키면서 그녀의 집에는 오고 싶은 모양이었다.

"어머니께서는 봉사 단체 활동 같은 거 안 하셔?"

"엄마가 워낙 낯을 가려서……. 기부만 하시지 직접 봉사 활동은 안 하셔."

엄마와는 연락을 안 해서 뭘 하고 살고 있는지도 몰랐다. 거짓말은 자꾸만 또 다른 거짓말을 만들었다.

"그렇구나……."

"그런데 왜?"

"아무래도 연결 고리가 있으면 좋으니까."

"나랑 결혼할 마음은 있는 거야?"

"물론이지."

말은 이렇게 하지만 믿음이 가지 않았다. 왠지 요즘 하늘과 그녀를 비교하는 느낌이 들었다. 그녀는 너무 힘이 들었다. 회사를 그만두고 싶어도 할머니가 편찮으셔서 치료비 때문에 그녀가 당장 돈을 벌지 않으면 안 되는 상황이었다.

돈 많은 의사를 물어서 팔자 한번 펴려나 생각했는데 너무 힘이 들었다. 하긴 재벌을 물지 않는 한 그런 일은 없을 것이다.

그러고 보니 SPA 회장의 모습이 떠올랐다. 완벽한 외모와 천문학적인 재산을 가진 부자인 그가 한국에 왔다. 그런 부자를 잡아야 하는 건데 짠돌이 의사를 만난 것 같았다.

"우리 회장 브라질에서 왔어."

"그래? 잘생기기는 했지."

"알아?"

"당연히 알지. 세계적인 모델 출신인데……."

외모에 관계되는 일을 하다 보니 잘생긴 모델이나 연예인들에 대해선 그녀보다 잘 아는 것 같았다.

"나도 가슴 수술할까?"

"아니, 싫어."

"왜? 티 안 나게 하면 되지. 저번엔 작다고 했잖아?"

B컵인 그녀였지만 하늘의 가슴과 비교가 되었다. 하늘은 D컵에 가까운 C컵이었다.

"실리콘은 만질 때 촉감이 안 좋아. 그리고 보기엔 수술한 티가 안 나도 만지면 달라."

그가 몸을 부르르 떨었다. 싫다는 소리였다. 창밖에 람보르기니가 지나가자 진수가 환호성을 질렀다. 진수는 차를 좋아했다. 그것도 명품카를 말이다.

"저거 살까?"

"사고 싶으면 사."

"정말? 보태 줄 거야?"

한 달 살기도 어려운데 돈을 보태 달라니. 기가 막혔다.

"의사한테 시집오려면 그 정도는 해야지. 우리 집 살 때 반은 하늘이가 보탠 거야."

그 말은 수십 번도 더 들었다. 그가 집을 준비하면 살림은 대출받아서 살 수 있을 것 같았다. 그런데 자꾸 이렇게 나오면 그녀도 감당이 안 되는 상황이었다. 가뜩이나 요즘 진수에게 싫증이 나는데 이렇게까지 말을 하니 정이 뚝 떨어지고 있었다.

은아는 그 후로 아무런 말도 하지 않았다.

3

후안의 사무실로 어제부터 출근했다. 아니 필요한 것만 가지고 그의 사무실로 지원을 나온 것이었다. 사무실에서 브라질어를 할 줄 아는 사람이 그녀뿐이었다. 그러니 빼도 박도 못 하는 상황이 었다.

"머리가 너무 좋아도 탈이야."

그녀는 이렇게 말하며 후안의 하루 일정을 조율하기 시작했다. 오늘은 디자인실을 방문해서 디자인 팀장님과 팀원들을 응원하는 일정과 파주에 있는 공장을 방문하는 일정이었다. 세바스티앙은 말없이 그녀의 옆에서 그녀가 짜준 스케줄을 검토하고 있었다.

마띠아스의 말로는 셋이서 대학 동기라는 데 그녀가 보기에 셋은 너무나 달랐다. 뭔가 공통분모가 없어 보이는데 신기했다.

Rrrrrr—

하민의 전화였다. 평일에 전화하는 아이가 아닌데 이상했다.

"여보세요?"

[언니이—]

목소리가 간드러진 걸 보니 아쉬운 소리를 할 모양이었다.

"애교는 떨지 말고."

[나 점심시간에 그 근처에 갈 것 같은데 밥 사 주라.]

아쉬운 소리도 당당하게 하는 막내였다.

"돈 맡겨 놨어?"

[난 학생이잖아.]

하늘은 이런 동생이 귀여웠다.

"이따가 와."

[전화할게.]

나이 차이가 다섯 살이나 나다 보니 하늘의 눈엔 하민이 늘 아기 같았다. 하지만 정작 둘은 위치가 바뀌었다. 하민이 하늘보다 훨씬 더 어른스러웠다. 전화를 끊은 하늘은 회장실 안으로 들어갔다.

「10분 후에 디자인실을 방문하실 예정입니다.」

「그리고?」

후안은 서류를 보느라 그녀를 보지도 않고 있었다.

「점심 후에 파주 공장 방문이 있습니다.」

「그게 단가?」

「내일은 서울 백화점에 있는 저희 매장과 명동의 매장을 들리실 예정입니다. 그리고 일정에 없었지만, 내일 오후에 방송 출연도 있으실 예정입니다.」

「알았어.」

그녀는 인사를 하고 밖으로 나왔다. 마띠아스가 미리 와 있었다.

"사장님."

하루 만에 만나지만 반가웠다. 구관이 명관이라는 생각이 들었다.

"어때?"

"아직 잘 모르죠. 하지만 불편합니다."

"후안이 좀 까다로워. 개인적으로는 괜찮은 사람인데 일할 땐 완벽주의자야."

그때 후안이 안에서 나왔다.

「우리와 있을 땐 한국말 사용하지 마.」

「네, 회장님.」

그들은 디자인실로 향했다. 그녀가 세상에서 가장 싫어하는 은아가 있는 곳이라서 평소에도 특별한 일이 없으면 가지 않았다. 아니 지난 6개월 동안은 이곳에 들리지 않았다. 디자인 팀장님과는 아주 친했지만 그래도 가지 않았다.

"안녕하십니까?"

그녀가 먼저 들어가서 인사를 했다.

"후안 회장님 들어오십니다."

모두가 자리에서 일어나 박수로 후안과 그 일행을 맞이했다. 그 순간 하늘은 끔찍하게도 은아와 눈이 마주쳤다. 하여간 오늘도 운이 없는 하루가 될 것 같았다.

「이쪽으로 오시죠.」

그녀가 브라질어를 쓰자 디자이너들도 놀란 얼굴이었다. 오늘 통역은 하늘이 맡았다. 직원들이 회의실로 가고 디자인실장이 후안을 위해 그동안 디자인을 어떻게 했는지에 관한 전반적인 내용을 브리핑했다.

후안이 관심을 가지는 분야는 수영복이었다. 델리스가 론칭이 되면서 고가의 수영복 라인이 생긴 SPA였다. 그만큼 신경을 쓰는 일이었다. 거기다가 델리스 라인의 디지인은 한국팀에서 맡았다.

중저가의 디자인은 브라질에서 주로 맡았고 기성복 라인의 디자인은 프랑스나 이태리 쪽에서 맡았는데 이번에 델리스의 수영복 라인은 한국에서 하기로 했다. 주로 고객층이 유명 배우나 모델들이었고 거기에 재벌가들의 몸매 좋은 여자들을 위한 것이기도 했다.

그만큼 아무나 입는 수영복이 아니었다. 디자인 팀장이 열변을 토해 냈고 하늘이 통역해 주었다. 앞에서 보니 은아의 시선이 후안에게 가 있었다. 이번의 타겟은 후안이냐는 생각이 들었다.

은아는 브라질어는 못 했지만, 영어는 잘했고 후안은 영어를 할 줄 알았다. 그러니 의사소통엔 문제는 없을 것 같았다. 은아가 후안을 어떻게 꼬실지 궁금했다. 물론 있을 수 없는 일이지만 말이다.

후안은 열흘만 머물다가 갈 사람이었다. 브리핑을 하는 건지 팬미팅을 하는 건지 디자이너들의 시선은 다 후안에게 가 있었다. 하지만 후안은 그런 시선들을 마치 즐기는 분위기였다. 후안에 관한 관심이 정말로 대단했다.

팬미팅과 같았던 디자인실의 브리핑이 예정보다 늦게 끝나서 점심시간이 거의 다 된 시간에 끝이 났다.

하민이 근처에서 기다리고 있다는 문자가 와서 그녀는 식사를 하기 위해 나가려고 준비했다.

「우리를 버리고 갈 생각인가?」

「네?」

나가려다가 길목에서 후안에게 잡혔다.

「식사 시간인데 우리는 한국어를 할 줄 모르고⋯⋯.」

후안의 말이 맞았다. 그들은 한국말을 할 줄 몰랐고 영어를 할 줄 알았지만, 호텔에 가지 않는 한은 의사소통에 어려움이 있을 것 같았다.

「동생이 먼저 와서 기다리고 있어서⋯⋯.」

「같이 먹으면 안 되는 건가?」

「상관없습니다.」

어쩔 수 없이 그녀는 그들을 데리고 하민이 기다리는 생선 구이 집으로 갔다.

"언니⋯⋯."

하민이 손을 흔들었다. 그녀의 뒤에 따라온 남자들은 일행이 아니라고 생각한 모양이었다.

"한우를 먹어도 되는 날인데⋯⋯."

"왜?"

"우리 회장님하고 왔거든."

하늘이 턱으로 후안을 가리켰다.

"아, 푸른 눈⋯⋯."

하늘이 눈짓을 하자 하민이 입을 다물었다. 대신에 거구의 남자 둘에게 인사를 했다. 놀란 눈으로 고개만 끄덕인 정도였지만 말이다.

「집안의 여인들이 모두 아름다운가 봅니다.」

세바스티앙이 하민과 그녀를 칭찬했다. 이런 말을 하는 사람이
아닌데 하민을 보고는 놀란 눈빛으로 말했다.

「감사해요.」

그들은 좌식 문화에 익숙하지 않아서 그들은 테이블로 자리를
옮겼다.

「남자 친구 있습니까?」

「관심 있어?」

세바스티앙의 말에 후안이 웃으며 말했다.

「그럼, 우리의 관계는 어떻게 되는 거지?」

후안의 말에 하민의 눈이 동그랗게 변했다.

"언니, 이 사람이랑 정말 사귀는 거야?"

「회장님, 우리 하민이 브라질어 할 줄 압니다.」

「…….」

후안이 놀란 표정으로 하민을 보았다.

「자매가 언어에 천재적이군. 이름이 뭐지?」

「성하민이요. 그런 회장님의 성함은 후안 데 리스?」

「하하하, 맞아. 아주 좋아. 둘이 쌍둥이처럼 닮았을 줄 알았는
데 전혀 다른 느낌이야.」

그녀는 아빠를 닮아서 서구적으로 생겼고 하민은 엄마를 닮아

서 좀 더 여성스럽고 동양적인 미인이었다. 하민이는 남자들이 좋아하는 여리여리한 스타일이었지만 사실은 그녀보다 더 왈가닥이었다.

「성함이 뭐죠?」

하민이 당돌하게 세바스티앙의 이름을 물었다.

「세바스티앙 루카스.」

「아, 세바스.」

하민은 별 관심이 없는지 이름만 묻고 말았다.

「직업은?」

「의대생이에요.」

하늘은 세바스티앙이 하민을 보는 눈길이 마음에 들지 않았다. 그 눈빛은 후안이 그녀를 볼 때의 눈빛이었다. 야릇한 눈빛으로 동생을 보는 세바스티앙을 그녀가 째려보았다.

「우리 하민이는 아주 어려요. 이제 스물다섯 살밖에 되지 않았어요.」

"언니, 왜 그런 말을 해? 난 좋은데."

하민이 의외의 말을 했다. 하민은 도시적인 남자 스타일을 좋아했다. 하민이 잘생겼다고 말하는 연예인들은 다 그랬다. 세바스티앙처럼 전형적인 남미 스타일의 남자는 하민의 스타일이 아니었다.

"뭐가?"

"난 앞에 남자 마음에 들어."

"야!"

밥을 먹다가 말고 하늘이 하민의 등짝을 쳤다. 하늘이 하민의 등을 때리자 앞에 앉은 두 남자가 놀란 표정으로 하늘을 보았다.

"언니……."

"넌 아직 어려."

하민이 입을 쭉 내밀고 밥을 먹기 시작했다. 영문을 모르는 두 남자도 밥을 먹었다. 둘 다 생각보다 젓가락질을 잘했고 고갈비도 아주 맛있게 먹었다.

"여기 왜 온 거야?"

밥을 먹는 내내 하민과 세바스티앙은 힐끔거리며 서로를 보았고 하늘은 못마땅했다.

"아는 선배가 아르바이트 좀 해 달라고 해서."

"학교는?"

"오늘은 오전 강의만 있는 날이라서. 몇 시간 하고 30만원 주는데 당연히 해야지."

하민은 부모님께 의지하지 않고 용돈은 자신이 알아서 벌고 학비도 장학금을 받았다.

"뭔데?"

"쇼핑몰 모델. 얼굴은 안 나가고 의상만⋯⋯."

하민은 하늘이 보기에도 신이 주신 몸매였다. 어쩌면 그렇게 하얗고 예쁜지, 가슴도 그녀보다는 작지만 모양이 예뻤다.

"그런데 이렇게 밥 먹어도 돼?"

"타고났잖아."

하민이 웃으며 말하자 세바스티앙은 정신을 놓고 하민을 보고 있었다.

"저 남자 나한테 관심 있나 봐."

"조용히 밥 먹고 가라."

"커피도 사 줘."

오늘따라 하민이 칭얼거렸다.

"언니는 지금 상사랑 있는 거라고."

「커피 사 주세요.」

하민이 세바스티앙을 보고 말했다.

「물론.」

"넌 집에 가서 나한테 죽었어."

자매가 티격태격하는 걸 후안은 아주 즐거운 눈으로 보고 있었다.

밥을 먹고 나와서 세바스티앙이 사 준 커피를 들고 하민은 아르바이트를 하는 쪽으로 갔다. 가기 전에 세바스티앙에게 고맙다고 인사를 했다.

밥을 산 후안에게도 감사의 인사를 잊지 않았다.

"파란 눈, 언니한테 100퍼센트 관심 있어."

"입 다물고 가라."

"넵!"

하민은 경례를 하고 사라졌다. 정말이지 못 말리는 동생이었다.

「귀여운 동생이야.」

「하나도 안 귀여워요.」

이렇게 말했지만 그녀의 입꼬리는 올라가 있었다. 어디에 내놔도 자랑스러운 하민이었다.

「하민 씨 전화번⋯⋯.」

「안 돼요.」

세바스티앙이 전화번호를 물어봤지만, 그녀가 잘라 버렸다. 의대생에게 연애는 사치란 걸 하늘은 잘 알았다. 그리고 섹시한 외국인은 안 될 말이었다.

오후에 파주의 시찰을 끝내고 돌아오는 길은 생각보다 늦어졌다. 그가 꼼꼼하게 공장을 살피느라 시간을 너무 지체한 것이었다. 호텔로 가서 저녁을 먹기엔 너무 배가 고플 것 같았다.

「서울에 도착해서 식사부터 할까?」

「전 집에 가서 먹겠습니다.」

「그럼, 우리는 굶어야 하나?」

어차피 통역해야 하기 때문에 그녀는 그와 함께 저녁 식사를 해야 했다.

「동생 일 끝났으면 불러.」

그의 말에 하늘은 망설이다가 안 되겠는지 동생을 불렀다. 그 소리에 세바스는 아주 입이 귀에 걸렸다. 그는 세바스가 이렇게 여자에게 관심을 보이는 건 처음 보았다. 그것도 나이가 아주 어린 아가씨에게 말이다.

일단은 두고 보기로 했다. 하지만 천하의 바람둥이 세바스 때문에 하늘의 동생이 마음 아픈 건 보기 싫었다. 왜 그런 생각이 드는 건지 알 수 없었지만, 하늘이나 하민이나 항상 기쁜 일만 있었으면 좋겠다고 생각했다.

그들은 다시 회사 근처로 가서 스테이크 전문 레스토랑에 갔다. 세바스는 고기 없이는 큰일이 나는 사람인 줄 알기 때문에 일부러 스테이크 전문점으로 간 것이었다.

뒤늦게 도착한 하민은 정순한 아름다움을 가진 아가씨였다. 그는 그런 매력보다는 하늘과 같이 섹시한 여자가 좋았다. 평소의 검은색 정장이 마음에 들진 않지만 말이다. 그녀의 환상적인 몸을 옷으로 꽁꽁 싸매고 다니는 건 죄악이었다.

「어느 브랜드지?」

후안이 턱으로 그녀가 입고 있는 검은 정장을 가리켰다.

「국내 브랜드에요. 정장이 아주…….」

「입지 마.」

「와우, 너무 강하게 말씀하시네요. 우리 언니 설레게…….」

"성하민!"

"알았어."

후안은 언니에게 혼이 나는 하민이 귀여웠다. 그때 음식이 나왔
고 더는 논쟁을 하진 않았다.

그녀의 검은 정장과 흰색 블라우스는 그의 눈에 거슬렸다. 특히
실크 소재의 블라우스는 자꾸만 벗기고 싶은 욕망에 사로잡히게
했다. 손으로 잡아당기면 단추가 사방으로 튀며 그녀의 가슴이 보
이겠다는 생각에 미칠 것 같았다.

커다랗고 둥근 가슴을 그만 만져 본 것일까? 확실한 건 그때 하
늘은 처녀였고 그 후론 경험이 없을 것 같았다. 다른 놈이 그녀를
만졌다면 화가 날 것 같았다. 아니 생각만으로도 화가 났다.

「안 드세요?」

하민이 귀여운 얼굴로 웃으며 그에게 물었다.

「먹어야지.」

「오늘은 운이 좋은데요. 잘생긴 남자분들과 맛있는 음식을 공

짜로 먹으니까. 눈도 즐겁고 배도 부르고, 좋네요.」

후안은 하민이 그에게 살갑게 말하는 게 좋았다. 마치 여동생이 생긴 것 같은 느낌이었다. 하지만 그들이 대화하는 사이에 하늘과 세바스의 표정은 좋지 않았다.

식사를 마친 후에 그들은 묵고 있는 호텔의 커피숍에 가서 커피를 마셨다. 커피를 마시는 내내 분위기도 좋았다. 그는 세바스에게 하민을 데려다주라고 했고 하늘에겐 잠깐 이야기를 하자고 말했다.

하늘이 싫다고 했지만 세바스와 하민은 사라진 뒤였다.

「우리 하민이는 아기라고요.」

「하민은 당신 품 안의 아기가 아니라고. 그녀는 자신이 알아서 판단할 거야.」

그녀는 세바스가 신사적이라는 걸 알고 있었지만 그래도 걱정이 되었다.

「그냥 여기서 말씀하세요.」

「여기선 곤란해.」

그는 한사코 자신의 룸으로 그녀를 데리고 갔다. 그녀는 그 방에 가면 무슨 일이 벌어질지 누구보다 잘 알고 있었다.

「당신하고는 섹스 안 해요.」

그녀는 엘리베이터 안에서 선언하듯이 말했다.

「왜 대답을 안 해요?」

「내가 왜 대답을 해야 하지?」

그가 그녀에게 한 걸음 다가서며 말했다. 그녀는 엘리베이터의 모서리와 그사이에 갇힌 신세가 되었다. 그녀의 심장 소리가 터질 것 같이 들렸다. 아니 어쩌면 그의 심장 소리일 수도 있었다.

「위험한 여자야.」

그가 하늘의 머리카락에서 나는 샴푸 향을 들이마셨다. 청량한 향인데도 지금은 야릇한 향처럼 느껴졌다. 그는 저도 모르게 그녀의 정수리에 입술을 눌렀다.

「나도 내가 왜 이러는지 모르겠어.」

「그동안 너무 참아서 그러는 거예요. 아무 여자에게나 욕정을 느끼는 거라고요.」

그녀가 톡 쏘아붙였다. 하지만 상관없었다. 지금은 오로지 그녀를 안고 싶은 마음뿐이었다. 엘리베이터가 도착하고 그는 하늘의 손을 잡고 스위트룸 안으로 들어갔다.

쿵!

문이 열리고 안으로 들어간 그들은 누구랄 것도 없이 서로의 입술을 삼켰다. 그가 생각했던 전개와는 확실히 달랐지만, 더 자극적이었다. 그들의 혀가 뜨겁게 얽혀들었다. 그녀는 팔로 그의 목을 감았고 그는 하늘의 허리를 끌어안았다.

마치 떨어졌던 연인들이 오랜만에 만난 것처럼 그들은 서로의 혀를 정신없이 빨아들였다.

"으으음……."

그녀의 입에서 신음이 흘러나왔다. 참기 힘든 그가 그녀를 안고는 침대 앞으로 향했다. 하지만 몇 걸음 가지 못하고 그들은 중간에 멈추었다. 그녀를 벽에 세운 그는 입술을 그녀의 가는 목으로 내리고 손은 허벅지를 타고 위로 점점 올라와 치마 속으로 들어가 허벅지를 쓰다듬었다.

「하아, 미칠 것 같아…….」

후안은 하늘의 입술에 자신의 입술을 대고 뜨겁게 말했다. 그리고는 거칠게 그녀의 가슴을 잡았다. 그리고 양손으로 그녀의 블라우스를 찢어 버렸다.

투두둑!

소리를 내며 단추가 사방으로 흩어져 버렸다. 그리고 그가 종일 상상했던 풍만한 가슴이 그의 눈앞에 나타났다. 그는 베이지색 브래지어를 가슴 위로 올렸다. 꿈에 그리던 분홍색의 유두가 보였다.

그는 조금도 망설임 없이 유두를 입에 물었다.

츄읍 츄읍—

미친놈처럼 그는 그녀의 가슴을 빨아 댔다. 그녀의 가슴에 키스 마크가 하나둘 찍히기 시작했다. 짙은 분홍색이 된 유두가 뾰족하게 솟아올랐다. 후안은 민감해진 유두를 혀끝으로 건드리기 시작했다.

하늘이 벽 끝을 파고들 것처럼 제자리걸음을 하며 몸을 부르르 떨었다. 그는 혀 전체를 이용해 그녀의 유두를 핥아 올렸다.

"하아······."

참을 수 없었는지 하늘의 입에서 신음이 터져 나왔다. 후안의 머리카락 속으로 하늘이 손가락이 들어왔다. 그리고 그가 유두를 물때마다 그녀는 몸에 약간의 경련을 일으켰다.

「······민감해.」

그녀는 그의 입술이 스치는 곳마다 반응을 보였다. 그런 하늘의 반응에 후안은 미칠 것만 같았다. 그가 생각했던 그 날의 기억보다 지금은 천 배는 더 자극적이고 좋았다. 그녀의 가슴엔 검은 점이 있었다. 그날은 이런 것도 보지 못했는데 오른쪽 유두 옆에 작은 점이 있었다.

쪽!

후안은 저도 모르게 그 점에 소리가 나도록 입을 맞추었다.

「여기 점이 있어.」

그녀는 뭐라 했지만, 그의 귀에는 들리지 않았다. 그는 점점 입술을 아래로 내리기 시작했다. 호텔 방 안은 환해서 그녀의 작은 반응들이 그의 눈에 보였다. 그의 입술이 아래로 내려오자 그녀의 몸이 부끄러운지 붉게 물들었다.

쫘악!

그가 한꺼번에 그녀의 치마와 속옷을 내려 버렸다. 이제 그녀의 몸에 있는 건 검은색 하이힐이 전부였다.

어느 땐 섹스에 통달한 경험 많은 여자처럼 굴다가 가도 어떨 때는 너무 순진한 모습을 보이는 하늘은 그를 정신없게 만들고 있었다. 아니, 정신을 차리지 못하게 했다. 그의 손이 그녀의 기다란 다리를 쓸어내렸다.

그러자 하늘이 또다시 몸을 부르르 떨었다. 그의 타액으로 번들거리는 젖가슴처럼 그녀의 검은 숲도 그렇게 만들고 싶은 그는 그녀의 검은 숲을 망설임 없이 입안 가득 담았다.

"하아아……."

「여기도 예뻐.」

그가 손을 그녀의 여성을 벌리며 말했다. 조명 아래라서 더 선명하게 그녀이 연분홍색의 여성을 볼 수 있었다.

「거기는 그만해요.」

「정말 그만할까?」

그의 목소리는 욕망에 젖어 들어 거의 나오지 않았다.

「아뇨…….」

그의 선이 둥글고 아름다운 엉덩이를 손으로 거칠게 움켜쥐었다. 그리고는 얼굴을 그녀의 여성에 묻었다.

츄읍 츄읍——

그는 강하게 그녀의 여성을 빨았다. 하늘은 입으로 손을 막으며 비명에 가까운 소리를 냈다. 그가 혀끝에 닿는 클리토리스를 핥기 시작했다. 하늘은 도저히 참기가 힘든지 손으로 그의 머리를 밀어냈다.

「가만…….」

「……미치겠어요.」

그녀가 앙탈을 부렸다. 그는 더 깊이 그녀를 마시기 위해 다리 한쪽을 들어 그의 어깨 위에 올려놓았다. 그리고는 그녀의 클리토리스부터 질까지 길게 핥아 내렸다. 그녀가 몸을 부르르 떨며 애액을 쏟아내고 있었다.

미끈거리는 느낌이 그를 자극했다. 더는 참기 힘든 그는 하늘을 안고는 침대 위에 눕혔다. 빠르게 옷을 벗은 그는 침대 위에 요염하게 누워 있는 하늘을 위에서 덮쳤다. 그의 아래에 깔린 하늘의 몸이 너무나 부드러워서 그는 거친 숨을 놀아 쉬었다.

하늘은 자꾸만 그를 거칠게 만들었다. 부드럽게 천천히 하고 싶었지만, 그의 몸은 짐승이 되어 덮치기에 바빴다. 후안은 하늘의 허벅지를 양쪽으로 벌리고는 클리토리스를 손가락으로 자극했다.

하늘이 몸을 틀었다. 하지만 그의 힘을 당할 수는 없었다. 그는 중심을 잡고 서서 자신의 페니스를 손으로 잡고 그녀의 젖은 질에 대고 문지르기 시작했다. 발기한 페니스는 빨리 안에 넣어 달라고 아우성쳤다.

"아악!"

방 안에 울려 퍼지는 그녀의 비명이 들림과 동시에 그의 페니스가 그녀의 몸 안으로 들어갔다.

"으윽!"

너무 좁았다. 브라질의 밤처럼 그녀의 질은 빡빡했다. 이건 그간 그녀가 누구와도 섹스하지 않았다는 소리였다.

「파트너가 없었군.」

"하앙……."

「말해.」

그는 하늘의 입에서 아무도 없었다는 말을 듣고 싶었다.

「없었어요. 제발…….」

하늘은 허리를 튕겨 날라고 애원하는 중이었다. 그는 힘껏 허리를 튕겨 주었다. 그녀의 깊은 곳까지 그의 페니스의 맛을 보여 주기 위해 후안은 빠르게 허리를 움직이기 시작했다. 거친 호흡과 신음이 섞여 들리는 소리가 야릇했다.

그의 몸이 뜨거워지며 온몸에 땀이 흘렀다. 그의 이마에서 떨어진 땀이 그녀의 가슴골을 흘러내렸다. 이제 더는 참기 힘들었다.

그는 빠르게 허리를 움직여 그녀의 배 위에 자신의 분신을 쏟아냈다.

「헉헉, 최고였어.」

그는 그녀의 옆으로 누웠다. 그녀는 말없이 거친 숨만 몰아쉬었다. 그가 조금 진정이 되자 그녀의 배 위의 분신들을 물수건으로 닦아 주었다. 잠시 후에 하늘이 침대에서 일어났다.

「옷은 어떻게 하죠?」

「이거 입어. 맞을 거야.」

그는 기다렸다는 듯이 캐리어에서 여자 옷을 꺼냈다.

「이게 뭐예요?」

「우리 회사 옷.」

프랑스에서 받아온 샘플이었다.

「이건 브라질 본사로 가야 할 옷이잖아요.」

「한 벌 정도는 괜찮아. 이게 잘 어울리겠다. 」

그는 자신이 가지고 온 옷 중에 가장 점잖은 옷을 하늘에게 주었다. 마음 같아서는 야릇한 옷을 주고 싶었지만 그걸 하늘이 입지 않을 거라는 걸 알기 때문이었다.

「할 수 없으니까 일단은 입을게요.」

그는 선물을 풀어보는 아이처럼 기대감에 차서 그녀가 옷을 입는 모습을 보았다. 핑크색 원피스에 카디건까지 지금 한국의 날씨에 딱 맞았다. 거기에 검은색보다 밝은 색이 하늘에겐 잘 어울렸다.

「드라이해서 돌려 드릴게요.」

「선물이야. 대신에 저 검은 정장은 버려.」

그는 옷을 벌써 쓰레기통에 넣었다.

「정말 싫었군요?」

「난 여자가 자신이 가지고 있는 아름다움을 드러냈으면 좋겠어.」

그는 하늘에게 다가서서 그녀의 긴 머리카락을 손으로 쓸어내렸다.

「내가 있는 동안은 이렇게 풀고 다녀.」

「일하는 데 방해돼요.」

그녀가 고집을 부렸다.

「부탁이야.」

「……알았어요.」

후안이 하늘의 입술에 살짝 입을 맞췄다.

「가야 해요. 엄마, 아빠가 싫어해요. 그리고 외박을 하면 죽일지도 몰라요.」

그녀의 말에 그가 피식 웃었다. 한국은 브라질과 다르다는 건 알았다. 그는 하늘의 말대로 그녀를 집에 보내 주었다.

세바스티앙은 생각이 많은 사람 같았다. 하민이 생각하는 이상형에 가까운 남자였다. 물론 외국인이란 걸 제외하고 말이다. 그녀의 집안사람들은 다 컸다. 엄마도, 아빠도 키가 컸다. 그러니 하늘이나 그녀도 170cm가 넘는 장신이었다.

그러다 보니 남자가 웬만큼 커서는 크다는 생각도 들지 않았다. 하지만 세바스티앙은 그녀를 감싸 안고도 남을 만큼 컸다.

그들은 호텔에서 나와 잠시 한강을 걷기로 했다. 어차피 집에 갈 때 택시를 타고 가면 되니까. 운전기사는 보낸 상황이었다.

「키가 몇이에요?」

「190cm」

크긴 컸다. 하민이 고개를 들고 그를 올려다보았다.

「이렇게 남자를 올려다보는 건 처음인 것 같아요. 난 커다란 남자가 좋아요. 날 작아 보이게 하니까.」

「하민이는 예뻐.」

무뚝뚝하기만 한 남자의 입에서 예쁘다는 말이 나오니 듣기 좋았다.

「이런 말 안 하는 사람인 줄 알았어요.」

「안 해.」

「잘하는데…….」

그녀가 어깨를 으쓱였다.

「춥지 않아?」

「괜찮아요.」

괜찮다고는 말했지만 쌀쌀한 날씨였다. 10월의 밤은 살짝 추었다. 그런데 그때 갑자기 그가 그녀의 어깨에 손을 올리더니 살짝 안아 주었다. 터프하게 안은 건 아니지만 심장이 쿵 하고 떨어져 나가는 줄 알았다.

「이렇게 여자들을 많이 유혹했죠?」

「나는 여자들을 유혹하진 않아. 여자들이 날 유혹하지.」

「난 안 해요, 그런 거. 아니 못 한다고 해야 하나?」

「벌써 했어.」

그녀가 피식 웃었다. 이렇게 닭살 돋는 말을 잘하는 사람인 줄 몰랐었다. 하민이 그의 앞에 섰다.

"난 말이죠. 이상형을 만나서 좋았어요. 이렇게 안겨도 보고. 그런데 난 떠날 사람과는 연애 안 해요. 난 늘 곁에서 날 사랑해 주는 사람을 원하거든요."

그녀가 한국말로 말했다. 어차피 그는 알아듣지 못할 테니까. 그가 고개를 갸웃거렸다.

「무슨 뜻이지?」

그가 섹시하게 한쪽 눈썹을 올렸다.

「아니, 그냥……. 읍!」

사람들이 오가지는 않았지만 언제든지 지나갈 수 있는 곳이었다. 그런데 그는 망설임 없이 그녀의 입술을 삼켜 버렸다. 고등학교 때 그녀를 쫓아다니던 남학생에게 도둑 키스를 당할 뻔했을 때 이후 처음 하는 키스였다.

그간 너무 바쁘게 살아서 남자를 만날 시간이 없었다. 그가 그녀의 입술을 벌리고 혀를 밀어 넣었다. 이렇게 깊은 키스는 처음이었지만, 학습 능력이 뛰어난 하민은 금방 그의 키스를 따라했다.

아주 묘하면서 뜨거웠다. 하민은 세바스티앙의 목에 팔을 감고 발뒤꿈치를 들어 그의 키스에 적극적으로 화답했다.

넓은 소파 테이블에 사진들이 어지럽게 펼쳐져 있었다. 은아와 나이 든 할머니가 걸어가는 사진과 오래된 빌라에서 은아가 나오는 사진들이었다. 평소 그를 만날 때 입었던 명품 옷이 아닌 목이 늘어난 티셔츠에 운동복 바지를 입은 은아가 목욕 바구니를 들고 힘없이 걸어가는 사진도 있었다.

진수는 충격을 받아 말을 못 하고 부모님의 눈치를 살폈다. 그는 어머니의 굳은 표정을 보고 말을 할 수가 없었다. 아버지 또한 그에게 실망했다는 얼굴이었다. 하늘과 헤어진다고 했을 때도 이 정도는 아니었다.

물론 그때는 은아의 진실을 알지 못했을 때였다.

"이게 어떻게 된 거야?"

"저도 몰랐습니다."

"넌 집안도 확인 안 하고 하늘이 같은 애를 찬 거였어?"

어머니가 차갑게 말했다. 어머니는 남의 눈을 의식하는 분이었다. 그런데도 하늘과의 결혼 2주 전에 파혼하는 걸 묵인한 건 그가 말한 은아의 집안 때문이었다. 하늘이네보다 훨씬 잘사는 집안의 딸이라고 했다.

병원도 지어 줄 정도라고 그가 부풀려 말하긴 했었다. 하지만 이 정도인 줄은 몰랐었다.

"부모님은 어릴 때 이혼하고 할머니 밑에서 자란 아이야. 그게 잘못됐다는 건 아니지만 그래도 나는 우리 집안 며느리로 받아들일 수 없어. 거기다가 거짓말까지?"

기가 막힌다는 표정이었다.

"그런데 이건 어떻게……."

"난 너희들을 올해가 가기 전에 결혼시킬 생각이었어. 엄마가 이 정도도 안 하고 널 결혼시킬 거라고 생각했어?"

"어머니……."

할 말이 없었다.

"그래, 거기까지도 자존심 때문에 그럴 수도 있다고 생각해. 그런데 은아 아버지란 사람은 지금 교도소에 있어. 알고 있니?"

은아에 대한 배신감이 밀려들었다. 은아는 그에 대해 너무 잘 알았다. 그는 호화롭게 살고 싶었다. 자신의 병원을 가지고 있지만, 지금보다 더 크게 병원을 확장하고 멋지게 살 거란 계획이었다.

거기에 의사니까 처가의 도움도 있어야 한다고 생각했다. 그런데 은아가 그의 계획을 망쳐 버렸다.

"당장 헤어져. 그리고 다음 주부터 선봐."

"……."

"그러게 내가 하늘이 같은 아이는 없다고 했지? 하늘이 아버지가 이번에 산업 훈장 받는단다. 그렇게 탄탄한 중소기업도 없대. 아니?"

속에서 천불이 났다. 하늘은 그가 첫눈에 반한 여자였다. 착하고 따뜻한 여자였다. 그래서 결혼을 결심했지만 단 한 가지 흠은 그에게 틈을 주지 않았다는 것이었다. 하늘도 그를 좋아한다는 건 알았다.

하지만 마음만으로는 부족한 게 연애였다. 그에겐 안정감과는 다른 자극적인 게 필요했었다.

"내일 가서 깨끗하게 정리하고 토요일에 선봐. 아니 무조건 선이 들어오면 내일이라도 봐. 알았어?"

"……."

"왜 답이 없어?"

"알았어요."

그는 방으로 들어갔다. 부재중 전화가 와 있었다. 은아에게 온 것이었다. 그는 은아에게 전화를 걸었다.

"여보세요?"

[자기야, 벌써 잤어?]

평소와 다름없이 애교가 가득한 목소리였다. 평소에는 이런 애교가 좋았지만, 지금은 소름이 돋는 목소리로 들렸다.

"아니."

[그런데 목소리가 왜 그래?]

은아는 아무것도 모르는 눈치였다.

"그냥, 왜?"

[어, 뮤지컬 공연 표가 생겼는데 갈래?]

진수는 은아가 한가한 소리를 하고 있다는 생각이 들었다.

"내일 우리 만나자. 할 말이 있어."

그의 목소리가 분노로 인해 떨렸다.

[뮤지컬은?]

"내일 만나서 얘기해. 지금은 피곤해."

[알았어. 내일 만나.]

은아의 목소리는 그의 마음과는 반대로 밝게 들렸다. 내일이면 끝이었다. 다시는 은아와 마주하고 싶은 생각이 없었다.

"용서 못 해!"

진수를 핸드폰을 침대 위로 집어 던지며 소리쳤다.

4

후안이 온 지 3일째 되는 날이었다. 그가 오고 많은 일이 생겼다. 아니 그와 브라질에서의 뜨거운 하룻밤을 보내고 난 후에 그녀의 인생은 달라졌다. 뭐랄까? 연애에 있어서 조금 더 솔직하고 대담해진 것 같았다.

그리고 조금은 보수적이던 그녀의 생활도 많은 것이 변했다. 이래도 되는 걸까? 어쩌면 그는 또다시 그녀의 삶에서 떠날 사람이기 때문에 과감해진 걸지도 몰랐다. 어차피 인연을 맺을 사람이 아니란 생각이 강했기 때문일 것이다.

그래서 후안도 자신의 본능에 충실했던 걸까? 후안의 거칠 것 없는 자극적인 행동도 그렇기 때문에 가능한 것일 수도 있었다.

「오늘의 일정을 좀 말해 주시겠습니까?」

세바스티앙이 그녀에게 커피를 건네며 말했다. 커다란 덩치와 탄탄한 몸은 운동선수를 연상시켰지만, 그의 행동은 차분하면서도 상대를 배려하는 배려심이 강했다. 하민과의 관계가 아니라면 조금 더 그와 편하게 지낼 수 있을 것도 같았다.

「고마워요.」

세바스티앙과 하민은 분명히 어제 무슨 일이 있었다. 아침에 물어봤지만 하민은 쿨하게 답했다. 조금 있으면 떠날 사람과 뭘 하겠냐는 것이었다. 하긴 그 말이 맞았다. 그래서 동생의 사생활을 잠깐 눈감아 주기로 했다. 그래도 왠지 찜찜한 이 느낌은 뭘까?

「오늘은 정치계의 인사들과 만나고 오후에도 인터뷰가 있습니다. 우리나라에서 가장 유명한 경제지에서 인터뷰 요청이 있었고, 그게 끝나면 뉴스에 출현할 예정입니다. 중간에 직원들의 건의 사항을 듣는 심문고가 있는데 이번엔 일반 직원이 마띠아스 지사장님이 아닌 회장님께 직접 건의 사항을 말하는 시간이 있습니다. 그리고 주말엔 일정을 비워 두라고 하셔서 일정을 뒤로 미뤘습니다.」

「후안은 인터뷰를 좋아하지 않아요.」

갑작스러운 말에 하늘이 고개를 들어 세바스티앙을 보았다. 비서라기보다는 경호원이나 군인 같은 느낌이 강해 보이는 세바스티앙이 후안의 스타일에 대해 그녀에게 조언해 주었다.

「마띠아스는 인터뷰를 굉장히 즐기는 사람이라서 비슷하신 줄 알았어요.」

솔직하게 남미 사람들은 시원시원한 스타일이라서 자신을 드러내는 걸 즐기는 줄 알았다.

「패션모델 당시에도 후안은 인터뷰는 거의 사절이었죠. 그는 사진 찍히는 건 좋아하지만 이상하게 인터뷰는 싫어했어요. 아마도 개인적인 일은 말하고 싶지 않아서일 거예요.」

「하긴, 기자들은 지극히 사적인 걸 좋아하죠.」

기자들은 지극히 사적인 걸 좋아했다. 반년 전 후안이 이혼했을 때는 세계가 떠들썩했다. 후안의 결혼보다 이혼이 큰 쟁점이 되었다. 세계적인 기업의 딸과 1년의 결혼생활은 처음부터 끝까지 이슈이긴 했지만, 이혼은 정말 충격적이었다.

그녀가 후안의 기사를 한국에 와서도 접할 수 있었던 건 그의 이혼 덕분이었다. 아내가 약물 중독에 섹스 중독이었다. 마지막 그녀를 발견했을 때 남자 두 명과 마약에 찌들어 있는 걸 후안이 발견했다는 기사도 있나.

사실인지 아니면 가짜 뉴스인지 몰랐지만, 하여튼 그는 이혼했고 부인인 멜리나에게 문제가 있는 건 확실해 보였다.

그때 후안이 사무실에서 나왔다. 오늘 오전에 만나는 사람은 산

업 통상부 장관이었다. 그리고 다음에 만날 사람은 교육부 장관이었다. 학교를 설립하기 위한 일이었다. 그는 멋지게 그들에게 자신의 사업 아이템과 미래의 계획에 관해 설명했고, 통역을 담당한 그녀는 그가 자신이 다니는 회사의 회장이라는 게 자랑스러웠다.

「정치하셔도 잘하셨을 것 같아요.」

관료들과 정치인들을 만나고 가는 길에 그녀는 후안에게 지나가는 말로 칭찬했다. 그가 입꼬리를 살짝 올리며 웃었다. 너무 매력적인 웃음이었다. 순간적으로 하늘은 심장이 쿵쾅쿵쾅 뛰고 말았다. 그 모습을 들킬까 봐 그녀는 얼른 표정 관리를 했다.

그들은 간단히 점심을 먹고 인터뷰를 위해 회사로 들어왔다. 하늘은 오후 일정을 준비하기 전에 양치하려고 화장실로 갔다.

한참 이를 닦고 있는데 반갑지 않은 얼굴이 화장실 안으로 들어왔다. 그냥 나갔으면 했는데 아랑곳없이 들어온 은아는 그녀 옆 세면대에 서서 손을 씻었다.

"오랜만이야?"

"어제 보지 않았나?"

디자인실에 간 그녀는 은아를 보았다. 앞에 서 있던 그녀를 은아가 보지 못했을 리 없을 것이다.

"그냥 인사지, 까탈스럽긴."

은아가 비꼬며 물이 그녀에게 튀게 손을 탈탈 털었다.

"우리가 인사를 할 사이인가?"

그녀의 무례한 행동에 인상을 쓰며 하늘이 말했다.

"아니면 말고."

미친년이 따로 없었다. 그녀는 빨리 나가려고 양치를 하다 말고 물로 입을 헹구었다.

"우리 결혼할 것 같아."

"해."

그녀는 티슈를 신경질적으로 뺐다. 그리고 은아에게 말했다.

"고마워, 별것도 아닌 인간을 치워 줘서. 안 그랬으면 더 좋은 사람을 놓칠 뻔했어."

그녀는 이렇게 말하며 화장실을 빠져나왔다.

"재수 없어."

은아만 보면 하루가 짜증이 났다. 그녀가 사무실로 들어가서 자리에 앉아 있는데 은아가 사무실로 들어왔다. 이 무슨 어이없는 일인지. 하늘이 나가라고 말하려는데 세바스티앙이 자리에서 일어났다.

그리고는 후아에게 온아를 데리고 들어가는 것이었다.

"뭐야?"

잠시 후에 세바스티앙만 회장실에서 나왔다.

「무슨 일이죠?」

「신문고? 아까 말했던 직원복지…… 뭐 그런 거라고 하던데요. 이번에 델리스 디자인 중에 자신 있는 게 있는데 디자인 팀장님 선에서 탈락이 되었다고 꼭 보여 주고 싶다고 해서 자리를 마련해 준 겁니다.」

역시 여우 같은 은아였다. 자신의 출세를 위해 디자인 팀장님의 얼굴에 먹칠을 했다. 이걸 가만히 두고 볼 그녀가 아니었다. 그녀는 주저 없이 회장실로 들어갔다. 하늘이 들어서자 은아가 그의 옆에 바짝 붙어 있는 게 보였다.

정말 기가 막힌 건 델리스 수영복 디자인을 은아가 직접 입어서 보여 주고 있다는 것이었다.

「하늘, 오해할 일은 아니야.」

「오해 안 해요. 오해할 가치도 없고. 저 여자가 누군지 알면 당신도 상대하지 않을 테니까요.」

"너 영어로 안 해?"

은아가 화를 내고 있었다.

「내 결혼을 파탄에 빠뜨린 여자예요. 한때 네 친구였던, 그리고 내 침대에 내 남자와 누워 있던 여자가 이 여자예요.」

그녀의 말에 후안의 인상이 굳어졌다.

「하늘의 남자를 빼앗았다고?」

후안이 영어로 물었다.

「그건 하늘이 혼자 오해한 거예요. 하늘이 무슨 말을 했든 그건 다 거짓이에요.」

어이가 없다는 말은 이럴 때 쓰는 말 같았다. 후안은 차가운 표정으로 말했다.

「내가 당신을 나가라고 하는 건 당신의 디자인도 마음에 안 들고 당신이 나에게 콜걸처럼 디자인을 보여 준 것도 마음에 들지 않았기 때문이야. 그리고 결정적인 건 하늘의 마음을 아프게 했다는 거지. 그러니까 나가!」

그의 말에 은아가 옷을 주섬주섬 집어 들고는 하늘의 옆을 지나치며 말했다.

"그래도 넌 나에게 남자를 뺏긴 거야."

"아니, 네가 쓰레기를 치워 준 거야."

하늘도 지지 않았다. 은아가 나가자 하늘은 다리에 힘이 풀렸다. 그런 하늘을 후안이 빠르게 다가와 잡았다.

「당신의 남자를 이해 못 하겠어. 어떻게 하늘같이 완벽한 여자를 두고 저런 여자를 선택한 거지?」

그의 따뜻한 위로에 하늘은 미소를 지었다. 하지만 은아가 이번에도 자신의 남자에게 접근했다는 게 너무 짜증이 났다. 하긴 후안은 그녀의 남자는 아니었지만 말이다.

「오후 일정은 소화할 수 있겠어?」

「물론이죠.」

그녀는 그에게 다정한 미소를 이었다. 그리고는 저도 모르게 그의 입술에 살짝 입을 맞추었다.

「고마워요.」

「……감사 인사는 그렇게 하는 게 아니야.」

그가 단숨에 그녀의 입술을 삼켜 버렸다. 뜨거운 키스에 하늘도 그의 목을 끌어안고 매달렸다. 그들의 뜨거운 혀가 얽혀들었다.

「어? 죄송합니다. 노크했는데…….」

마띠아스의 목소리에 하늘이 얼른 그에게서 떨어지려 했다. 하지만 후안의 동작이 빨랐다. 하늘의 허리를 잡고는 그의 옆에 세웠다. 부끄러움에 하늘은 쥐구멍에라도 들어가고 싶었지만 후안이 내버려 둘 것 같지 않았다.

마띠아스가 있는데도 그의 손이 그녀의 허리에서 가슴까지 천천히 올라왔다.

「마띠, 넌 방금 해고될 수도 있었어.」

후안이 인상을 쓰며 마띠아스에게 차갑게 말했다.

「난 분명 노크를 했다고. 그런데 둘은 언제부터 이렇게 된 거야?」

마띠아스는 해고당하는 것보다 그녀와 후안, 둘의 관계가 더 궁금한 것 같았다.

「6개월 전부터.」

후안의 말에 하늘이 억지로 미소 지었다.

「이제 됐으면 나가 봐. 방해하지 말고.」

「나도 그러고 싶은데, 학교 건립 때문에 교육부 담당 공무원이 잠깐 보자고 해서.」

후안이 그녀의 허리를 놓아주었다. 후안이 한국에 온 가장 큰 이유가 디자인 학교 건립 문제였기 때문에 그냥 보낼 수 없었기 때문이다.

「들어오시라고 해.」

하늘은 밖으로 나가 교육부 직원을 안으로 들여 보냈다.

"후……."

한숨이 절로 나왔다. 지사장실로 돌아가면 마띠아스가 그녀에게 날마다 어떻게 된 일이냐며 물어볼 텐데 걱정이었다.

「무슨 일 있습니까? 한숨이 너무 깊어서…….」

「아니에요. 아무 일 없었어요.」

옆에 있는 줄 몰랐는데 세바스티앙이 그녀를 걱정스러운 눈으로 보았디.

「후안은 상처가 많은 사람입니다. 멜리나와 1년 전에 이혼한 거 알죠?」

하늘이 고개를 끄덕였다.

「후안은 결혼이나 여자를 그 후로 믿지 않게 되었습니다. 그전에도 일에만 매달리는 사람이었는데 그 후로는 더 그렇게 됐죠. 하지만 한 가지, 더 매달린 일이 있습니다. 6개월 전에 이혼함과 동시에 그가 매달린 일은 한국의 여자 하나를 찾는 것이었습니다.」

「…….」

「그렇게 이 잡듯이 찾았는데 결국 찾지 못했죠. 한국에 3일 먼저 들어온 건 시간이 생겼기 때문이기도 했지만 그 여자분을 찾기 위한 것이었습니다.」

그런데 그 여자가 머리끄덩이를 잡히는 장면을 본 것이었다.

「절대 장난으로 하늘 씨를 대하는 건 아니란 것만 알아주셨으면 합니다.」

그때 사무실에서 사람들이 나왔다. 세바스티앙의 말을 더 듣고 싶었지만 일정이 너무 빡빡해서 더는 들을 수가 없었다. 곧바로 마띠아스의 방에서 진행한 인터뷰는 성공적이었다. 후안과 마띠아스가 함께 인터뷰했는데 어쩌면 두 사람 다 그렇게 말을 잘하는지. 아주 멋진 인터뷰였다.

은아로 인해 상처받은 마음이 후안 덕분에 많이 치유되었다. 그녀는 흐뭇한 미소를 지으며 후안을 바라보았다.

하늘은 문득 후안이 떠나고 난 후에 남겨진 자신이 잘 견딜 수 있을까 하는 생각이 들었다. 지금도 자신이 없는데 시간이 지나면 더 힘들 것 같았다.

은아는 퇴근 시간에 맞춰서 진수와 만나기로 했다. 뮤지컬 티켓은 그녀가 구입했다. 최근 후안을 유혹하려던 일이 틀어지고 진수와의 관계를 회복하기로 마음을 바꿔 먹었다. 그래서 거금을 들여 티켓을 예매했다.

물론 진수가 좋아서가 아니라 나중의 안정된 삶을 위해 진수마저 놓치면 안 될 것 같아서였다. 오늘 기분이 너무 좋지 않았다. 수영복을 입고 그에게 보여 주기까지 했는데 완전 제대로 한 방 먹었다.

은아는 가슴이 크진 않았지만 섹시한 모습이었다. 그녀의 눈빛에 많은 남자들은 넘어왔다. 하지만 후안의 모습은 차가움 그 자체였다. 예상하지 못한 반응이었다.

"고은아 씨."

"네."

디자인 팀장이 그녀를 불렀다. 얄미운 하늘이 벌써 고자질을 한 것 같았다. 예상은 하고 있어서 별 생각은 들지 않았다. 디자인 팀장은 그 전부터 그녀를 싫어했다. 힘든 일은 다 그녀의 몫이었고 그녀의 디자인이 채택될 확률은 거의 제로에 가까웠다.

"부르셨습니까?"

"내가 우스워요?"

디자인 팀장이 안 그래도 찢어진 눈을 더 가늘게 떴다.

"아닙니다."

"그런데 어떻게 회장님께 직접 디자인을 보여 드리러 갈 수가 있죠? 그것도 심문고를 통해서? 다른 사람의 순번이었는데 중간에서 낚아챘다면서요?"

소문이 빠르긴 빨랐다.

"제 디자인은 거의 무시되니까 저로서는 어쩔 수가 없었습니다."

디자인 팀장이 어이가 없다는 듯이 웃었다.

"디자인이 좋아야 뽑아 주지. 그 디자인으로 실력 운운하면 안 되죠."

"제 디자인은 훌륭합니다."

"자신감은 좋은데, 그런 자신감은 실력을 쌓고 가져야지. 회장님은 디자인이 마음에 드신데?"

"……."

"아닐걸? 자신의 능력을 너무 과대평가하지 말고. 아니면 다른 곳으로 가든가. 난 잡지 않을 거니까. 잡을 이유도 없고."

"……."

자존심에 상처를 입었다. 그녀는 대학 내내 장학금을 받고 학교에 다녔다. 수많은 곳에서 러브콜을 보냈지만, 연봉이 가장 높은 이곳을 선택한 것이다. 그들이 뽑아 준 게 아니라 그녀의 실력이 출중하여서 뽑힌 것이었다.

당장에 그만두고 싶은 마음이었지만 지금은 아니었다.

"사유서 써서 와. 나가 봐."

그녀는 밖으로 나왔다. 동료들과도 말을 안 한 지 오래였다. 이런 상황에 짜증이 난 은아는 하늘이 더 미웠다. 대학 때 하늘과 친해진 건 스키 동아리 때문이었다. 스키 동아리에 S대의 미인들은 다 모였다는 말이 돌았고 집안 좋은 남자들이 많다는 이야기를 들었다.

그래서 들어갔는데 하늘은 그야말로 그들의 중심에 서 있었다. 은아는 끼어들 수 없을 정도로 하늘의 곁에는 남자들도 여자들도 많았다. 그래서 친하게 지내기로 마음먹고는 하늘의 주변을 맴돌며 기회를 엿봤다. 그러다 스키장에서 그녀가 다치는 바람에 하늘과 친해질 수 있었다.

동아리 회장인 하늘이 다친 그녀의 곁을 지켜 줬기 때문이었다. 그녀가 갖지 못한 모든 걸 하늘은 가졌다. 특히 집안 좋은 남자들이 모두 하늘의 뒤꽁무니만 쫓아다녔다. 중간에 다른 여자들의 남자들은 많이 빼앗았지만, 하늘의 남자는 건드리지 않았다.

하늘의 마음을 상하게 하고 싶지 않았다. 하늘의 곁에 있어야 좋은 남자를 만날 수 있다는 생각 때문이었다. 그러다가 진수를 만났고 은아는 진수를 빼앗았다.

퇴근 시간이 되었다. 엿 같은 하루가 이렇게 끝나고 있었다. 그녀는 진수가 기다리는 카페로 향했다.

일정이 끝이 나고 후안과 세바스티앙, 마띠아스와 함께 그녀는 저녁 식사를 하기 위해 감자탕집으로 향했다. 머리서부터 발끝까지 명품으로 휘감은 남자들과 감자탕이라니. 좀 이상한 생각이 들었다.

마띠아스가 눈치 없이 그녀의 손을 잡았다. 마띠아스는 한국 여자들이 오해할 만한 행동을 많이 했다. 손을 덥썩 잡거나 포옹을 하는 건 예사였다. 하지만 오늘은 마띠아스가 실수를 한 것이었다.

「마띠, 그 손 놔.」

후안이 뒤에서 걸어오며 마띠에게 말했다. 그러자 회사에서 그들이 키스하던 모습이 떠올랐는지 마띠아스가 얼른 손을 놓았다.

「마띠, 하늘에게 관심 있어?」

후안의 목소리는 차갑기 그지없었다. 하늘은 세바스티앙의 말이 떠올랐다. 그가 그녀를 6개월 동안이나 찾았다고 했다. 왜 찾앗을까? 단순히 잠자리가 좋아서? 이유는 알 수 없었지만, 기분이 나쁘지 않았다. 오히려 가슴이 뛰었다.

「아니, 그렇진 않아.」

마띠아스가 잔뜩 주눅이 든 채 말하는데 하늘은 웃음이 나왔다.

「그렇다면 그런 쓸데없이 오해 살 만한 스킨십은 하지 마. 그건 내가 없어도 마찬가지야.」

마띠가 입을 쑥 내밀고는 세바스티앙 쪽을 갔다. 자연스럽게 후안과 하늘이 나란히 걷게 되었다.

「지사장님은 사심 없이 그러는 거예요.」

하늘이 후안을 올려다보며 말했다. 이 남자, 귀여운 면이 있었다.

「알아. 그래도 하늘이한테 그러는 거 기분 나빠.」

후안이 이런 식으로 말을 할 때마다 하늘은 심장이 두근거렸다. 그를 좋아하는 마음이 커지는 것 같았다. 하지만 그들에겐 미래가 없었고 그녀는 다시는 남자와 함께하는 미래를 생각하고 싶지 않았다. 결혼은 그녀의 인생에 두 번 다시 없을 것이다.

「뭐가 그렇게 심각해?」

후안이 그녀의 머리를 손으로 쓰다듬으며 물었다. 이 남자가 오늘 작정한 듯 그녀의 마음을 파고들었다.

「둘이 사귀는 거야?」

「방해하지 마라.」

마띠아스가 한마디 했다가 세바스티앙에게 끌려갔다. 그들이 감자탕집으로 들어가자 사람들의 시선이 일제히 그들에게 쏠렸다.

「왜들 보는 거지?」

「이렇게 서민적인 곳에 세 분 다 명품을 휘감고 들어오니까 그럴 거예요. 거기에 토속적인 음식을 외국인들이 먹으러 온 것도 신기하고.」

그들은 자리에 앉아 감자탕을 시켰다.

「일단 냄새는 좋아.」

후안은 일단 후한 점수를 주고 있었다. 푸짐한 감자탕이 나오자 고기라면 사족을 못 쓰는 세바스티앙의 입도 귀에 걸렸다. 거기에 마띠아스의 감자탕 찬양까지 더해지니 난리도 이런 난리가 없었다.

「으음, 과라나가 생각나는군.」

과라나는 브라질에서 콜라보다 많이 팔리는 음료였다.

「감자탕에는 콜라 같은 음료보다 소주를 마셔야죠.」

「후안, 과라나보다 소주가 좋아. 나도 한국에 와서 소주를 처음 마셔 봤는데 아주 깔끔한 술이더군.」

그들은 소주를 시켜서 한 잔씩 마셨다. 그런데 생각보다 술을 잘 마시지 못하는 사람들이었다. 소주 한 잔밖에 안 마셨는데 다들 얼굴이 붉어졌다.

감자탕을 생각보다 맛있게 먹는 후안을 보며 하늘은 미소 지었다. 그리고 이미 이 남자에게 마음을 빼앗겼음을 깨달았다.

진수는 화가 머리끝까지 났지만 참고 또 참았다. 10월의 날씨가 서늘했지만, 아이스 아메리카노를 시켰다. 어머니의 말을 직접 확인하고 싶었다. 하지만 사실이 아닐 수가 없었다. 어머니는 굉장히 치밀하신 분이었기 때문이었다.

"자기야."

은아가 도착했다. 카페에서 단연 눈에 띄는 외모의 은아는 한때 그의 전부였다. 물론 하늘이 더 예뻤지만, 그는 단정한 이미지의 여자보다 화려한 스타일이 좋았다. 오늘도 은아는 머리서부터 발끝까지 명품을 휘감고 있었다.

그런데 어떻게 가난할 수가 있냐는 생각이 들었다. 도대체 돈이 어디에서 나왔을까? 물론 그녀의 연봉이 꽤 높다는 건 알고 있었다. SPA그룹의 신입 사원 초봉이 우리나라에서 가장 높다는 건 그도 인터넷을 통해 알고 있었다.

"나도 아이스 아메리카노 시켰어. 너무 화가 나서 말이야."

"왜?"

형식적인 질문이었다.

"디자인 팀장이……."

은아가 말을 멈추고 창밖을 보았다. 그도 자연스럽게 창밖으로 눈길이 갔다. 그리고 6개월 만에 하늘을 보았다. 외국인과 걸어가는 하늘은 평소에 그가 알던 하늘과는 다른 분위기였다. 밝은 분위기에 하늘 주위의 남자들은 떨어진 거리에서 보아도 다들 부티가 좔좔 흐르는 남자들이었다.

"하! 어이없네."

"왜?"

시선은 창밖에 두고는 은아가 화를 내는 이유를 물었다.

"오늘 내 다자인이 하늘이 때문에 통과 못 했어."

"하늘이는 비서 아니야?"

"저기 하늘이 옆에 제일 눈에 띄는 남자가 후안 회장인데 요즘 하늘이 후안 회장의 통역을 맡고 있거든."

하늘이 5개 국어를 할 줄 안다는 사실이 떠올랐다. 갑자기 하늘이 달라 보였다. 그가 좋아하는 능력 있는 여자가 바로 하늘이었다. 거기에 집안까지 좋고, 오늘 보니 섹시한 느낌이 강했다. 오늘따라 왜 이렇게 달라 보이는 걸까?

"저년이 중간에서 가로막았어. 짜증나."

"그것 때문에 화난 거야?"

여전히 진수의 시선은 하늘에게 가 있었다.

그때 은아의 진동벨이 울렸고 그는 그동안 하늘을 마음 놓고 볼 수 있었다. 하늘의 머리를 후안 회장이 쓰다듬는 게 보였다. 그건 연인의 손길이었다. 남자는 관심이 없는 여자에게 저런 식의 행동을 하지 않는다. 왜 이렇게 하늘에게 눈길이 가는 걸까?

솔직하게 진수는 그때의 선택을 후회하고 있었다.

"뭘 그렇게 봐?"

은아가 커피를 내려놓으며 물었다.

"아니야."

"아니긴, 하늘이를 뚫어지게 봤으면서."

"그래 하늘이 봤어."

진수는 짜증 섞인 목소리로 말했다. 오늘은 은아에게 이별을 통보하러 온 자리였다. 굳이 은아의 눈치를 볼 필요는 없었다.

"왜? 다시 만나고 싶어?"

은아가 거의 비웃음을 띠며 물었다.

"응."

그도 은아를 배려하지 않고 솔직하게 말했다.

"뭐?"

은아는 금방이라도 그에게 달려들 것 같았다.

"너 왜 나 속였어?"

그의 말에 뭔가 찔리는 게 있는지 은아의 표정이 굳었다.

"내가 뭘 속였는데?"

"처음부터 끝까지. 전부 다."

"난 속인 거 아무것도 없어."

그녀는 뻔뻔하게도 자신의 잘못을 인정하지 않았다.

"진수 씨가 무슨 소리를 하는지 잘 모르겠어."

"몰라?"

갑자기 뭔가 속에서 치밀어 오르는 진수였다.

"부모님은 이혼하시고 할머니 손에 자랐다며?"

"설마 내 뒷조사했어?"

그녀의 목소리는 차가웠다. 무릎이라도 꿇고 빌 줄 알았는데 아니었다. 역시 이런 거짓말을 하려면 뻔뻔해야 하는 모양이었다.

"어머니가 하셨어."

"하! 엄마 핑계를 대는 거야? 그냥 진수 씨가 했다고 하지 그래?"

은아는 그를 마마보이 취급했다.

"그래서 사실이 아니란 거야?"

진수도 발끈했다.

"아니야."

은아가 너무 당당하게 나오자 순간적으로 어머니가 잘못 아신 건가 하는 생각이 들었다.

"끝까지 솔직하지 못하는구나."

"아니, 내가 솔직해진다면 놀랄 건 진수 씨야."

그녀는 당당하게 말했다.

"우리 그만 만나자."

진수는 이별을 통보했다.

"싫어. 날 가지고 놀다가 버릴 여자라고 생각했다면 그건 오산이야. 난 쉽게 물러나지 않아."

진수는 순간 소름이 돋았다. 은아는 이를 악물고 그에게 저주의 말을 퍼붓듯이 말했다. 그리고 아이스 아메리카노를 원샷하고는 자리에서 일어났다.

"우린 안 헤어져."

은아는 목에 핏대까지 세우며 말했다. 그녀는 정말 헤어질 생각이 없어 보였다. 진수는 자신이 은아와 헤어지기 힘들 것 같다는 불길한 예감이 들었다.

감자탕을 먹고 2차로 마띠아스의 집으로 간 그들이었다. 그녀는 안 간다고 했지만 후안 때문에 어쩔 수가 없었다. 마띠아스와 일을 한 지 5년이 되었지만 한 번도 그의 집엔 가 본 적이 없었다.

마띠아스의 집은 성북동의 위치한 외교관 사택단지였다. 한남동에 위치한 유엔빌리지처럼 외교관들을 위한 빌라 단지였다. 하늘도 부유하게 자랐고 그녀의 집도 대저택은 아니어도 정원이 있는 2층 집이었지만 이곳은 뭔가 돈 냄새와 품격이 동시에 느껴지는 곳이었다.

「어떻게 여기에 집을 얻을 생각을 하셨어요?」

한국에 오래 거주한 외국인들도 잘 모르는 위치였다. 그리고 이곳 성북동은 전통적으로 부촌이라서 저택이 아닌 빌라가 있다고는 다들 생각하지 못했다.

「이곳은 동네가 조용하고 특히 내가 좋아하는 절이 있어서.」

마띠아스는 독실한 가톨릭 신자였지만 한국의 사찰 분위기를 좋아하는 아주 독특한 사람이었다. 집 안에 들어서자 인상적인 인테리어가 눈에 띄었다. 집 안의 인테리어는 브라질의 느낌이 가득했다.

「고향의 그리움을 이렇게 달래시나 봐요?」

그녀의 말에 마띠아스가 웃었다. 마띠아스가 그들을 위해 와인을 준비하는 동안 그녀는 테라스에 나와 있었다. 밤이 되자 쌀쌀한 느낌이었다. 그녀를 따라 후안이 나왔다.

「춥지 않아?」

「조금요.」

후안이 하늘을 뒤에서 안았다. 너무 자연스러운 그의 행동에 하늘은 밀어낼 타이밍을 놓쳤다. 그리고 안에서는 그들이 안 보이는 위치였다.

「나에겐 추운 날씨야. 하지만 하늘을 이렇게 안고 있으니 따뜻해.」

「훗, 날 위해 안아 준 게 아니네요?」

그녀가 피식 웃었다. 그러자 그가 하늘의 정수리에 자신의 입술을 눌렀다.

「서울은 별이 없군.」

「아주 시골에 가지 않으면 별은 보이지 않아요. 그게 화려한 조명 때문에 안 보이는 거래요. 인간의 이기적인 면 때문에 신이 주신 아름다운 자연을 못 보는 거죠.」

그녀는 서울의 밤하늘이 아쉬웠다.

「내일의 일정은?」

「토요일이지만 아쉽게도 아침에 인터뷰가 있어요. 회장님은 회사의 얼굴이니 한국에 오셨을 때 사람들에게 알려야죠.」

그때 마띠아스가 그들을 불렀다. 그들은 안으로 들어가서 마띠아스가 준비한 와인과 치즈, 그리고 과일이 차려진 소파에 둘러앉았다. 후안은 자연스럽게 그녀를 자신의 옆에 앉혔다.

「둘은 어떻게 된 거야?」

마띠아스가 궁금한 모양이었다.

「브라질에서 찾던 여자가 있다고 했지?」

「설마…….」

「사장님이 우리를 만나게 해 준 거예요. 저에게 비행기표를 선물해 주셨으니까요.」

「그럼, 이제 연인이 된 건가?」

마띠아스가 후안을 보며 물었지만 후안은 답이 없었다. 그래서 하늘도 답을 할 수 없었다. 그는 그저 그녀를 섹스파트너로 생각하는 걸까? 단순히 섹스파트너로 생각했다면 6개월이나 찾을 리는 없었다. 그래서 더 그의 마음을 알 수 없었다.

그들은 와인을 마시며 이런 저런 이야기를 나누었다. 후안, 마띠, 세바스는 아주 친한 것 같았다. 그들은 서로에 관해 모르는 것이 없었다.

그런 그들이 부러웠다. 이렇게 진한 우정을 쌓을 수 있다는 게 말이다. 물론 하늘에게도 친구들이 있었지만, 사회생활을 하다 보니 요즘은 뭉치기가 힘이 들었다. 그리고 은아의 일이 있고 난 뒤에 하늘은 사람을 잘 믿지 못하는 버릇이 생겼다.

「다음 주 금요일에 가는 거야?」

「뉴욕에 잠깐 들렀다가 갈 거야. 회사에 일이 좀 밀려 있거든.」

SPA의 회장은 잠시도 쉴 틈이 없는 것 같았다.

「그럼, 주말엔 좀 쉬어. 내일 인터뷰만 끝내고 성 비서실장이 경복궁이라도 안내해 드려.」

마띠아스는 친구가 한국에 대해 알기를 원했다.

그들은 마띠아스의 집에서 와인을 마신 후에 마띠아스의 운전기사가 각자의 집까지 데려다주었다. 그녀를 먼저 미아리 집 앞에 내려 주고 후안과 세바스는 호텔로 가기로 했다.

집에 도착해서 내리려는데 집 앞에 하민이 나와 있었다. 하늘을 마중 나온 것 같지는 않았다. 아무래도 뭔가 느낌이 좋지 않았다. 그리고 그 느낌은 곧 현실이 되었다. 그녀와 함께 세바스도 차에서 내렸는데 하민이 세바스의 옆에 서는 것이었다.

"성하민!"

하늘이 하민에게 오라는 손짓을 했다.

"왜 그래? 언니도 연애하면서……."

하민이 이해할 수 없다는 표정을 지으며 따졌다.

"아니라며?"

"아니야."

눈에 보이는 거짓말을 하는 하민인데 믿지 않았다.

"어쩌려고?"

"잠깐 커피만 마시고 들어갈 거야."

"같이 가."

그녀의 말에 하민이 그녀를 째려보았다.

"왜 그렇게 눈치가 없어?"

하민이 투덜거렸다.

"난 동생을 지키기 위해 그런 거 다 버렸다."

하늘은 주책이란 소리를 들어가면서도 그들을 기를 쓰고 따라 갔다. 물론 하늘은 후안에게 얘기해서 그들도 함께 커피를 마시기로 했다. 늦은 저녁 그들은 마띠의 차를 돌려보내고 삼거리의 한 커피숍으로 갔다.

12시가 넘은 시간에도 하는 커피숍이 있다는 게 신기했다.

"내일 병원 안 가?"

하늘이 부모님처럼 꼬치꼬치 물었다.

"오프야."

"왜 그렇게 오프가 많아?"

"난 학생이니까."

커피숍에 마주 앉아 티격태격하는 그들을 후안과 세바스가 흥미진진한 표정으로 보았다.

「세바스, 네가 데리고 나갈래? 아니면 내가 데리고 나갈까?」

「내가 데리고 나갈게. 호텔에서 봐. 내일 인터뷰 있으니까 일찍 돌아가고.」

세바스가 하민의 손을 잡고 나갔다. 하늘도 더는 이야기하지 않앉다. 후안이 세바스가 앉아 있던 자리를 손으로 툭툭 쳤다. 하늘은 마치 말 잘 듣는 아이처럼 그의 옆에 앉았다.

「동생이 귀여워.」

「귀여운 게 다 얼어 죽었어요?」

그녀의 말에 후안이 웃었다. 그리고 그녀의 어깨에 다정하게 팔을 둘렀다.

「세바스가 하민에게 빠져 있는 것 같아. 저 녀석이 저러는 거 처음 봐.」

「갈 사람인데 마음을 주는 건 옳지 않아요. 떠난 후에 보고 싶은 건 남겨진 사람의 몫이니까요. 버려진 경험이 있는 사람으로서 말하자면 그런 경험을 하민이가 하는 게 싫어요.」

그녀의 말에 후안은 대꾸가 없었다. 그녀와 그에게 하는 말은 아니었지만 그래도 후안도 생각할 수밖에 없는 일이었기 때문이다. 이제 일주일 남았다.

「내일 인터뷰 끝나고 마띠아스의 말처럼 고궁 나들이 한번 할까요?」

「좋아.」

후안이 그녀의 턱을 들어 그를 보게 했다. 그리고는 입술에 살며시 키스했다. 늦은 시간이었지만 카페 안에는 사람들이 있었고 그들의 진한 스킨십은 사람들의 이목을 끌 만했다.

「여긴 리우가 아니에요.」

「아니, 우린 리우에 와 있어.」

그는 이렇게 말하고는 더 깊은 키스를 했다. 하늘도 이곳이 리우이길 바라는 마음이었다.

내일 오전 일정 때문에 그들은 서둘러 카페를 나왔다. 그리고 그가 하늘의 집까지 바래다주었다. 하늘은 콜택시를 불러 그가 호텔에 갈 수 있도록 도와주고 집 안으로 들어갔다.

"깜짝이야."

주무시는 줄 알았던 부모님이 정원에 나와 있었다. 아무래도 그녀와 후안을 본 모양이었다.

"누구야?"

"회장님."

그녀의 말에 엄마가 눈을 가늘게 떴다.

"파란 눈?"

"……."

그날 술에 취해 한 말을 엄마는 기억하는 모양이었다.

"그래, 파란 눈."

"둘이 사귀는 거야?"

집 안으로 들어가려는 그녀의 팔을 잡으며 엄마가 물었다.

"아니, 일주일 후면 브라질로 가."

"그럼 뭐 하는 사인데 길거리에서 막 뽀뽀하고 그래?"

택시에 타기 전에 입 맞추는 것도 본 것 같았다.

"인사야."

"인사를 그렇게 진하게 해?"

"남미의 인사는 원래 진해."

그녀가 들어가려고 하는데 엄마가 그녀의 팔을 잡았다.

"왜?"

"하민이 안 들어왔어."

"전화했는데 곧 들어올 거래."

아빠는 대문을 기웃거리며 하민이 오는지 보고 있었다.

"아빠는 외국 사위도 좋아."

갑작스러운 아빠의 말에 하늘은 당황스러웠다.

"아빠, 난 결혼 생각 없어."

아빠는 지금 그녀가 결혼에 트라우마가 있는 줄 알고 있었다. 결혼식이 취소되고 말 그대로 집안은 발칵 뒤집혔었다. 아빠는 주변에 지인분들에게 얼굴도 못 들고 다니셨다. 그건 엄마도 마찬가지였다.

하지만 아빠, 엄마는 누구보다 괴로울 그녀에게 그 어떤 말도 하지 않았다. 그저 딸의 곁을 지켜 준 분들이었다. 결혼을 안 하겠다고 말한 그녀를 아빠는 늘 걱정해 주셨다.

"결혼을 왜 안 해."

엄마가 옆에서 한소리 했다. 그런데 그때 하민이 집 앞으로 걸어오는 게 보였다. 그리고 아빠, 엄마의 얼굴이 굳어지고 말았다.

"또 파란 눈이야?"

하늘에 이어 하민까지 외국인과 만나자 엄마는 목덜미를 잡았다.

"아니, 세바스티앙은 회색."

"어? 아는 사람이야?"

엄마는 목덜미를 손으로 잡은 채 하늘을 매섭게 보았다.

"응, 후안의 비서."

짝!

"아파!"

엄마가 그녀의 등을 치며 한숨을 쉬었다.

"그러니까 동생이 회색 눈을 만나는 걸 알았어? 그러고도 가만히 있었고?"

"알았어. 그런데 파란 눈이 아니라 후안이고, 회색 눈이 아니라 세바스티앙이야. 가만히 있지 않고 이제까지 말리다가 온 거고."

하늘도 억울했다.

"지금 그걸 말이라고 하는 거야?"

"조용."

아빠가 밖을 보며 말했다. 하지만 표정이 좋지 않았다. 엄마와 그녀도 문틈으로 하민을 보았다. 세바스티앙과 하민이 키스하는 게 보였다.

"미친⋯⋯."

그녀가 밖으로 나가려고 하자 엄마, 아빠가 말렸다.

"왜?"

"하민이도 어른이야. 저 정도는 봐줘야지."

부모님은 처음엔 이해하는 듯했으나 길어지는 키스와 세바스티앙이 하민의 등을 만지는 걸 본 후부터는 어찌할 줄을 몰랐다. 하지만 하민과 세바스티앙은 거기서 끝을 낼 것 같지 않았다.

"성하민!"

참다못한 아빠가 소리를 치고 말았다. 놀란 세바스티앙과 하민이 빠르게 떨어졌다. 아빠, 엄마가 밖으로 나가는 사태가 벌어질까 봐 그녀가 부모님을 뒤에서 잡았다.

"하민이는 세바스티앙 택시 불러 주고 빨리 들어와!"

그녀는 이렇게 말을 하고는 엄마, 아빠를 힘겹게 인으로 모시고 들어갔다. 아빠는 들어오자마자 찬물을 벌컥벌컥 마시고 엄마는 아빠의 물을 빼앗아 마셨다. 속이 타들어 가시는 것 같았다.

"성인이라면서 왜들 그러세요?"

"성하늘!"

"알았어요, 알았어."

엄마, 아빠를 이해 못 하는 건 아니었다. 그녀도 다 커 버린 하민을 받아들이기 힘든 건 마찬가지였다. 하민은 언제나 집안의 막내이자 아기였다.

"엄마……."

잠시 후에 하민이 뻘쭘한 얼굴로 안으로 들어왔다.

"왜 밖에서 남의 사생활을 보고 그래?"

"뭐? 집 앞에서 동네 사람들 다 보게 진하게 키스한 게 누군데?"

"그래도 싫어."

하민이 똑 부러지게 말했다.

"일주일 후면 세바스티앙은 브라질로 간다고."

"알아."

"아는데 그래?"

"그건 언니도 마찬가지잖아. 좋은데 어떻게 해. 그러다가 헤어지면 헤어지는 거지. 그렇다고 좋은 사람을 거부해? 그건 아니지."

하민이 화를 내며 2층으로 올라갔다.

"성하민!"

하늘이 소리를 질러 봐야 소용이 없었다. 하민은 이미 세바스티앙을 좋아하고 있는 것 같았다. 하늘은 자신 때문에 벌어진 일 같아서 마음이 좋지 않았다.

"사춘기 때도 반항 한 번 않던 앤데……."

엄마가 기가 막힌다는 표정으로 2층을 바라보았다.

"그래서 남들 할 때 다 똑같이 해야 하는 거야. 그래야, 커서 뒤통수 안 맞지. 악!"

엄마가 그녀의 등을 또 때렸다.

"너도 사춘기 없이 지나가서 이런 거야? 넌 사춘기도 겪고 할 거 다 했는데 왜 이 모양이야?"

"아야! 뭐든 예외는 있는 거지!"

"뭐?"

하늘이 엄마에게 또 맞을까 봐 빠르게 2층으로 올라갔다.

5

이른 아침부터 인터뷰라서 새벽같이 출근한 하늘은 질문지를 읽어 보고 내용을 살피기 시작했다. 인터뷰는 영어로 진행될 것 같았다. 요즘 영어는 거의 필수여서 굳이 통역 없이 기자가 직접 질문을 짜 왔다.

"요즘 많이 글로벌해진 것 같아요."

하늘이 기자에게 말했다.

"그렇죠? 실장님도 5개 국어 하신다고 들었어요."

"어릴 때 혜택을 본 거죠. 어릴 때 아빠 사업 때문에 미국에서 어린 시절을 보냈거든요. 그 덕에 나머지 언어들은 쉽게 터득했죠."

"그렇군요. 저도 어릴 때 캐나다에서 컸어요."

기자가 웃었다. 기자는 그녀와 비슷한 또래의 남자였다. 스타일도 좋아서 여자들에게 인기가 많을 것 같았다. 그녀도 기자를 보며 웃었다. 그런데 하필 그때 후안과 세바스티앙이 들어왔다.

후안의 얼굴이 굳어 있었다. 그녀가 기자에게 웃는 걸 본 것 같았다. 애인도 아닌데 질투는 정말 끝이 없는 사람이었다. 확실한건 후안은 자신의 감정을 속이지 않았다. 그것이 영원하다는 약속도 하지 않았다.

그래서 좋았다. 서운한 마음이 없는 건 아니지만 상처는 덜 받았다.

"촬영 시작할까요?"

기자가 진땀을 빼는 인터뷰였다. 옆에서 지켜보는 하늘과 세바스도 입이 바짝 마를 지경이었다.

「기자가 마음에 안 드는 게 분명해.」

후안이 거의 기자를 가지고 놀았다. 다음 인터뷰부터는 기자와말도 섞지 않으리라 다짐했다. 인터뷰가 끝이 나고 그들은 점심을믹기 위해 근처 호텔 레스토랑으로 향했다. 이건 고기가 없으면큰일 나는 세바스 때문이었다.

삼시 세끼 고기를 먹은 건 처음인 것 같았다. 이렇게 밥이 그리워 보긴 처음이었다. 그들이 자리에 앉아 식사를 주문하는 동안 하늘의 눈에 한 사람이 들어왔다. 그건 바로 진수였다. 은아가 아닌 다른 여자와 앉아 있는 모습이 꼭 선을 보는 자리 같았다.

"재수 없어."

하늘은 얼른 눈길을 돌렸다. 하지만 진수가 그녀를 쳐다보는 느낌이 들었다.

진수도 그녀를 본 모양이었다. 후안과 세바스가 워낙에 눈에 띄는 외모다 보니 자연스럽게 본 것 같았다. 그도 놀란 얼굴이었다. 그들의 자리는 생각보다 가까워서 표정까지 읽혔다.

「뭐 먹고 싶어?」

후안이 그녀의 귀에 대고 다정하게 속삭이자 진수의 표정이 표가 나게 굳었다. 그래서 일부러 하늘도 보란 듯이 후안의 귓가에 귀를 대고 속삭였다.

「회장님이 골라 주세요.」

그녀의 말에 후안이 피식 웃더니 제일 비싼 메뉴를 골랐다.

「오늘도 예뻐.」

「고마워요.」

후안은 매일같이 그녀가 아름답다고 했다. 진수에겐 들어 보지 못한 말이었다. 진수는 다정한 성격이었지만 상대방을 칭찬하는 말에는 약했다. 칭찬하기보다는 칭찬받는 것에 익숙한 사람이었다. 지금 생각해 보면 아주 이기적인 인간이었다.

「오후엔 경복궁으로 갈 건가?」

후안은 경복궁에 가기 싫은지 몇 번이나 물어봤다.

「고궁에 가는 게 싫으시면 다른 데로 갈까요?」

「아니.」

그가 웃으면서 그녀의 이마에 붙은 머리카락을 넘겨 주었다. 후안은 다정했고 하늘은 그런 후안 때문에 심장병에 걸릴 것 같았다. 남들이 본다면 분명히 연인으로 생각할 것이다.

그런 그들을 진수가 보고 있었다. 그는 지금 어떤 생각을 할지 궁금했다. 하늘은 후안을 바라보며 그 어떤 때보다도 화사한 미소를 지었다.

서울호텔의 레스토랑에서 선을 보게 된 진수는 시간에 맞춰 자리했다. 곧이어 온 여자는 진수가 원하는 스타일은 아니었다. 그렇다고 못생긴 건 아니었다. 그냥 차분한 공무원 스타일의 여자는 진수가 마음에 드는지 얼굴을 붉히며 눈도 제대로 못 마주치고 있었다.

진수가 그동안 만났던 여자들은 거의 연예인급의 미인들이었다. 그중에서 하늘이나 은아의 외모는 더욱더 그랬다. 거기에 하늘과 은아는 당당한 성격이었어서 이렇게 얼굴을 붉힌다거나 소심해 보이지는 않았다.

지금 앞의 아가씨는 집안 좋고 본인도 학교 선생님으로 직업도 탄탄했다. 그런 건 좋았지만 외모는 너무 평범했다.

가슴도 내려다보니 작은 사이즈 같았다. 자신이 이렇게 외모에 집착하는 사람인 줄 오늘 처음 안 진수였다. 앞의 여자는 선생님답게 차분한 음성으로 그의 호구조사를 시작했다.

여자의 집은 중소기업을 하는 아버지와 의사인 어머니였다. 그리고 그녀는 외동딸로서 그 모든 재산을 물려받는 유일한 상속녀였다.

하지만 마음이 안 가는 이유는 뭘까?

"잘생기셨다는 소리 많이 들으셨겠어요?"

앞에 여자가 넋을 잃고 그를 보며 말했다. 솔직하게 그의 외모는 세련미 그 자체였다. 그는 자신의 외모에 자부심이 있었다. 거기에 의사란 직업까지 가지고 있으니 여자들에겐 매력적으로 보일 수밖에 없었다.

"뭐, 그냥……."

그때였다. 그의 눈에 외국인 둘이 들어왔다. 어디선가 본 듯한 외모였다. 그리고 그 뒤에 하늘이 보였다. 어제 보았던 그 남자와 하늘이었다. SPA의 회장, 후안 데 리스, 세계적인 부자인 그는 패션모델 출신답게 스타일도 좋았다.

그런 후안이 지금 하늘에게 눈을 떼지 못하고 있었다. 하늘은 6

개월 전과는 뭔가 다른 느낌이 있었다. 뭔가 섹시해진 느낌이었다. 그동안 다 가진 하늘에게 유일하게 없던 게 섹시미였는데 지금은 아주 철철 넘치게 흘렀다.

"이상하군."

마치 매일 남자의 품에서 섹스를 즐기는 야릇한 느낌이 하늘에게서 났다. 그럴 리가 없었다.

후안 데리스에 관한 기사를 보았다. 후안은 이번 한국 방문이 처음이라고 했다. 둘이 아무리 초고속으로 관계가 발전됐다고 해도 이런 느낌이 날 정도로 여러 번 만나지는 않았을 것 같았다.

그럼, 다른 놈이 있다는 소린데…….

"뭐가요?"

"아닙니다."

그 이후로 진수의 시선은 하늘에게 가 있었다. 하늘도 그를 본 게 분명했다. 하지만 그녀 옆에 앉은 후안이 자꾸만 하늘에게 찝쩍거렸다.

하늘의 얼굴에 붙은 머리카락을 떼어 주기도 하고 그 앞의 남자는 전혀 의식하지 않는지 정수리에 입을 맞추기도 했다. 브라질 남자들의 자연스러운 인사법이라고 하더라도 너무 끈적거렸다.

급기야 밥을 먹고 나가면서 그녀의 입술에 가볍게 입을 맞추기도 했다.

"뭐 하는 짓이지?"

"네?"

저도 모르게 속의 말이 튀어나오고 말았다. 앞에 앉은 여자는 그가 여자에게 화를 내고 있다고 생각했는지 놀란 얼굴이었다.

하늘과 후안을 보기 위해 그는 앞의 여자와 쓸데없이 오래 앉아 있었다. 그들이 나가자 진수는 하늘에게 전화를 걸었다. 앞의 여자 따위는 이제 눈에 들어오지도 않았다.

여자는 그가 갑자기 전화를 걸자 어안이 벙벙한 얼굴이었다. 마음에 들지 않았다면 그의 무례한 행동에 벌써 나갔어야 했지만 여자는 여전히 자리에 앉아 있었다.

[여보세요?]

다행히 하늘이 전화를 받았다.

"나야……."

[나가 누구더라? 모르는 번호라서 받았더니.]

하늘은 기분 나쁘다는 투로 전화를 받았다.

"잠깐, 할 말이 있으니까. 만나."

[아니, 우린 할 말이 없어. 내가 왜 너를 만나야 해? 싫어. 다시는 전화하지 마.]

"하늘아……."

그가 다급하게 하늘을 불렀지만 하늘은 이미 전화를 끊어 버린 후였다.

앞에 앉은 여자가 의아한 눈으로 그를 보았다.

"미안한데 우리는 인연이 아닌 것 같습니다."

그가 이렇게 말하고는 자리에서 일어났다. 음식값을 계산한 그
가 빠르게 호텔을 빠져나왔다. 혹시나 하늘을 만날까 해서였다.
하지만 하늘은 보이지 않았다.

"다시 시작하는 거야."

진수는 다짐했다. 어차피 하늘은 그의 여자였다.

전화를 끊은 하늘은 기분이 더러워졌다. 진수의 번호가 바뀐 모
양이었다. 그런데 그녀의 번호는 왜 저장한 것일까? 확 신경질이
났다. 전화번호를 바꿨어야 했다. 하지만 그녀의 잘못이 아닌 진
수의 잘못으로 헤어졌는데 전화번호까지 바꾸고 싶진 않았다.

은아와는 도대체 어떻게 됐길래 그녀에게 다시 찝쩍거리는 건
지 도저히 알 수가 없었다.

「하늘, 왜 표정이 그래?」

「아니에요, 날씨가 좋네요. 고궁 구경하기 딱 좋은 날씨에요.」

그들은 하늘의 안내로 경복궁에 갔다. 경복궁의 아름다움에 후
안과 세바스티앙은 핸드폰으로 사진을 찍느라 정신이 없었다. 후
안은 이런 곳에서 디자이너들이 영감을 받아 좋은 디자인의 옷을

만들었으면 좋겠다고 했다. 그녀의 생각도 비슷했다.

「여러 가지로 우리 민족과 비슷한 궁궐이에요. 역경에 강한 곳이죠.」

「역경?」

「네, 조선의 건국과 함께 도읍을 옮기면서 만들어졌죠. 그러다 임진왜란 때 전소가 되었고 조선 후기에 중건되어 잠시 궁궐로 사용됐어요. 그리고 다시 일제 강점기를 맞이해서 일본에 의해 많은 곳이 훼손되었죠.」

「끝까지 살아남았으니 강한 곳이군.」

후안이 그렇게 말하며 하늘의 손을 다정하게 잡았다.

「왜 자꾸 사람을 설레게 해요?」

하늘이 후안을 보며 물었다.

「내가?」

「네. 손도 잡고, 예쁘다고 말도 해 주고, 머리도 쓰다듬고…….」

「그렇게 해 주면 설레?」

그가 하늘의 턱을 손가락으로 들어 올렸다.

「안 돼요…….」

「뭐가?」

「고궁에서 키스하면 안 돼요. 우리의 정서에 맞지 않아요.」

「한국은 왜 이렇게 까다롭지? 마음에 안 들어.」

하늘은 투덜거리는 후안을 뒤로 하고 빠르게 걷기 시작했다. 그들의 모습을 세바스티앙이 흥미로운 시선으로 바라보았다.

경복궁을 돌고 광화문도 가고 이순신 장군 동상에서도 기념 촬영을 했다.

「더 걸을 수 있겠어요?」

「물론.」

그녀는 동대문으로 그들을 안내했다. 후안은 동대문 상가를 처음 보고 입을 다물지 못했다. 그리고 브라질에도 이런 형태의 쇼핑몰을 들이고 싶다고 했다. 세바스티앙도 이전에 없었던 메모를 하며 동대문 의류상가에 빠져들었다.

사실 한두 시간 정도 돌아보려고 했지만, 그들은 거의 밤늦도록 이곳저곳을 돌아다니기 바빴다. 그래서 저녁을 10시가 넘어서 먹은 그들이었다.

「힘들어?」

저도 모르게 다리를 주먹으로 두드리는 하늘을 보며 후안이 물었다.

「그렇게 걸었는데 안 힘들 수가 없죠.」

호텔에서 식사하고 세바스티앙은 자신의 방으로 갔고 후안과 그녀는 후안의 스위트룸으로 향했다. 그가 와인 한잔하자고 했기 때문이었다. 솔직하게 하늘도 후안과 헤어지는 게 싫었다. 온종일 돌아다녔는데도 힘이 들지 않았다.

그가 와인 잔을 소파에 앉아 있는 그녀에게 건넸다.

「고마워요.」

그녀가 와인 잔을 받아 들자 그가 그녀의 다리를 자신의 다리 위로 올렸다. 그리고 부드러운 손길로 그녀의 다리를 주무르기 시작했다.

「이렇게 하지 않아도 돼요.」

「나 때문에 너무 오래 걸었어.」

「……..」

그는 이렇게나 다정한 스타일인데 왜 멜리나는 약에 중독되고 바람이 났을까? 후안의 커다란 손이 그녀의 가는 다리를 만지자 뭔가 야릇한 기분이 들었다.

「난 다정한 남자는 아니야. 여자에게 이렇게 한 적은 단 한 번도 없어. 하늘이기 때문에 가능한 거야.」

하늘이 피식 웃었다.

「왜 웃지?」

「바람둥이의 전형적인 말 같아서요. '난 너뿐이야.' 이런 거 말이에요.」

「바람둥이는 이렇게 하는 거야.」

그의 손이 점점 허벅지를 타고 올라왔다. 하늘은 온몸에 소름이

돈았다. 그의 손이 점점 치마 안으로 들어와 팬티 라인은 건드리자 저도 모르게 신음을 내고 말았다.

「그만해요.」

「왜?」

그의 손가락 하나가 그녀의 팬티 안으로 들어왔다.

「하고 싶어지니까…….」

그녀의 말에 자극받은 후안이 그녀의 팬티 안에 넣은 손가락으로 클리토리스를 자극하기 시작했다.

"으으음……."

미칠 것 같았다. 그가 건드릴 때마다 클리토리스가 움찔거리며 애액이 쏟아져 나왔다. 자신이 이렇게 밝히는 여자인지 예전에는 몰랐었다. 이건 후안이 너무나 자극적인 남자이기 때문일 것이다.

"어머!"

그가 손을 넣어 팬티를 벗겨 냈다. 그녀의 레이스 팬티는 오른쪽 발목에 걸려 있었고 치마는 허리 위까지 올라가 있었다. 부끄러워야 하는데 후안 앞에선 부끄러워지기는커녕 오히려 대담해졌다.

후안이 하늘의 벌어진 다리 사이로 기어 들어왔다. 그리고 그녀의 다리를 들어 올려 자신의 허리에 감게 했다. 그리고 하늘의 상의를 위로 끌어 올렸다. 브래지어까지 한꺼번에 위로 올려졌다.

“아악!”

그가 유두를 덥썩 물고는 빨기 시작했다. 미칠 것 같은 쾌감이 온몸을 덮었다. 섹스에 대해서는 그에게 배운 게 전부였지만 하늘은 자신이 그와 하는 섹스에 만족한다는 걸 알았다. 그녀의 유두를 거칠게 빨던 후안이 몸을 일으키더니 자신의 바지를 내렸다. 오늘은 뭔가 그도 강한 자극을 받은 것 같았다.

그들의 옷은 둘 다 반쯤 걸치고 있었다. 그는 와이셔츠만 입고 있었고 하늘은 옷이 반만 벗겨진 채였다.

“아아앙……”

그가 자신의 페니스를 그녀의 여성에 댈 문지르고 있었다. 그녀의 애액의 질척이는 소리가 방안을 울렸다.

「넣어 줘요.」

그녀는 저도 모르게 그에게 사정하고 있었다. 하지만 그는 단번에 넣지 않고 계속해서 애만 태웠다. 그러다가 그가 하늘의 다리를 벌리고 자신의 페니스를 그녀의 질 안에 단번에 밀어 넣었다.

“아악!”

그녀는 여전히 찢어질 것 같은 고통을 느꼈다. 하지만 이제는 그 고통 뒤에 어떤 쾌감이 올지 알기에 이를 악물고 참았다. 그가 허리를 튕기기 시작했다. 그의 차돌 같은 몸은 그녀를 미치게 했다.

하늘의 손이 그의 엉덩이에 가 있었다. 그는 빠르게 허리를 움직이며 그녀를 정신 못 차리게 했다.

"아아아앙……."

그녀의 신음은 계속되었다. 그가 갑자기 하늘의 몸을 돌리더니 소파를 잡게 했다. 그리고는 엉덩이를 그의 페니스 쪽으로 잡았다. 뒤에서 할 모양이었다.

"악!"

그의 커다란 페니스가 엉덩이를 가르고 들어오는 느낌이었다. 물론 질 안에 넣어진 것이지만 그래도 느낌이 그랬다. 그가 움직이기 시작하자 마치 짐승의 섹스를 하는 것 같은 묘한 쾌감이 들었다.

그래서일까? 그녀의 질 안에서 나온 애액이 앞으로 할 때보다 훨씬 많이 흘렀다.

「하늘, 넌 섹스를 위해 신이 만든 여자야.」

후안이 이를 악물며 말했다. 그는 뒤에서 한 손으론 그녀의 가슴을 다른 한 손으론 그녀의 허리를 잡고 빠르게 허리를 움직였다.

"미칠 것 같아……."

"윽!"

그가 드디어 자신의 분신을 그녀의 등에 쏟아 냈다. 하늘은 그대로 소파 위로 무너져 내렸다. 그가 젖은 수건을 가져와 그녀의 등을 닦아 주었다. 그리고는 욕실로 안고 들어갔다. 커다란 월풀에 물이 가득 담길 동안 후안은 그녀를 뒤에서 안고 있었다.

물론 후안의 못된 손이 그녀의 가슴과 여성을 만지고 있긴 했지만 말이다.

「그만해요.」

「왜 그만해야 하지. 하늘의 여기는 이렇게 원하는데?」

그녀의 질 안에 있던 손가락엔 애액이 잔뜩 묻어 있었다. 후안의 이런 노골적인 행동이 익숙하지 않은 하늘은 온몸이 붉게 물들었다. 물이 가득 찬 월풀에 둘이 같이 들어갔다. 하늘의 뒤에 후안이 앉아 하늘이 편안하게 자신에게 기대게 했다.

하지만 하늘은 하나도 편하지 않았다. 그의 손이 계속해서 가슴을 만지고 있기 때문이었다.

"하아……."

몸이 저절로 반응했다. 그의 페니스가 그녀의 엉덩이를 찌르고 있었다. 그의 손은 그녀의 유두를 괴롭혔고 그의 입술은 하늘의 가는 목덜미에 있었다. 이렇게 야릇하게 지내다가 그가 사라지면 이제 그 허탈감은 어디서 채울까 하는 생각이 들었다.

이제 일주일도 채 남지 않은 시간이었다. 그와 함께 소중한 추억을 만들고 싶은 하늘이었다. 그녀가 몸을 돌려 그와 마주 앉았다. 그녀의 여성이 그의 페이스를 자극하자 후안이 그녀의 입술을 먹어 버렸다. 그녀도 그의 목에 팔을 감고는 뜨거운 키스를 돌렸다.

이제 시간이 없었다. 그녀는 온몸을 후안의 흔적으로 새길 생각이었다.

"으으음……."

그들의 뜨거운 살덩이가 입안에서 얽히기 시작했다. 서로를 너무 원하는 나머지 키스는 끝날 줄을 모르고 이어졌다. 그녀가 아래로 손을 넣어 그의 페니스를 그녀 안으로 밀어 넣었다.

"윽!"

그들의 신음도 입 속으로 사라졌다. 그녀는 그의 목에 팔을 감고 있었고 그는 그녀의 엉덩이를 양손으로 받치고 있었다. 그녀가 허리를 움직이자 그의 입에서 연속해서 신음이 터져 나왔다. 이렇게 하니 더 깊이 삽입되는 느낌이었다.

그들은 욕조 안에서 뜨겁게 서로를 안았다. 하늘은 욕조에서 침대로 어떻게 이동했는지 기억나지 않았다. 다만 지금 그가 그녀의 위에서 열심히 허리를 튕기고 있는 게 보였다. 그의 몸에 흐르는 것이 물방울인지 아니면 땀방울인지 알 수 없었지만, 굉장히 치명적인 모습이었다. 하늘이 그의 가슴을 손으로 쓸어내렸다.

이렇게 자극적인 남자는 처음이었다.

"아아아앙!"

그가 마지막을 향해 뜨겁게 움직였고 그녀는 까무룩 잠이 들어 버렸다.

방 안을 서성이던 진수는 핸드폰을 몇 번이나 들었다 놨다를 반복하고 있었다. 진수가 지금 사는 곳은 하늘과 준비한 신혼집이었다. 하늘이가 부담했던 건 그의 아버지가 전부 갚아 주었고 그녀가 사 왔던 살림도 모두 돈으로 지불했다.

그러니 결론은 하늘이 준비한 걸 그가 그대로 쓰고 있다는 것이었다. 물론 지금까지는 별생각이 없었다. 그가 준비한 것도 아니므로 하늘이 샀건 그렇지 않건 그에겐 별로 의미가 없는 것들이었다.

하지만 지금은 달랐다. 그녀가 준비했다는 게 그에겐 중요했다. 하늘의 손길이 그의 집 안에 가득하단 말이었다. 왜 예전엔 깨닫지 못했을까?

일요일 오전에 그가 이렇게 거실을 서성이고 있는 건 어제 하늘에게 보낸 수십 통의 문자에 답이 없었기 때문이었다. 기다리다 못한 진수는 하늘에게 직접 전화를 걸었다.

Rrrrrrr―

전화도 받지 않았다. 벌써 세 번째 거는 것이었다.

[여보세요?]

드디어 하늘이 전화를 받았다. 예전에 하늘이 이랬다면 불같이 화를 냈을 텐데 그는 그러지 않았다. 최대한 부드러운 음성으로 말했다.

"잤어?"

[누구세요?]

"내 목소리 잊은 거야?"

[······.]

오전 10시가 넘은 시간이었다. 해는 중천을 향해 가고 있었다. 진수는 게으른 사람을 제일 싫어했다. 하지만 하늘은 한 번도 그런 적이 없었다. 오늘 하늘은 아주 이상했다.

"목소리 듣고 싶어서 했어. 오늘 뭐 해?"

[내가 왜 그걸 말해야 해······.]

목소리가 잔뜩 잠겨 있는 게 아주 섹시하게 들렸다.

"오늘 드라이브나 갈까? 너 좋아하는 양평으로."

하늘은 매주 그에게 드라이브하자고 졸랐지만, 그가 피곤해서 가지 않았다. 사실 은아에 미쳐 있어서 은아와 만나기 바빴다.

[으음, 그만해요······.]

누군가 옆에 있는 것 같았다. 그가 알아듣지 못하는 외국어였다.

"후안이란 새끼와 있는 거야?"

[말조심해……. 으으음…….]

하늘이 섹시한 신음을 내뱉었다. 그 자식이 어딘가를 빨아 대는지 소리가 났다.

[전화 끊어요. 그리고 다시는 전화하지 말아요.]

하늘의 말에 진수는 완전히 뚜껑이 열렸다. 여기서 포기하면 그건 김진수가 아니었다. 하늘에게 다시 전화하려고 하는데 은아에게 전화가 왔다.

"여보세요?"

진수가 전화를 신경질적으로 받았다.

[일어났어?]

아무렇지도 않은 목소리로 그에게 안부를 묻고 있었다.

"우리가 전화할 사이는 아니지 않아?"

[내 카톡 안 봤어?]

그가 불길한 예감에 카톡을 확인했다. 거기엔 임신테스트기가 있었고 빨간 줄이 선명하게 2줄 보였다. 임신이었다.

"이게 내 애라는 거야?"

[응, 확실하게 진수 씨 아기야.]

은아의 당당한 말에 진수는 어이가 없었다.

[어머님한테도 보냈어. 어떻게 할까?]

이건 협박이었다.

"협박하는 거야?"

[응, 협박이라고 해도 좋고 뭐라고 해도 좋아. 하지만 날 책임지는 게 좋을 거야.]

은아는 그의 생각보다 무서운 여자였다.

[왜 답이 없어?]

"네 마음대로 해. 난 이제 너한테 마음이 없으니까."

[난 아닐 거라는 생각하는 거야? 하지만 네 아기는 책임지는 게 좋을 거야. 네 병원 이미지에 타격도 있을 거고. 서로 좋아지자는 얘기야.]

진수는 은아가 날이 갈수록 무섭게 느껴졌다.

[내 말 무시해서 좋을 거 없으니까 잘 생각해.]

전화를 끊은 진수는 소파에 머리를 감싸고 앉았다. 하늘을 버린 게 이렇게 후회가 될 수 없었다.

"으으음, 그만 해요."

진수와 전화를 끊은 하늘은 그녀의 유두를 빨고 있는 후안의 머리를 살짝 밀어냈다.

「누구야?」

「파혼한 남자요.」

후안은 갑자기 모든 걸 멈추고는 그녀를 자신의 배 위로 올렸다. 그와 완벽하게 겹쳐진 하늘은 그의 어깨에 얼굴을 묻었다.

「지금까지 연락을 안 하다가 갑자기 연락하는 거예요.」

후안에게 괜한 오해를 사고 싶진 않았다.

「하늘의 마음은 어때?」

「언제 만났는지도 기억나지 않아요. 다만 이 사람이 나한테 한 일 중에 단 하나는, 내 인생에서 결혼은 이제 없는 일로 만들었다는 거죠.」

「결혼을 안 한다?」

그녀가 그의 목에 대고 고개를 끄덕였다. 그냥 그의 표정을 보고 싶지 않았다. 그의 표정은 뻔했다. 불쌍한 눈빛으로 그녀를 위로하려 들것이다. 아니면 쿨하게 아무렇지 않은 표정일 수도 있었다.

「마음이 아파.」

뜻밖의 반응에 하늘은 솔직하게 놀랐다. 그의 마음이 왜 아픈 걸까? 아마도 그도 같은 처지였기 때문일 것이다.

「후안도 그런 경험이 있죠?」

「난 좀 달라. 결혼까지 했지만 솔직히 그녀에게 관심이 없었으니까. 그래서 일을 핑계 삼아 방치한 거지. 그래서 그녀는 마약과 섹스에 빠지게 됐고…….」

「이해해 주는 건가요?」

「그건 아니지만, 그녀가 그렇게 된 것엔 내 책임도 있다는 거야……. 우리 그런 얘기는 그만하자.」

그의 손이 다정하게 그녀의 머리를 쓰다듬어 주었다. 하늘은 일어나고 싶지 않았다. 하지만 부재중 전화에 찍힌 엄마의 번호를 보고는 정신이 번쩍 들었다.

「우린 내일부터 못 볼지 몰라요.」

그녀의 말에 그가 놀라서 그녀를 옆으로 내려놓았다.

「왜지? 무슨 일이야?」

「이거 보이죠? 우리 엄마가 나한테 보낸 문자예요.」

하늘이 핸드폰을 그에게 보여 주었다. 한글을 읽지 못하니 별 소용은 없지만 그래도 놀란 마음에 그렇게 한 것이었다.

「뭐라고 하시는데?」

「파란 눈이랑 같이 있냐고. 넌 집에 들어오면 죽을 준비하라고…….」

그가 웃음을 터트렸다. 지금은 하나도 우스운 상황이 아닌데 아주 죽을 맛이었다.

「죽지 않으려면 가야 해요.」

「밥 먹고 조금만 있다가 가.」

후안의 말에 하늘은 또다시 무너졌다. 후안이 룸서비스에 브런

치를 준비했고 그러는 동안 하늘은 씻었다. 거울에 비친 몸을 보니 온몸이 멍투성이였다. 당분간 엄마와 사우나는 갈 수 없게 되었다.

이런 몸을 엄마가 본다면 하늘은 정말 지옥을 맛볼 것 같았다.

「배고프지?」

「네.」

가운만 걸친 하늘은 그녀처럼 가운만 걸친 후안의 옆에 앉았다. 오늘따라 샌드위치와 커피가 너무 맛있었다.

「체력을 길러야 할 것 같아요. 후안과 섹스할 체력도 키워야 하고 엄마에게 맞으려면 그 또한 체력이 필요할 거고.」

그가 웃었다.

「난 정말 힘들다고요.」

「알았어.」

그때 세바스티앙의 전화가 왔다. 그는 사업 이야기를 하느라 정신이 없었고 그 틈을 타서 하늘은 얼른 옷을 입었다. 이렇게 하지 않으면 오늘 온종일 여기에 붙잡혀 있을 것 같았기 때문이었다.

「저 갈게요.」

그녀는 계속해서 통화 중인 후안에게 손을 흔든 후에 스위트룸을 빠져나왔다. 그리고 택시를 타고 집으로 향했다.

엄마 때문에 걱정이 된 하늘은 호텔에서 집으로 가는 동안에도 발을 동동 굴렀다. 그녀의 부모님은 그냥 한국의 평범한 부모님이었다. 딸이 외박하고 다니니 걸 이해하지 못하는 게 당연했다. 그리고 하늘은 이미 진수 때문에 큰 실망을 안겨 드린 경험이 있었다.

그런데 이번에도 후안은 지나가는 사람이었다. 엄마가 괜히 후안과 밤을 보냈다고 결혼 이야기를 꺼내면 골치 아플 것 같았다.

"후……."

한숨이 절로 나왔다. 하지만 더 한숨이 나오는 상황이 집 앞에서 벌어지고 있었다. 택시에서 내리니 집 앞에 진수가 서 있다.

"이건 꿈일 거야."

진수의 행동이 이해가 가지 않는 그녀였다.

"여기서 뭐 하는 거야?"

하늘이 신경질적으로 물었다.

"내가 여기 왜 왔겠어? 너한테 할 말이 있으니까 왔겠지."

그의 얼굴은 창백했다.

"무슨 일 있어?"

쫓아내더라도 일단 무슨 일인지 물어보았다.

"여기서 이러지 말고 차나 한잔할까?"

"너 여기서 이러고 있는 거 아빠한테 들키면 어쩌려고 그래? 우리 아빠는 진수 씨 아주 싫어해."

그 점잖은 양반이 진수가 눈에 띄면 죽여 버리겠다고 노래를 불렀다.

"일단 그건 나중 문제고, 우리 이야기 좀 해."

"싫어."

그녀는 진수와 할 이야기가 없었다. 그래서 진수를 뒤로 하고 집으로 들어가려고 했다.

"사랑해. 사랑한다고. 지금에야 깨달아서 미안하다."

"……."

어이가 없어서 말도 나오지 않았다.

"사랑해. 우리 다시 시작하자."

"미쳤구나."

"그래, 네가 뭐라고 해도 좋아. 하지만 난 너를 사랑해. 네가 다른 남자와 잤어도 괜찮아. 그러니까 너도 은아와 나의 관계를 잊어 줘."

완전히 미친놈이었다. 이게 말인지 막걸린지 구별을 못 하는 모양이었다. 하늘은 주먹을 꽉 쥐었다. 아빠가 죽이기 전에 그녀가 먼저 진수를 죽일 것 같았다.

"하늘아……."

촤악!

"악!"

갑자기 현관문이 열리더니 물벼락이 쏟아졌다. 정원 화초에 물을 주던 아빠가 진수에게 물을 쏘신 것이었다.

"뭐야?"

"뭐긴, 난 하늘이 아빠다. 너 같은 새끼가 우리 집 앞에 얼쩡거리다니 용서가 안 돼. 빨리 꺼져! 이번엔 다른 게 날아갈 수도 있으니까."

"아버님……. 아악!"

아버님이란 소리에 아빠가 또다시 호스 물을 쏘았다. 그러자 진수가 포기하고 도망갔다. 저런 한심한 인간과 결혼하려고 했다니…….

짝짝짝!

"역시 아빠야."

"너도 물벼락 맞기 싫으면 빨리 안으로 들어가. 안에서 엄마가 벼르고 있어."

진수 때문에 그녀이 상황을 잠시 잊었었다.

"아빠, 난 이제 성인이라고."

"넌 죽을 때까지 내 딸이야."

호스의 방향이 그녀를 향했다.

"알았어!"

그녀는 안으로 들어갔다. 그리고 참으로 오랜만에 한금자 씨의 손에 죽기 일보 직전까지 맞았다. 그래도 그나마 다행인 건 하민과 나란히 사이좋게 맞아 그나마 맞는 게 반으로 줄었다는 것이었다.

"내가 아주 못 살아. 어떻게 한국놈들 놔두고 파란 눈하고 회색 눈이냐고!"

엄마가 소리 소리를 질렀다.

"빨리 내 눈앞에서 사라져. 당장!"

그들은 재빠르게 2층에 있는 하늘의 방으로 피신했다.

"언니 때문에 나까지 맞은 거 알지?"

"너는 어제 외박 안 했어?"

"난 일찍 들어왔거든."

"그런데 엄마는 왜 너도 때린 거야?"

"그건 언니도 외국 사람을 만나는데 나까지 그러니까 화가 나서 그런 거지."

하늘은 한숨을 쉬었다.

"둘의 관계는 어떻게 되는 거야?"

"뭐가?"

"나랑 세바스야 키스나 하는 관계지만 거기는 다르잖아. 뭐랄까? 깊어도 너무 깊은 관계 아니야?"

일주일이면 끝이 날 관계였다.

"아니야."

"그런데 그러고 다녀? 막 잠도 자고."

"애들이 그런 야한 생각 하면 못 써."

그녀가 하민의 머리를 콩 하고 쥐어박았다. 하지만 솔직하게 하늘도 요즘 고민이 많았다. 이렇게 좋은데 어떻게 보낼까? 하는 생각이 들었다. 처음이야 그리워하겠지만 후안처럼 바쁜 사람이 언제나 그녀의 기억을 붙잡고 살지는 않을 것이다. 그러면 그녀는 그냥 잊힌 여인이 되는 것이었다.

"그런데 왜 진수, 그 자식이 집 앞에 온 거야?"

"새로 시작하고 싶데."

"미친놈, 누구 맘대로."

"그러게 말이다. 사랑한단다. 이제야 깨달으셨다고 하네."

"그냥 놔뒀어?"

"아빠가 물벼락 내렸잖아."

하민은 그걸로는 부족하다며, 자신이 나가서 날려 차기라도 했어야 했다고 말했다.

"아서라, 넌 태권도 4단이야."

그녀나 하민은 모두 운동이나 춤을 잘 췄다. 그건 유전인 것 같았다. 무용과를 나온 엄마와 특공무술을 한 군출신의 아빠 덕에 그녀들은 몸으로 하는 것도 잘했다.

"이제 진수라면 생각하기도 싫으니까. 그만 말하자. 나 자고 싶어."

"알았어."

하민이 나가고 하늘은 몇 시간을 침대에 누워 있었다. 이렇게 있다가 보니 벌써 해가 지고 있었다. 겨울이 가까워지니 해가 짧아졌다.

"이러고 있을 시간이 없는데⋯⋯."

하늘이 자리에서 일어나 옷을 입었다. 쉽게 입을 수 있는 원피스에 야상 점퍼를 입고 머리도 그냥 하나로 묶었다.

"어디 가게?"

"잠깐 나갔다 올게."

"너 오늘도 외박하면 짐 싸!"

"⋯⋯."

하늘은 대꾸도 없이 가방 하나만 들고 나왔다. 자신의 차를 몰아 후안이 있는 호텔로 향했다. 호텔에 그가 없으면 어쩌지 하는 생각 따위도 안 들었다. 지금 그를 보지 않는다면 미칠 것 같았다.

"왜 이러는 거야? 성하늘!"

가슴이 터질 것 같았다. 이게 사랑인가? 최소한 그녀는 첫눈에 반하는 사랑 따위는 믿지 않았다. 그리고 사랑이란 묵은지 묵히듯이 묶어야 진짜 사랑이란 생각이 들었다. 하지만 지금은 아니었다.

보고 싶어 미칠 것 같은 게 사랑이라면 지금 하늘은 사랑에 빠진 것 같았다. 후안이 부자라서, 얼굴이 잘생겨서가 아니었다. 그냥 후안 그 자체가 좋았다.

그녀는 호텔 주차장에 차를 세우고 그가 있는 스위트룸까지 단숨에 올라갔다. 엘리베이터 안에서도 발을 동동 굴렀다.

"미쳤어."

그녀는 이렇게 혼잣말을 했다. 그리고 스위트룸에 도착하자 주먹으로 문을 두드렸다.

쿵쿵쿵!

하지만 아무리 기다려도 안에서는 소리가 없었다.

"없는 거야? 간 거야?"

갑자기 서러운 마음이 들어 하늘은 쭈그려 앉아 손으로 얼굴을 감싸고 울었다.

"왜 없는 거야, 왜!"

허탈한 마음이었다. 하긴 다른 약속이 있을 수도 있고 다른 여자를 만날 수도 있었다. 이 알 수 없는 집착은 뭐지? 한 번도 이런 경험을 한 적이 없으니 너무나 생소했다.

「하늘?」

그때 그의 목소리가 들렸다. 하늘은 고개를 들고는 후안을 보았다. 그리고 저도 모르게 그에게 달려들어 안겼다.

「무슨 일이 있는 거야?」

「너무 보고 싶어서…….」

「읍!」

하늘이 그의 입술에 입을 맞추었다. 이렇게 강하게 키스를 하고 싶었던 적은 없었다. 그들이 입술이 뜨겁게 부딪쳤다. 호텔 복도란 것도 잊고 그녀와 그는 서로를 다급하게 찾았다. 그가 겨우 호텔방의 키를 꽂고는 문을 열었다.

그리고는 열쇠를 겨우 뽑아 스위트룸 안으로 들어갔다. 그녀는 그의 허리에 다리를 두르고 정말 원숭이처럼 매달린 상황이었다. 그들의 혀가 뜨겁게 얽혀들었다. 그는 곧장 그녀를 침대로 데리고 가서 눕혔다.

그리고 그녀의 치마 속으로 손을 넣어 팬티를 발끝으로 내렸다. 그리고 자신의 바지를 내리고 상의를 벗었다. 그의 눈은 욕망으로 이글거렸다. 그가 침대 위에 올라왔다. 무릎을 꿇은 자세로 그녀의 팔을 잡아 일으켰다. 그리고는 원피스를 단번에 머리 위로 벗겨 버렸다.

생각해 보니 너무 급하게 나오는 바람에 그녀는 브래지어도 하지 않은 채였다. 그가 숨을 훅 들이마셨다. 그리고는 그녀의 가슴을 손으로 만지기 시작했다. 그의 단단한 손이 그녀의 가슴부터 여성까지 쓸어내렸다.

"아아아……."

이번엔 하늘이 거친 숨을 몰아쉬었다. 심장이 터질 것 같았다. 그가 거대한 페니스를 그녀의 여성에 가져다 댔다. 하늘은 오늘이 영원하길 바랐다.

6

후안은 브라질에서 온 전화를 받느라 하늘을 잡지 못했다. 이곳에서의 시간은 이제 일주일도 남지 않았기 때문에 후안은 조금이라도 더 하늘의 옆에 있고 싶었다. 이렇게 그의 마음을 흔든 여자는 단 한 명도 없었다.

하지만 지금 그가 하늘 덕분에 행복하다는 걸 아는지 멜리나로부터 재결합에 관한 제의가 들어왔다. 물론 그 전부터 그랬지만 이번은 다른 때와는 달리 심각했다. 브라질에서 UL그룹의 입김은 어디서나 작용했다. 부패한 경찰들이 멜리나를 놓아주었고 멜리나는 지금도 그와 완벽하게 헤어지는 것을 원하고 있지 않았다.

거기에 회장까지 그에게 다시 멜리나와 합치지 않으면 SPA를 가만두지 않겠다고 으름장을 놓고 있어서 그는 생각이 복잡했다.

언론은 그가 아직도 혼자인 게 멜리나를 잊지 못해서 그런 것이라고 연일 보도하고 있었다. 그는 지금 결혼생활을 할 생각이 없었다. 그게 멜리나든 다른 누구든 결혼은 안 할 것이다.

그런데 이상하게 요즘 하늘을 보면서 결혼에 대한 그의 부정적인 생각이 많이 줄어들었다. 하늘이 가고 나서 그는 세바스티앙과 멜리나에 관한 이야기를 나누었다. UL에서 그들을 공격하기에 앞서서 그들이 어떻게 대응해야 할지 머리를 맞대고 의논했다.

하늘이 가지 않았다면 그렇게 의논도 못 했을 것이다. 하늘은 확실하게 치고 빠질 줄 아는 여자 같았다. 그는 어느 순간부터 하늘에 관한 모든 걸 좋게 생각하고 있었다.

하늘이 가고 후안은 세바스티앙과 함께 호텔에서 보냈다. 그들은 주로 UL 그룹 회장의 동향에 대한 이야기를 하고 브라질에 연락을 하기도 했다. 세바스티앙이 정치 명문가의 일원이라서 인맥이 좋기 때문이었다.

그들은 저녁까지 함께했다. 저녁을 먹는 동안에도 멜리나에 관한 이야기를 나누었다. 멜리나에 관한 이야기를 누군가와 이렇게 장시간 한 적은 단 한 번도 없었다.

저녁 식사 후에 후안은 세바스티앙과 함께 각자의 방으로 가기 위해 엘리베이터에 올랐다. 하늘에게 전화라도 할 생각이었다. 멜리나의 일을 처리하는 동안에도 그는 하늘을 만지고 싶은 충동에 사로잡혔었다.

「병에 걸린 거야.」

그는 하늘이라는 바이러스에 감염된 것 같았다. 그렇지 않고서는 이렇게 정신을 못 차릴 수는 없었다.

「내가 보기에도 이번엔 아주 심각하게 빠지신 것 같아.」

세바스가 그의 말뜻을 알아차리고 말을 거들었다.

「그렇게 티가 나나?」

「본인이 더 잘 알 텐데…….」

세바스의 말이 옳았다. 그는 하늘에게 심하게 빠진 것 같았다. 그렇게 세바스와 헤어지고 난 후에 그는 자신의 스위트룸 앞에서 걸음을 멈추었다. 하늘이 머리를 쭈그리고 앉아 있었다. 처음엔 잘못 본 줄 알고 눈을 감았다가 떴다.

여기엔 왜 온 걸까? 하지만 저도 모르게 입꼬리가 올라가 있었다.

「하늘?」

후안이 하늘을 불렀다. 하늘은 고개를 들고는 그를 보더니 달려와 안겼다.

「무슨 일이 있는 거야?」

무슨 일이 있는 게 아닌지 걱정이 되었다. 거기다가 지금 하늘은 울고 있었다.

「너무 보고 싶어서…….」

「읍!」

그렇게 말한 후에 하늘이 그의 입술을 삼켜 버렸다. 그도 너무나 하늘이 보고 싶었다. 하늘이 그의 입술에 뜨겁게 입술을 비볐다. 적극적인 하늘 때문에 그도 몸이 달아올랐다. 빠르게 그녀 안에 들어가고 싶은 마음이었다.

그런데 청소하던 아주머니가 옆방에서 나오다가 그들을 보고는 깜짝 놀라 다시 방 안으로 들어가는 게 보였다. 그는 주머니에서 카드키를 빼서 문을 겨우 열었다. 문이 열리기까지 하늘은 그에게서 떨어지지 않았다.

그녀는 그의 허리에 다리를 두르고 정말 원숭이처럼 매달린 상황이었다. 그녀의 이런 적극적인 반응이 그를 미치게 했다. 참을 수가 없었던 그는 하늘을 데리고 침대로 향했다. 그녀를 침대에 눕힐 때 리본이 저절로 풀리며 그녀의 비단결 같은 머리가 침대 위에 펼쳐졌다.

더는 참을 수 없었던 그는 그녀의 치마 속으로 손을 넣어 팬티를 발끝으로 내렸다. 그리고 자신의 바지를 내리고 상의를 벗었다. 그녀의 섹시한 아름다움에 취해 버린 그는 정신을 차릴 수가 없었다.

그는 하늘을 일으켜 원피스를 머리 위로 벗겨 버렸다. 그러자 완벽한 나신이 그를 유혹하고 있었다. 빨리 들어가지 않고는 견딜 수가 없었다. 그는 하늘의 다리를 벌리고 자리를 잡았다. 그리고 자신의 페니스를 단번에 넣었다.

미칠 것 같이 좋았다. 6개월 동안 그가 잠을 이루지 못하게 만든 여인이 바로 그의 앞에 있었다. 하늘과 다시 떨어질 수 있을까? 그렇다고 무작정 브라질로 하늘을 데려갈 수 없었다. 완강하게 결혼을 거부하는 하늘에게 결혼하자고 말하기도 어려웠다.

거기에 그도 결혼에 자신이 없었다. 그는 바빴고 하늘에게 무작정 기다리라고도 할 수 없는 일이었다. 하지만 오늘은 이 모든 것을 잊고 그녀를 가질 것이다. 반나절 정도 못 봤는데도 그는 그녀가 그리웠다.

"윽!"

그가 단번의 동작으로 하늘의 안으로 들어갔다. 이렇게 그를 조이는 여자는 없었다. 그가 빠르게 허리를 움직여 절정에 도달한 후에 그녀의 옆으로 쓰러졌다. 숨을 헐떡이던 하늘이 갑자기 그의 품에 안겼다.

「오늘 왜 이래?」

「나도 모르겠어요. 그냥 불안해서……」

뭐가 불안한지 알기에 그는 더는 묻지 않았다. 아직 둘의 관계가 정해진 게 없기에 하늘은 불안한 것이다. 그도 불안하기는 마찬가지였다. 후안은 말없이 하늘을 안았다.

「이렇게 있으니까 뭔가 안심이 되는 것 같아요.」

그렇게 말하며 하늘이 잠이 들었다. 내일 출근을 해야 하는데 이렇게 하늘과 같이 있고 싶었다. 그는 한동안 말없이 하늘을 바라보다 잠이 들었다.

세바스티앙은 한참 동안 핸드폰을 들여다보다가 겨우 전화기를 들었다. 그러다가 다시 전화기를 내려놓았다. 하민이 보고 싶었다. 하지만 오늘 하민이 병원에 있다는 걸 알기에 섣불리 전화를 걸 수가 없었다. 본과 4학년인 하민은 실습을 하는 중이었다.

Rrrrrrr—

하민이었다. 그는 숨도 쉬지 않고 전화를 받았다.

[여보세요?]

「이렇게 목소리라도 들을 수 있으니까 숨을 쉴 수 있을 것 같다.」

자신도 모르게 이렇게 오글거리는 말이 나올 때가 많았다. 사랑하면 시인이 된다더니 그 말이 딱 맞았다.

[어디 학원 다녀요?]

「어?」

[아니, 이렇게 닭살 멘트를 가르쳐 주는 학원이 있냐고요.]

하민은 그를 웃게 했다. 세바스의 집안은 대대로 과묵한 것이 미덕이라고 가르치는 집안이었다. 그래서 어디 가서 쓸데없는 말을 하거나 품위를 잃을 만한 언행은 삼가도록 배우면서 자랐다.

하지만 그는 하민이 하는 말이 모두 재미있었다. 그래서 하민을 보면 저도 모르게 웃음이 났다. 커다란 덩치의 그가 하민을 보면 아이처럼 웃었다. 거기에 하민은 그보다 열 살이나 어린 여자였다.

[어디예요?]

「호텔이지.」

[아닌데…….]

「맞아.」

그는 이상한 느낌이 들어서 문을 열었다. 그리고 문 앞에 서 있는 하민을 발견했다.

"있었네……."

뭐라고 말하는지 모르지만 하민이 그를 바라보며 웃었다. 그가 하민의 팔을 잡아 자신의 품 안에 끌어안았다. 하민은 너무 말라서 그가 꽉 안으면 부러질 것 같았다.

「내가 이렇게 오니까 반갑죠?」

「응, 보고 싶었어.」

「우린 어제도 봤는데…….」

그녀가 이렇게 말하며 키득거리며 웃었다. 품 안에 귀여운 인형은 그렇게 세바스의 마음을 차지하고 있었다.

「이제 브라질로 돌아가면 못 보겠죠?」

그 생각을 하니 그의 마음도 아팠다.

「전화 자주 할게.」

「한국 사람들이 하는 말 중에 몸이 떠나면 마음도 떠난다는 말이 있어요.」

하민의 말이 그의 가슴에 아프게 파고들었다.

「아니야, 안 그래.」

「……우리에게 허락된 시간만큼은 소중하게 보내요. 그럼 당신이 떠난 후에도 후회 안 할 것 같아요.」

그가 하민을 안아 들었다. 너무나 가벼운 하민이 그는 걱정스러웠다.

「살 좀 쪄야겠어.」

「체질이에요. 아무리 먹어도 안 쪄요.」

불공평했다. 그녀는 그가 보기에 너무 말랐다. 아직 그녀의 모든 걸 보지는 못했지만 조금 걱정이었다.

「왜 키스 안 해 줘요?」

오늘은 하면 멈출 수가 없을 것 같았다. 하민이 그를 감당할 수 있을지도 솔직하게 걱정이었다. 그는 하민에 비해 너무 컸다. 세바스는 하민을 너무나 원했지만 하민을 아낀다면 참아야 한다는 것도 알았다.

「와인 한잔할까?」

「왜 안 해 주는 건데요? 내가 섹시하지 않아서?」

세바스의 마음에 들어온다면 그녀는 깜짝 놀랄 것이다. 세바스는 그 누구보다 욕정 덩어리였다. 그때였다. 갑자기 하민이 그의 입술에 대고 키스했다. 하지만 이를 악물고 참은 세바스였다. 그리고 그녀는 바닥에 내려놓았다.

「정말이네.」

하민의 눈에서 눈물이 흘렀다.

「나도 뭐, 내가 그렇지 않다는 건 알아요. 그래도 내가 용기 내서 이런 말을 하면 반응이 있어야 하는 거 아니에요? 내가 그렇게 매력이 없어요? ……읍!」

그녀의 눈물에 세바스는 무너져 내렸다. 자신이 그렇지 않다는 걸 하민이 알아주었으면 했다. 그래서 그는 하민의 얼굴을 양손으로 잡고는 뜨거운 키스를 했다. 그의 피가 모두 아래로 몰려들었지만 참았다. 오늘은 키스만 하는 것이었다.

하민이 그의 목에 팔을 두르고 뜨겁게 키스했다. 공부만 잘하는 줄 알았는데 키스도 잘했다. 처음엔 잘못했지만, 지금은 그보다 키스를 더 잘하는 것 같았다. 그들의 혀가 뜨겁게 얽혀들었다.

키스하면서 한 걸음씩 뒤로 물러서다 보니 소파에 그의 다리가 닿았다.

「윽!」

하민이 그를 소파로 밀었다.

「오늘은 키스로 안 끝내요.」

하민은 마치 선포하듯이 그에게 말했다. 그리고 입고 있던 재킷을 벗어 버렸다.

「안 돼, 그만.」

「정말 싫은 거예요?」

하민이 상처받은 얼굴로 그를 내려다보았다.

「아니, 시작하면 멈출 수가 없어서 그래. ⋯⋯내가 하민을 다치게 할 것 같아서 두려워.」

「아뇨, 난 당신 생각보다 강해요.」

하민이 입고 있던 상의를 머리 위로 벗어 버렸다. 그러자 블랙의 단정한 브래지어가 그의 눈에 보였다. 하민의 성격을 말해 주는 속옷이었다. 깔끔하고 담백한 게 하민의 성격이었다. 그리고 그녀의 가슴은 너무 아름다웠다.

마른 체구에 비해 가슴이 확실하게 컸다. 그는 하민이 브래지어까지 푸는 모습을 보았다. 백옥같이 하얀 하민이었다. 그는 저도 모르게 하민의 가슴을 만지기 시작했다. 이제 그도 더는 억제 할 수가 없었다.

「오늘, 날 이렇게 자극하면 안 되는 거였어.」

그가 이를 악물며 마지막 인내심을 짜냈고, 세바스는 하민이 그의 말뜻을 알아차리기도 전에 위치를 바꾸었다. 그는 하민의 바지와 속옷을 단번에 벗기고는 자신의 옷도 빠르게 벗었다. 완벽한 나신이 된 그는 하민의 몸에 정신없이 키스를 퍼부었다.

그는 섹스를 할 때도 이성적이었지만 오늘은 상황이 달랐다. 그는 으르렁거리며 사냥하는 날짐승의 모습이었다. 거기에 하민은 먹음직스러운 사냥감이었다. 그의 입안에 침이 고이는 느낌이었다.

그의 손이 하민의 가슴을 정신없이 만지다가 그녀의 유두를 빨기 시작했다. 하민이 허리를 활처럼 휘며 그에게 격하게 반응했다. 그는 하민의 여성이 젖어 있는 걸 확인하고는 자신의 거대한 페니스를 그녀 안에 넣었다.

"윽!"

"아악!"

예상은 했지만 하민은 처음이었다. 그는 하민을 끌어안았다. 그리고 그녀의 입술에 키스했다. 세바스는 처음을 그에게 내어 준 하민에게 고마움을 느꼈다. 그리고 하민을 어쩌면 평생 놓지 못할 것 같은 예감이 들었다.

그는 하민과 그렇게 뜨거운 밤을 보냈고 그의 고민은 깊어져 갔다.

월요일 아침, 하늘은 정신없이 출근 준비를 했다. 물론 오늘도 후안이 준 옷을 입고 출근할 수밖에 없었다. 그녀가 입은 옷은 내년에 출시될 신상품의 샘플이었다.

「이렇게 입어도 되는 건가요?」

「상관없어. 이 디자인은 하늘을 위한 거야.」

오늘 그녀가 입은 옷은 과감한 프린팅이 된 옷이었다. 에르메스 스카프를 온몸에 두른 듯한 과감한 옷은 다행히 그녀에게 잘 어울렸다.

「예뻐.」

그는 무심하게 한마디를 던지고 앞장서서 갔다.

"심장에 해로운 사람."

하늘은 이렇게 말하고 그의 뒤를 따랐다. 이제 금요일까지 얼마나 안 남았다. 나의 마음을 보여 줘야 하나? 하늘의 생각이 복잡해지고 있었다.

"안녕하십니까?"

엘리베이터 안에 직원들이 꽉 찼다.

"성 실장님, 오늘 모델 같아요."

직원들이 그녀의 모습을 보고는 예쁘다고 난리였다. 하늘이 후안을 힐끔 보자 그도 뿌듯해하는 표정으로 그녀를 보고 있었다.

"감사합니다."

"정말이에요. 그거 어디 브랜드예요? 설마 에르메스?"

"아니에요. SPA 이탈리아의 제품이에요."

그녀의 말에 디자인실 팀들은 앞을 다투어 그녀를 보느라 정신이 없었다.

「오늘은 내 인기가 별로군.」

엘리베이터에서 내리며 그가 투덜거렸다. 하늘은 그의 모습이 너무나 귀여웠다. 원래 그가 한국에 오면 하려던 일정이 오늘부터 시작이었다. 얼마나 바쁘게 움직이는지 정신이 없을 지경이었다.

오전부터 오후까지 눈코 뜰 새도 없었고 그들이 서로 얼굴을 마주 본 건 점심시간뿐이었다. 이동 중에도 다음 일정을 준비해야 했기 때문에 서로 너무 바빴다. 그리고 오늘은 마띠아스도 함께 움직여서 비서실의 서 대리까지 출동이라서 더 정신이 없었다.

"실장님, 우리 회장님은 비서 더 안 뽑으신대요?"

서 대리가 후안을 바라보며 물었다.

"브라질어 못 하잖아."

하늘이 단칼에 잘랐다.

"회장님 영어하시잖아요?"

서 대리도 지지 않고 야심을 드러냈다.

"브라질에 가고 싶어?"

"네!"

한 치의 망설임도 없는 답이었다. 사실 브라질은 그녀도 가고 싶은 곳이었다. 어떻게 하면 갈 수 있을지 며칠째 고민 중이었다. 하지만 브라질엔 유능한 비서들이 있었고 브라질에 가면 그녀와 그 사이가 더 바빠질 수도 있었기 때문에 그쪽의 일은 완전히 포기한 상황이었다.

"저기 보세요. 인터뷰도 어쩜 저렇게 멋지게 하실까요? 우리 마띠아스 사장님이 오늘은 완전 오징어 같아요."

서 대리가 피식 웃으며 말했다.

"사장님의 패션 감각이 얼굴에 밀린다."

하늘도 오징어가 되어 버린 마띠아스가 안됐다는 생각이 들었다.

"맞아요. 패션은 얼굴과 몸매가 전부죠. 신은 불공평해요."

서 대리가 울분의 한마디를 내뱉었다.

"그런데 세바스티앙은 오늘 왜 안 보여요?"

오늘 세바스티앙을 결근했다.

"후안의 말로는 아프다던데……. 모르겠어."

한창 인터뷰가 진행 중일 때 엄마에게 전화가 왔다.

"엄마, 지금 바쁜데……."

[바쁘긴 뭐가 바빠? 하민이는 왜 집에 안 들어오고. 너도 어제 외박하고……. 너희들 정말 나 죽는 꼴 보고 싶은 거야?]

엄마는 화가 머리끝까지 난 것 같았다.

"하민이가?"

그녀는 전화기를 들고 밖으로 나왔다.

"하민이 어제 안 들어왔어?"

[오늘 학교도 안 갔어.]

뭔가 냄새가 났다.

[너희 둘 오늘 집에 일찍 들어오는 게 좋을 거야. 안 그러면 짐 싸서 밖에 다 내놓을 거니까, 그런 줄 알아.]

엄마가 화가 나서 일방적으로 전화를 끊어 버렸다. 동생이 걱정된 하늘은 하민에게 전화를 걸었지만 받지 않았다. 그래서 세바스에게 전화를 건 하늘이었다.

[여보세요?]

다행히 세바스는 그녀의 전화를 받았다.

「어디예요?」

[죄송합니다. 지금 하민이와 같이 있습니다.]

「하민이 좀 바꿔 주세요.」

하늘은 하민이 걱정이 되었다. 그녀와 마찬가지의 상황이었지만 그녀와 달리 하민은 이 시련을 견디기 힘들 게 뻔했다.

[언니⋯⋯.]

"어디야?"

[바다 보러 왔어.]

"엄마 전화는 왜 안 받는 거야?"

[혼나기밖에 더하겠어. 그래서 오늘은 그냥 세바스만 생각하려고. 이제 떠날 사람이고 엄마는 평생 볼 사람인데⋯⋯.]

"너까지 이러면 어떻게 해."

[그냥 언니는 내 편이 되어 주면 안 돼? 이제 며칠만 있으면 갈 사람들이잖아.]

"정말 그렇게 생각해? 세바스가 널 데리고 브라질에 간다거나, 아니면 네가 쫓아갈 거란 생각은 안 해?"

[안 해. 그런 기대는 하지도 않아. 이렇게 빠르고 깊이 좋아한 사람은 없었으니 마음은 아프겠지.]

하민을 설득하는 건 지금은 무리인 것 같았다.

"알았으니까. 이왕 간 거 잘 놀다 와."

그녀는 이렇게 말하고 전화를 끊었다. 그리고는 인터뷰장으로 들어갔다.

"회장님이 찾으셨어요."

"그래?"

인터뷰가 쉬는 사이에 하늘은 후안에게 다가섰다.

「필요한 거라도…….」

「난 하늘이 필요해. 어디 가지 말고 내 눈앞에 있어.」

정말 후안은 못 말리는 사람이었다. 그녀는 미소를 지어 보였고 후안에게 커피를 가져다주었다. 인터뷰가 끝이 나고 마띠아스와 국무총리를 만나는 일정을 소화했다. 그렇게 정신없이 일정이 끝이 나고 저녁은 서울호텔에서 다 같이 먹었다.

"오늘 수고했어."

마띠아스가 서 대리와 그녀를 격려해 주었다.

"감사합니다."

서 대리는 이렇게 말하고는 스테이크를 먹느라 정신이 없어 보였다. 후안과 하늘도 스테이크를 먹기 시작했다. 후안은 그녀를 뜨거운 눈길로 바라보고 있었고, 그런 후안과 그녀를 서 대리가 이상하다는 듯이 보았다.

하지만 하늘은 후안이 보는 것만으로 끝내는 사람이 아니란 걸 간과했었다. 식사를 먼저 마친 후안이 그녀의 머리를 쓰다듬었다. 그리고 그녀가 식사하는 내내 욕망에 젖은 낮은 목소리로 계속해서 예쁘다는 말을 하고 있었다.

급기야 그의 손이 그녀의 허벅지를 더듬었다. 그의 손이 어디에 있는지 테이블 아래라서 보이지 않았지만, 하늘은 후안의 이런 노골적인 점은 마음에 들지 않았다.

"어떻게 된 거예요?"

서 대리가 놀란 토끼 눈을 하고 물었다.

"뭐가?"

하늘은 이제 완전히 포기한 상황이었다.

"회장님이 실장님을 바라보는 눈이……"

"마띠아스 사장님처럼 원래 그렇게 사람들을 대하는 분인 거야."

하지만 이번엔 서 대리는 의심을 풀지 않고 있었다.

"왠지 회장님이 실장님을……"

"인정해 주시지."

그녀는 이렇게 말을 잘라 버렸다.

"아니에요. 뭔가 있어요."

"없어. 오늘 수고했고, 내일 봐."

하늘은 서 대리를 보내고 후안의 스위트룸에서 하민을 기다리고 있었다. 각자 들어가서 두 번을 혼나는 것보다 한꺼번에 혼나는 게 나을 것 같았다.

얼마 지나지 않아서 기가 죽은 하민이 스위트룸으로 들어왔다.

"즐겁게 놀았으면서 왜 그렇게 기가 확 죽은 모습이야?"

하늘이 하민을 보고 뭐라고 하자 후안이 알아듣지도 못하면서 그녀의 팔을 잡았다.

「재밌게 놀았어?」

「네.」

「그런데 표정이 왜 그래?」

후안은 왜 다 큰 성인을 어른들이 감시하는지 이해가 안 되는 모양이었다.

하늘은 하민을 데리고 호텔에서 나왔다. 세바스가 그녀들의 뒤를 따랐다.

「제가 같이 가서 말씀을 드리면…….」

「더 혼나겠죠.」

「가볍게 생각해서 이러는 거 아닙니다. 전 하민과 결혼까지 생각합니다.」

결혼이란 말에 하늘은 가슴이 무너져 내렸다. 결혼이란 단어를 들으며 상처에 소금을 뿌리는 것처럼 하늘은 마음이 아팠다. 하지만 하민은 그녀와 달랐다. 상처를 견딜 수 있을지 의문이었다. 물론 좋은 결과가 있을 수도 있지만 나쁠 확률이 더 컸다.

「하민이와도 얘기하셨어요?」

「네, 진지하게 생각하고 있다고 말했습니다.」

"하민아, 아니라고 하지 않았어?"

"……나도 그런 줄 알았는데, 아니더라고."

하민이 풀이 죽은 목소리로 말했다. 하민을 예뻐했지만 혼낼 때는 무서운 언니였다. 일단 그녀는 택시를 타고 하민과 집으로 향했다. 가는 동안 둘은 말이 없었다. 집에 도착해서 엄마에게 혼날 생각을 하는지 표정이 좋지 않았다.

딸이 아니라 원수라는 표정으로 엄마는 하민과 언니를 보고 있었다. 하민은 언제나 칭찬받는 딸이었다. 공부도 잘했고 운동도 잘하는 하민은 누구에게나 인기가 있었다. 엄마, 아빠의 자랑인 그녀는 문제 한 번 일으키지 않고 살았다.

그건 언니도 마찬가지였는데 김진수를 만나면서 부모님께 걱정을 끼쳤다. 그런데 이제 그녀 차례였다. 세바스티앙이 고백하면서 그와 함께 브라질에 가지 않겠냐고 제안했다. 하지만 그러면 당장 공부도 포기해야 하고 의사가 되고 싶은 그녀의 꿈도 접어야만 했다.

그래서 걱정이었다. 남자 하나만 보고 모든 걸 버리고 브라질에 갈 수 있겠느냐는 말이다.

"왜 말이 없어. 무슨 말이라도 해야 하는 거 아니야?"

엄마가 꿀 먹은 벙어리처럼 앉아 있는 그들에게 말했다.

"엄마, 미안해. 이렇게 속 썩이려는 의도는 아니었어. 그리고 그 사람들, 금요일이면 가."

언니가 엄마의 성질을 건드리지 않는 범위 내에서 침착하게 말했다.

"뭐? 그럼 갈 놈들하고 만나는 거야?"

"엄마……."

하민이 엄마를 불렀다. 몹시 떨리고 불안했다. 하지만 말을 해야 할 것 같았다.

"세바스티앙이 결혼하자고 했어. 이번에 자신이 갈 때 같이 가자고 말이야."

"성하민!"

언니가 그녀의 이름을 불렀다.

"엄마, 나 그 사람 따라가고 싶어."

"……."

엄마, 아빠, 하늘 언니는 말을 하지 못하고 충격을 받은 얼굴로 그녀를 바라보았다.

"하민아……. 넌 공부도 아직 끝나지 않았고, 의사가 네 꿈이잖아."

"그랬지. 하지만 꿈은 거기서도 이룰 수 있어."

아무리 생각을 해도 이해가 가지 않는다는 얼굴들이었다.

"엄마, 하민이가 지금 너무 세바스티앙에게 빠져 있어서 그래.

조금 시간이 지나면……."

"아니, 난 안 변해. 그리고 세바스와 김진수는 다른 사람이야."

언니의 마음은 알겠지만, 그녀도 실패할 거라 생각하는 건 싫었다.

"내 마음은 안 변해요."

하민이 방으로 들어가자 엄마가 소리치며 우는 소리가 들렸다. 하지만 하민은 마음을 정했다. 이렇게 마음을 정하고 나니 오히려 세바스에 대한 믿음이 생겼다.

7

화요일이었다. 이렇게 시간이 빠르게 갈 줄은 상상도 못 했다. 하지만 금쪽같은 그들의 시간은 빠르게 흘렀다. 오늘도 후안의 일정은 꽉 차 있었다. 저녁 식사 이후가 아니면 후안과 사적인 이야기를 할 틈이 없었다.

세바스티앙은 그녀에게 미안한지 자꾸만 잘해 주려고 하는데 그게 더 부담스러웠다. 진지하게 하민과 결혼까지 생각하는 모양인데 그들은 만난 지 한 달도 되지 않았다. 이건 정말 미친 짓이었다.

「난 세바스티앙과 하민이 둘 다 이해할 수가 없어요.」

일정이 끝이 나고 그들은 그의 스위트룸에 나란히 앉아서 이야기를 나누었다.

「이해가 안 가요.」

「사랑에 빠지는 데 시간이 많이 필요한 건 아니니까. 서로가 없으면 죽을 것 같다면 같이 있어야 하지 않을까? 그리고 그들은 내가 보기에도 아름다운 한 쌍이야.」

후안은 고민이 많은 목소리였다. 아마도 그들에 관해서도 생각하는 것 같았다.

「후안, 당신이 떠나면 나도 슬플 거예요. 하지만 당신을 따라가지는 못할 것 같아요.」

드디어 말하고 말았다. 그녀는 하민처럼 그를 쫓아가진 않을 것이다. 그것이 결혼이란 전제라면 더욱더 말이다.

「왜지? 왜 당신은 안 되는 거지?」

「난 더는 상처 받고 싶지 않으니까요. 당신에게 상처를 받는다면 난 더 이상 살아갈 자신이 없어요. 상처가 깊어지지 않으려면 여기서 끝내는 게 옳아요.」

그는 말이 없었다. 아니 그녀의 말을 이해하지 못하는 것 같았다. 하긴 그녀도 이렇게 말하기까지 무척 힘이 들었다.

「멜리나 때문에 난 결혼에 대한 환상이 깨져 버렸어. 내가 멜리나를 방치했기 때문이라 멜리나만 잘못했다고 말할 수 없지만. 난 그녀를 사랑하지 않았으니까, 미안함도 없었어. 그런데 약에 취해 있는 그녀를 보니 미안한 마음이 들었어. 그리고 분노 또한 같이 밀려들었지.」

그는 후회하는 것 같았다.

「그리고 그 최악에 날, 난 아름다운 여인을 만나 위로받았지. 그리고 그 여인은 다음 날 감쪽같이 사라졌어. 마치 야릇한 꿈을 꾼 기분이었지. 그리고 이렇게 다시 만나고 보니 내가 그날 느꼈던 환희가 거짓은 아니었다는 것을 알게 되었고.」

그가 말하는 의미를 이해하지 못하겠다.

「당신이 날 좋아한다는 걸 알아요. 하지만…….」

하늘은 결혼이 두려웠다.

「이 이상의 관계는 힘든가?」

그도 덤덤하게 물었다.

「네.」

「……세바스티앙이 부럽군.」

그는 이렇게 중얼거린 후에 더는 말하지 않았다. 그가 그녀의 뜻을 이해한 걸까? 그녀가 결혼에 대해서 이렇게 무서워한다는 걸 아는 것일까?

「한국에서 결혼은 남녀가 하는 것이기도 하지만 집안끼리 합치는 의미도 있어요. 그런 결혼을 난 한 번 뒤집었죠. 내 뜻은 아니었지만. 내 친구와 침대에 누워 있는…….」

후안이 더 이상 말하지 말라는 듯 그녀를 안아 주었다. 그녀의 고통을 그는 알고 있었다.

「난 이제 잠깐의 행복보다는 길고 긴 아픔에 대해 생각해요. 내가 잘못된 건가요?」

그녀의 눈에서 눈물이 흘러내렸다.

「나도 하민이가 부러워요.」

그건 하늘이 진심이었다. 후안의 품에서 빠져나온 그녀가 집으로 가는데 그는 잡지 않았다. 그게 오히려 고마웠다. 후안이 잡았다면 그녀도 하민처럼 흔들릴 것 같았다.

하늘은 집으로 돌아가는 내내 머리가 터질 것같이 아팠다. 그래서 집 앞에 커피숍에서 커피를 사기 위해 잠시 차를 주차하고 커피숍 안으로 들어갔다. 그런데 거기서 나란히 앉아서 서로의 어깨에 기대고 있는 세바스티앙과 하민을 보았다.

등을 돌리고 있어서 그들은 그녀를 보지 못했다. 세바스티앙의 어깨에 기대 있는 하민의 모습에서 행복이 느껴졌다. 그녀는 조용히 커피만 사 들고 차로 향했다.

"부럽다."

저도 모르게 이런 말이 나왔다. 왜 이러는 걸까? 차에 타자 문자가 한가득 와 있었다. 은아에게서 온 문자였다. 왜 전화를 받지 않느냐는 말과 함께 욕설이 가득했다. 왜 이런 말을 들어야 하는지 몰라 무시했더니 아주 가관이었다.

솔직히 지금 기분으로는 싸울 상대가 필요했다. 그래서 하늘은 은아에게 전화를 걸었다. 오늘은 기꺼이 싸울 준비가 되어 있었다.

"여보세요?"

[야! 왜 그렇게 전화를 안 받아?]

은아가 소리부터 질렀다.

"내가 왜 네 전화를 받아야 하는데?"

[사람이 전화했으면 받아야지?]

"나한테 넌 사람이 아니니까."

하늘이 독하게 말했다. 손에 들린 커피를 아이스로 시킨 걸 다행으로 생각했다.

우드득!

얼음을 깨물어 먹었다. 아니 속으로 은아라고 생각하며 씹었다.

[뭐야?]

은아도 독기를 품고 있었다. 그러거나 말거나 지금은 상관없었다. 은아 따위에 신경 쓰고 싶지 않았다.

"말해. 나를 그렇게 애타게 찾은 이유를."

[나 임신했어.]

"축하한다는 말은 못 하겠다. 사실 관심도 없고."

사실이었다. 진수나 은아나 둘 다 관심이 가지 않았다.

[진수 씨에게서 떨어져.]

"제발 데리고 가. 자꾸 만나자고 하고 찾아오고 전화해서 미치겠으니까."

[너, 지금 나 열 받으라고 하는 소리야?]

악에 받쳐 소리를 질러 대는 통에 하늘은 전화기를 귀에서 뗐다.

"너 열 받으라고 하는 소리 맞아."

[야!]

"쓸데없는 소리 하지 말고. 나한테 뺏어간 남자니까 네가 알아서 해. 그리고 김진수는 자기밖에 모르는 사람이야. 너도 너밖에 모르는데, 누가 질지 궁금하다."

[미친년.]

"응, 나 지금 너 아니어도 진수 때문에 짜증나서 미칠 것 같아. 그러니까 잘 좀 간수해."

그녀는 전화를 끊었다. 은아가 임신을 했다는데도 별로 신경이 쓰이지 않았다. 뭐 그들 사이의 문제니까 더 이상 신경 쓰고 싶지 않았다.

은아는 눈에 독기가 서렸다. 어떻게 진수는 자신을 놔두고 다른 여자도 아닌 하늘에게 다시 돌아가고 싶어 하는지 이해가 되지 않았다. 오늘 그녀는 진수와 담판을 지을 생각이었지만 진수는 나타나지 않았다.

그래서 진수의 집으로 찾아가 진수의 어머니를 기다리는 중이었다. 마마보이인 진수가 어머니의 말을 듣지 않을 리가 없었다. 진수의 집은 처음이었다. 한남동의 빌라에 사는 걸 보니 살 만큼 사는 사람이었다.

딩동!

그녀는 무조건 벨을 눌렀다.

[누구세요?]

"진수 씨와 결혼할 고은아입니다."

"[…….]

그럼에도 안에선 문을 열어 주지 않았다.

딩동! 딩동!

[그만 가는 게 좋겠어요.]

아주 고상하게 말하는 진수의 어머니였다.

"저도 그러고 싶은데, 보이세요?"

[…….]

그녀는 아기 초음파 사진을 인터폰에 비췄다. 그러자 문이 열렸다.

"말귀는 알아듣네."

독기가 오를 대로 오른 은아는 집 안으로 들어갔다.

"어서 와요."

어머니는 따뜻함이라고는 없는 인사로 차갑게 그녀를 맞이했다. 그녀는 집 안을 둘러보며 안으로 들어갔다. 늦은 시간인데도 남자들은 보이지 않았다.

"낮에 오는 게 좋을 것 같은데. 이렇게 늦게 오다니 무례하군요."

집 안에서도 명품 옷을 입은 진수의 어머니는 소파에 앉아 그녀에게 앉으란 소리도 하지 않았다.

"제가 한시가 급해서요."

솔직하게 지금 급한 건 은아였다.

"뭐가 급하죠?"

"아기 때문에요. 진수 씨가 아무런 말도 안 한 모양이군요."

아기란 말을 했지만, 진수의 엄마는 미동도 없었다.

"아니, 말했어요."

어머니는 예의 바르게 그녀를 대하고 있었지만 그게 다였다. 차를 권하지도 않고 그녀를 차갑게 보기만 할 뿐이었다.

"아기에 대해 상의하고 싶어서요."

은아가 은근슬쩍 소파로 가서 앉았다.

"그 아기가 우리 진수의 아이인지 어떻게 알죠?"

진수 어머니의 반응은 여전히 차가웠다. 어떻게 손자 이야기를 하는데 이렇게 냉담할 수 있을까?

"아기가 태어나면 유전자 검사를 하면 되죠."

은아도 물러서지 않았다.

"그럼, 아기를 낳을 생각인가요?"

"네, 소중한 아기인데 당연히……."

갑자기 진수의 어머니가 웃었다. 너무 웃어서 눈물까지 흘리고 있었다. 뭐 하는 거지란 생각이 들었다.

"난 말이에요. 은아 씨가 영악한 여자라고 생각했는데……. 아니었네요."

충격적인 반응에 은아는 놀랐지만, 티를 내지 않으려고 노력했다.

"네?"

"아기를 낳으면 우리 진수가 결혼할 거라고 생각하는 건가요?"

"최소한 아기에 대한 책임을 져야죠."

또다시 웃기 시작했다.

"내가 이 집에 시집와서 이런 일 한번 안 겪어 봤겠어요? 살 만큼 살면 남자들은 눈을 돌리게 되어 있어요. 이왕 돌릴 눈이라면 괜찮은 아가씨에게 돌리는 게 낫지 않겠어요?"

진수의 어머니는 하늘보다 그녀가 더 잘사는 줄 알았다.

"제가 하늘이보다 더 나은 줄 알고 선택하신 건가요? 만약에 그때 저에 대해 아셨다면 어떻게 하셨을까요?"

"가차 없이 쳐냈겠죠?"

"아이 따위는 안중에도 없으시네요?"

"뭐, 이런 상황에서 나온 손자가 반가울 리는 없죠."

은아는 자신이 진수와 진수 집안을 너무 쉽게 봤다는 생각이 들었다.

"그럼 지울까요?"

"그건 알아서 해요. 만약에 태어난 아이가 진수의 아이라고 해도 우리는 책임이 없어요. 본인이 원해서 낳은 걸 우리가 뭐 어떻게 하겠어요."

"결혼할 아가씨가 싫어할 텐데요."

"은아 씨라고 했나요? 뭔가 잘 모르는 것 같아서 얘기해 줄게요. 은아 씨도 우리 진수가 결혼하는 거 알고 접근했듯이, 우리 아들이 아기가 있다고 해서 결혼을 못 하지는 않아요. 물론 아주 A급 신부는 아니더라도 의사 신랑이나 사위를 얻고 싶어 하는 사람들은 많으니까요."

은아는 어떻게 해야 할지 암담해졌다. 자신만 독하고 똑똑한 줄 알았는데 그녀의 머리 위를 나는 사람을 보고 나니 기가 막혔다.

"남의 남자를 꾀는데도 규칙이란 거 있어요. 그런데 은아 씨는 그 룰을 지키지 않았어요. 첫째, 친구의 남자를 꾄 것. 둘째, 거짓으로 자신을 포장한 것이죠. 언젠가 다 들킬 일은 하지 않는 게 맞아요. 모르긴 몰라도 아기도 아예 없거나, 있어도 다른 남자의 아기일 테죠."

"아니에요."

은아는 속에서 끓어오르는 분노를 느꼈다.

"그렇다면 더 고생이겠군요. 아기를 혼자서 키우는 건 너무 힘들 테니까요."

아주 고상한 척하면서 그녀의 마음을 후벼 파는 질 나쁜 여자였다.

"알겠습니다. 언제까지 이렇게 고상하게 사시는지 볼게요. 저도 나름의 방법이 있는데 그렇게 해야죠."

"협박하는 건가요?"

"아뇨, 그냥 알려 드리는 거예요. 제가 이렇게 거부당하게 될 경우를 대비해서 짜 놓은 시나리오가 있거든요. 뭐 제가 아무리 발버둥 쳐도 이 집안사람들은 까딱도 안 할 것 같으니까. 조금 더 강하게 하려고요."

"마음대로 해요."

"네, 기대하셔도 좋을 겁니다."

이번엔 은아가 기분 나쁘게 웃었다.

"별것도 아니면서."

은아는 시원하게 웃으면서 밖으로 나왔다. 정말 진수의 어머니는 눈 하나 깜짝도 안 했다.

"대단하네. 언제까지 대단할지 볼까?"

그녀는 이렇게 말하면서 바닥에 침을 뱉었다. 그리고 초음파 사진을 찢어 버렸다.

"안 통하네."

사실 은아는 임신 같은 건 하지도 않았다. 하지만 진수 어머니의 반응은 기대 이상이었다.

"어머니, 그런다고 물러설 제가 아니에요. 물러선다고 해도 김진수는 가만히 안 둘 거예요."

그녀는 이를 갈며 자리를 떴다.

목요일이었다. 이틀 동안 그녀와 후안은 사적인 대화 없이 지냈다. 매일같이 뜨거운 날을 보내도 모자란 판국에 후안은 그녀에게 필요한 말이 아니면 건네지 않았다. 그건 다 자신 때문이란 걸 하늘은 잘 알았다.

오늘은 후안이 텔리스의 옷을 입고 화보를 찍는 날이었다. 모델로서의 후안은 처음이었다. 이런 날이 올 거라고는 생각도 안 했는데 오늘 제대로 눈 호강을 하고 있었다. 우리나라에서 가장 잘 나가는 패션 잡지의 화보였다.

그것도 타이틀 사진까지 찍는 날이었다. 보통 남자 모델들은 온 종일 굶고 사진 찍기 전까지 운동해서 근육을 만드는데 그는 먹을 걸 다 먹고 사진 촬영 전까지 그냥 있어도 완벽한 몸매였다.

밤이면 저런 남자의 품에 안겨 있었다니, 그녀는 로또를 맞은 게 맞았다. 하지만 내일이면 그는 브라질로 떠난다. 이렇게 보니 어쩌면 그는 신기루 같은 존재일지도 몰랐다.

"멋지죠?"

디자인 팀장이 그녀의 곁으로 다가와서 말했다. 오늘은 특별한 날이기 때문에 디자인실 식구들이 총출동해서 난리가 났다. 후안 이 포즈를 취할 때마다 여기저기서 탄성이 들렸다.

"여자들의 눈을 사로잡을 만하죠."

디자인 팀장은 그녀 옆에 딱 붙어 있었다. 그도 그럴 것이 세바 스가 그녀의 옆에 있었기 때문이었다.

"누구요?"

그녀가 턱짓으로 세바스티앙을 가리켰다.

"물론 그쪽도 눈이 가긴 하지만 오늘의 메인은 우리 회장님이 죠. 봐요, 다 회장님만 보고 있지."

그녀가 보기에도 모든 사람들의 눈이 후안에게 가 있었다. 마띠아스가 그녀를 자주 화보 촬영장에 데리고 가서 모델들을 꽤 보았는데 후안과는 상대도 되지 않았다. 모델에 대해 잘 모르는 그녀가 봐도 그의 포즈는 환상적이었다.

"회장님은 현역시절에 모든 게 A컷인 모델로 통했죠. 찍으면 그냥 작품인 거예요."

후안의 포즈가 환상적인 건 인정했다. 하늘의 시선이 후안의 몸을 따라 야릇하게 흐르고 있었다.

"아 참, 은아 씨, 사직서 냈어요."

"그래요?"

하늘은 후안을 보며 무덤덤하게 말했다.

"별 반응이 없네요."

"관심 밖의 인물이라서요."

그녀는 별 관심이 없었다. 지금 그녀의 관심은 오로지 후안뿐이었다. 후안의 모습이 이렇게 환상적인데 굳이 은아를 생각해서 기분을 망치고 싶지 않았다.

"왜 그만두는 줄 알아요?"

하지만 실장님은 은아의 이야기를 멈출 생각이 없는 것 같았다.

"아뇨, 제가 알아야 하나요?"

정말 듣고 싶지 않은 이름이었다. 귀에 거슬린다는 말을 이제는 이해할 것 같았다.

"후안 회장님이 자른 거예요."

후안이 은아를 잘랐다는 소리에 솔직하게 놀랐다. 하긴 지난번 그런 일이 있었는데 그냥 두는 것도 이상했다.

"이제야 반응이 있네."

"그만뒀다고 하셨잖아요?"

"자르기 전에 알아서 나간 거죠. 그래야 퇴직금 같은 거 받을 때 무리가 없으니까요."

왜 후안이 은아를 자른 것일까? 마띠아스에게 말해도 되고 디자인 팀장에게 말해도 될 것을 굳이 그가 하다니 이해할 수가 없었다.

"그리고 소문으론 은아 씨는 괜찮은 직장 못 구할 거예요. 회장님이 다른 곳에 취직도 못 하게 만드신 것 같아요."

그래서 그녀에게 그렇게 협박을 한 건가 하는 생각도 들었다.

"사람은 마음을 착하게 먹어야 하는 거예요. 남의 눈에서 눈물이 나면 자신의 눈에선 피눈물이 나는 거니까요."

디자인 팀장의 말은 맞는 말이었다. 하늘은 멋지게 포즈를 취하고 있는 후안의 모습을 보았다. 흰색 트렁크 수영복에 꽃무늬 프린팅 셔츠를 입고 단추를 몽땅 푼 채로 섹시한 포즈를 취하고 있는 그를 하늘은 넋을 놓고 보았다.

"저런 남자랑 하루만 잤으면 소원이 없겠네요."

실장님의 말에 하늘은 놀랐다.

"그런 말도 하실 줄 아세요?"

"여자라고 성욕이 없는 건 아니니까요. 이혼하고는 더 솔직해진 것 같아요."

역시 디자인 팀장은 대담했다.

"성 실장님은 저렇게 섹시한 스타일 싫어요? 범생이 스타일을 좋아하나?"

"아뇨, 저도 회장님 같은 스타일이 멋있게 느껴지죠. 남미 남자의 진한 무언가가 있어 보이잖아요."

"역시, 통하는 게 있다니까."

디자인 팀장이 야심차게 내놓은 디자인은 후안을 모델로 선보임으로써 시너지 효과를 얻을 것 같았다.

그때 후안이 다른 수영복을 입고 나왔다. 다 벗은 모습도 보았는데 지금 입은 하늘색 수영복은 거의 T팬티 같은 느낌이 강해서 더 자극적으로 보였다.

"와우!"

저도 모르게 턴성을 지르다가 후안과 눈이 마주쳤다.

"지금 봤어요? 저 뜨거운 눈빛이 날 향하고 있다면 얼마나 좋을까요?"

디자인 팀장이 소녀 팬처럼 후안을 바라보았다.

"디자인할 때 야한 생각 많이 하시나 봐요?"

"물론이죠."

참 재미있는 사람이었다.

"우리 고은아 해고 기념으로 술 한잔해야죠."

"전 언제나 콜입니다."

"그럼 우리 내일 저녁에 마실까요?"

오늘은 일이 늦게 끝이 날 것 같으니 내일 마시자는 소리가 아니었다. 내일이 불금이기 때문이었다.

"콜!"

"역시, 내 스타일이라니까."

팀장이 좋은지 그녀의 팔짱을 끼며 친한 척을 했다. 그녀보다 다섯 살이 많은 디자인 팀장은 겉으론 차가워 보이는데 알고 보면 털털한 사람이었다. 촬영 내내 그녀를 보지도 않던 후안과 마지막 촬영에선 계속해서 눈이 마주쳤다.

섹시함이 요구되는 사진이었는데 당장 그의 품에 뛰어들고 싶을 정도로 그의 포즈는 섹시했다. 스텝들의 박수를 받으며 마지막 촬영을 마친 그를 세바스와 그녀가 따라갔다.

「수고하셨습니다.」

그녀의 말에 그는 대꾸도 하지 않았다. 촬영 때는 몰랐는데 지금 그는 화가 나 있었다. 아마 그녀가 보기 싫은 모양이었다. 그가 메이크업을 지울 동안 하늘은 뻘쭘한 시간을 보냈다.

메이크업을 지운 그가 갑자기 하늘의 손을 잡고는 탈의실 안으로 들어갔다.

「후안······. 읍!」

너무나 갑작스러운 일에 하늘은 깜짝 놀라고 말랐다. 밖에는 사람들이 있었다. 그는 촬영 내내 그녀를 뜨거운 눈길로 보았다. 하늘은 알고 있었지만 애써 그의 시선을 피했다. 하지만 이렇게 둘이 있으니 이틀 동안의 그리움이 폭발해 버렸다.

그녀는 후안의 목에 팔을 감고 그의 입술을 뜨겁게 받아들였다. 사람들이 오가는 소리가 탈의실 바깥에서 들렸다. 하지만 그와의 키스를 멈출 수는 없었다. 그의 뜨거운 혀가 그녀의 입안을 철저하게 핥았다.

그녀의 혀를 미친 듯이 빨기도 하고 감아올리기도 하면서 그는 그동안 참았던 욕망을 분출하기 시작했다. 그의 손이 그녀의 치마 속으로 들어와 여성을 만지기 시작했다.

「넣고 싶어.」

하지만 여기선 불가능했다. 그의 손가락이 그녀의 질 안으로 들어왔다.

"으읍!"

하늘은 입술을 손으로 막았다. 하지만 그의 손가락이 더 깊게 들어왔다. 하늘은 허벅지를 오므려봤지만, 그의 힘을 당할 수가 없었다.

「넌 너무 섹시해…….」

그가 거친 숨을 몰아쉬며 그녀의 귓가에 속삭였다. 그리고는 그녀를 놓아주었다. 밖에서 소리가 너무 요란했기 때문이었다. 그는 그녀를 탈의실에서 먼저 내보냈다. 탈의실 앞에는 세바스가 경호원처럼 문을 지키고 있었다.

그녀는 부끄러운 마음에 빠르게 자리를 벗어났다. 지금은 차가운 공기가 필요했다.

모든 일정이 끝이 나고 후안의 스위트룸에 먼저 도착한 하늘은 마지막 밤을 어떻게 보내야 할지 고민이었다. 생각하긴 했는데 그와 이렇게 서먹한 기류에서 뭔가 한다는 건 상당한 용기가 필요했다.

다행히 그가 20분 정도 늦게 도착하는 바람에 하늘은 소파에 앉아서 조용히 생각이란 걸 할 수 있게 되었다. 원래는 같이 들어와야 하는데 마띠아스와의 이야기가 길어져서 그녀가 먼저 그의 짐을 가지고 세바스와 호텔로 돌아왔기 때문이었다.

그녀는 일단 어제 준비한 선물을 주머니에서 만지작거리고 있었다. 결혼 전에 진수에게 주려고 목걸이나 팔찌를 만드는 비즈공

예를 배웠었다. 진수에게 주려고 만든 건 다 버렸고 이건 이틀 동안 밤을 새우며 만든 팔찌였다.

11월생인 후안을 위해 탄생석인 터키석으로 만든 팔찌였다. 은으로 된 체인 줄에 터키석을 중간중간 끼워 넣은 팔찌에 한국어로 '사랑해'라는 글씨도 새겨 넣었다. 물론 그는 문양쯤으로 알 것 같았다.

그가 그녀에게 해 준 것에 비하면 너무나 작은 선물이었지만, 떠나기 전에 그녀를 언제나 기억해 줬으면 하는 마음으로 준비했다.

그때 후안이 방 안으로 들어왔다. 그의 표정은 탈의실에서의 열정적인 얼굴과는 다르게 차가웠다. 이제 그도 떠날 것을 준비하는 모양이었다.

「오늘 정말 멋졌어요. 왜 세계적인 모델인지 알겠더라고요.」

「그래?」

그는 이렇게 무심하게 말하고는 자신의 캐리어를 챙기기 시작했다.

「도와줄까요?」

「아니.」

그는 마치 그녀가 귀찮은 것처럼 말했다. 마지막이라서 정을 떼려고 그러는 건지 그녀를 쳐다보지도 않았다.

「오늘이 마지막이네요.」

「……..」

그는 말없이 짐만 쌌다. 하늘은 괜히 주머니에 손을 넣고는 팔찌만 만지작거렸다. 언제 줘야 할지 타이밍을 잡지 못하고 있었다. 그가 짐을 챙기다 말고는 그녀를 보았다.

「저기……..」

「말해.」

그녀가 용기를 내서 그에게 다가갔다. 그녀가 움직이자 그가 움찔했다. 가까이 가면 안 되는 것일까?

「그냥, 다른 뜻은 아니고 여기 있을 때 잘해 준 게 정말 고마워서 제가 작은 선물을 하나 준비했어요. 당신처럼 부자도 아니고, 제가 가진 작은 재주로 만든 거니까 보잘것없지만……. 하고 다녔으면 좋겠어요.」

그녀가 후안의 옆으로 다가가 조심스럽게 그의 팔을 잡았다. 그리고 그 팔에 자신이 만든 팔찌를 채워 주었다.

「잘 어울리네요.」

하늘은 진심으로 기뻤다. 그는 뭐든지 몸에 걸치면 돋보이게 만드는 재주가 있는 것 같았다. 그녀의 팔찌가 명품 팔찌 같아 보였다.

「중간 중간에 있는 건 터키석인데 11월 탄생석이에요. 당신에게 행운을 가져다줄 거예요.」

「……왜 이걸 주는 거지?」

「정말, 정말 고마워서……. 읍!」

그가 갑자기 그녀를 안고는 입을 맞추었다. 이건 입을 맞춘다기보다는 벌 같은 느낌이었다. 그가 입술을 강하게 부딪쳐서 입술이 터졌는지 입안에서 피 맛이 났다. 하지만 그는 멈출 기세를 보이지 않았다.

그냥 카펫 바닥에 그녀를 누이고 자신의 몸으로 눌러왔다. 그녀의 치마를 걷어 올리고 팬티를 손으로 찢어 버렸다. 그리고는 자신의 바지를 엉덩이까지 내린 후에 곧바로 그녀의 질 안에 그의 페니스를 밀어 넣었다.

"악!"

그의 페니스가 오늘따라 아프게 그녀의 질 안으로 들어왔다. 충분히 풀어 주지 않고 그대로 밀어 넣는 바람에 그녀의 질에서 찢어지는 고통이 느껴졌다. 하지만 그녀는 그가 움직일 때마다 쾌감을 느끼고 있었다.

아마 이미 그에게 길들여졌기 때문일 것이다. 그녀의 첫 남자이자 유일한 남자가 후안이었다. 그가 빠르게 허리를 움직이더니 그녀 안에 자신의 분신을 쏟아냈다. 그의 페니스는 그대로 그녀 안에 있었다. 후안은 숨을 헐떡이며 그녀를 내려다보았다.

「헉헉헉. 왜, 나는 안 되는 거지?」

「후안……」

「왜 난 기회조차 주지 않는 거냐고!」

퍽!

그가 주먹으로 바닥을 쳤다. 그의 손에서 금세 피가 흘렀다.

「피가……」

놀란 하늘이 그의 손을 잡으려고 했지만, 그가 몸을 일으켜 버렸다. 그녀의 질에선 그의 분신들이 흘러내렸다. 하지만 하늘은 움직일 수가 없었다.

「왜 난 안되는지 말해 봐.」

「……당신이라서 안 되는 게 아니에요. 난 남자에게 얽매이는 일은 이제 하지 않을 거예요.」

「난 당신의 전 남자 친구가 아니야. 그렇게 쓰레기 같은 짓은 안 해.」

그가 불같이 화를 내고 있었다.

「난 결혼이든 동거든, 나중에 상처받는 일은 하기 싫어요.」

하늘은 자리에서 일어나 그의 욕실로 향했다. 그리고는 그의 분신들을 닦아 낸 후에 욕실에서 나왔다. 그녀가 나왔을 땐 후안은 보이지 않았다.

"미안해요, 난 감당할 수 없어요."

그녀는 혼잣말한 후에 그의 스위트룸에서 나왔다. 왜 이렇게 가슴이 찢어지는 것일까? 하늘은 집으로 돌아오는 내내 눈물을 쏟았다.

하늘은 자신이 후안을 가슴 깊이 사랑한다는 것을 깨닫고 말았다.

8

2주일 후, 조용하던 집안이 한바탕 소란이 벌어졌다. 하민이 짐을 챙겨서 브라질로 떠나기 때문이었다. 모든 걸 포기하고 사랑을 선택한 하민은 세바스티앙이 보내 준 비행기표로 내일 브라질로 떠난다.

"정말 놀랐어, 난 네가 이렇게 빨리 결정할 거라고는 생각지도 못했거든."

"나도 그랬는데 복잡하게 생각하고 싶지 않았어."

하늘은 후안과 그렇게 헤어지고 난 후에 5kg이나 살이 빠져 버렸다.

"언니 거울은 보고 다녀?"

하민이 걱정스러운 목소리로 물었다.

"왜?"

"가죽밖에 안 남은 것 같아."

"괜찮아."

하민이 갑자기 그녀를 꽉 안아 주었다.

"난 언니가 과거에서 이제 나왔으면 좋겠어."

"……다 잊었어."

하민이 그녀를 마주 보며 말했다.

"언니는 아직 잊지 못했어. 언제까지 결혼에 대한 트라우마에 사로잡혀서 좋은 사람을 놓칠 거야? 내가 보기에 언니는 후안을 너무 사랑해. 안 그래?"

"사랑하는 것과 결혼은 다른 거야."

"못 말려. 하지만 난 언니랑 후안을 응원해. 브라질 가서 언니 소식 전해도 되는 거지?"

"아니, 그러지 마. 그 사람이랑 나 연락 안 해."

후안과의 마지막이 떠올랐다. 그녀는 다음 날 회장실로 출근했지만, 그는 이미 공항으로 가 버린 상황이었다. 후안과의 뜨거웠던 열흘은 그녀의 인생에서 결코 잊지 못할 열흘이었다. 하민이 브라질로 간다고 공표한 후에 엄마는 머리를 싸매고 누워 버렸다.

그리고 아빠도 처음으로 하민에게 화를 내셨다. 하지만 내일이면 하민과 기약 없는 이별을 해야 했다. 언제 한국에 들어올지도 모를 일이었다.

그래서 하늘이 마지막 저녁 식사를 준비했다. 근처의 식당에서 저녁을 먹기로 했다. 하민이 짐을 싸고 있는데 엄마가 방으로 들어왔다.

"엄마……."

"이거 김치랑 너 좋아하는 반찬이야. 거기가면 못 먹을 거 아니야."

하민이 무슨 말을 하기도 전에 엄마는 방을 나가 버렸다. 엄마가 나가자 하민이 아기처럼 큰 소리를 내며 울었다. 엄마에게 너무나 미안한 것이었다. 하민을 달래고 하늘은 그녀를 위해 디자인 팀장님에게 특별하게 부탁한 수영복을 주었다.

"결혼 선물이야."

그리고 하민이에게 돈 봉투도 주었다.

"거기 가서 기죽지 말고 사고 싶은 거 사."

"언니……."

"여자는 비상금이 있어야 해."

하민이 또다시 울며 그녀를 안았다. 하늘은 이렇게 동생을 떠나보내는 게 마음이 아팠다.

브라질의 아침이 이렇게 쓸쓸한지 후안은 서울을 떠나온 후부터 제대로 느끼고 있었다. 그는 눈을 뜬 후부터 침대에 앉아 리우 해변만을 멍하게 바라보고 있었다. 아침에 그의 팔을 베고 잠들어 있던 하늘을 보는 게 얼마나 큰 즐거움이었는지 그녀는 모를 것이다.

억지로 몸을 일으킨 후안은 욕실로 향했다. 그의 팔에는 하늘이 선물한 팔찌가 걸려 있었다. 브라질에 온 지 3주가 지나가고 있었다.

하민이 왔지만, 시간이 없어서 만나지 못했다. 그래서 오늘 그는 하민과 저녁 약속을 했다. 요즘 얼이 빠져 있는 세바스 때문에 미칠 것 같았지만 그래도 행복한 모습을 보니 좋기는 했다.

욕실에서 샤워를 하고 나와 이번에 새로 이태리에서 런칭한 슈트를 입었다.

주로 캐주얼한 옷을 즐겨 입는 그였지만 사업을 하고 부터는 슈트를 고집했다. 그가 입은 옷이 곧 회사의 매출로 이어지기 때문에 그는 회사에서 만든 옷이 아니면 입지 않았다.

슈트를 입고 그는 오랜만에 직접 차를 운전해서 회사로 향했다. 그의 붉은색 페라리는 그 주인처럼 사람들의 시선을 끌었다.

회사에 도착한 그를 찍기 위해 여기저기서 파파라치들이 나왔다. 그는 선글라스를 벗고 마치 런웨이를 워킹하듯이 걸으며 회사

안으로 들어갔다. 오늘 입은 옷은 사진이 나오면 무조건 완판이
될 것이다.

「안녕하십니까?」

얼굴에 미소가 가득한 세바스티앙이 그에게 인사를 했다.

「오늘도 짜증나게 미소가 한가득이야.」

이건 진심이었다.

「그렇게 좋아?」

「네, 좋습니다.」

「결혼식은 언제 할 거지?」

「집이 완성되는 대로 할 겁니다.」

세바스티앙의 가족들은 하민을 너무나 좋아했다. 하민이 아름
답기도 했지만, 브라질어도 잘하고 의대생 출신의 엘리트이기 때
문에 모두가 그녀를 좋게 본 것 같았다. 세바스티앙은 그의 집 근
처에 집을 짓고 있었다.

그건 마띠아스도 마찬가지였다. 그들은 결혼하면 가까이 살기
로 했다. 그래서 그가 멜리나와 결혼해서 집을 구하고 살기로 한
뒤로 그 근처에 집들을 구해서 인테리어를 했다. 세바스는 그의
옆집에 집을 구했는데 그동안은 그대로 뒀다가 하민이 오고 나서
부터 인테리어 공사를 시작했다.

「오늘 저녁은 잊지 마십시오.」

「알았어.」

그는 일을 마치고 저녁에 세바스와 함께 브라질에서 가장 유명한 식당으로 향했다. 중간에 후안이 하민에게 그의 차를 보냈다. 그래서 그들은 식당에서 몇 주 만에 만날 수 있었다.

「그동안 잘 지내셨어요?」

하민이 반갑게 인사하며 그를 안아 주었다. 하늘과는 많이 다르게 생겨서 다행이란 생각이 들었다. 많이 닮았다면 그는 하늘을 그리워했을 테니까 말이다. 그는 처음으로 여자에게 차여 보았다.

그동안 여자들에게 모질게 굴었던 죗값을 한 번에 받는 느낌이었다. 하루하루가 후안에겐 괴로운 나날이었다.

그들은 식사하며 이야기를 나누었지만, 하늘에 관한 이야기는 하지 않았다. 하민이 일부러 그녀의 언니 이야기를 하지 않는 듯했다.

그를 위한 배려였다.

「어? 11월생이세요?」

그가 고개를 끄덕였다.

「저도 11월생이거든요. 그래서 목걸이를 만들려고 원석을 사 놨는데 몇 개가 없어졌더라고요. 그래서 못 만들고 있었는데…….
그냥 팔찌를 만들면 되겠네.」

뭔가 찝찝한 느낌이었다. 혹시 하늘이 동생의 것으로 그에게 팔찌를 만든 게 아닌가 했다.

「어? 이거 선물 받으셨어요? '사랑해'라고 쓰여 있는데……. 이거 언니가 준 거 맞죠?」

'사랑해'라고 쓰여 있다니. 몰랐었다. 처음엔 글씨가 있는 줄도 모르다가 나중에 검은 글씨를 발견하긴 했지만 그냥 문양인 줄 알았다.

「원래 이 돌에 쓰여 있는 거 아닌가?」

「아뇨, 이건 레이저 집에 직접 가서 특별하게 새긴 거죠. 이거 언니가 준 거 맞죠? 이 글씨가 무슨 뜻인지 말도 안 해 줬어요?」

「응.」

그가 고개를 끄덕였다.

「우리 언니가 그래요. 말로 잘 표현 못 하는 성격에다가 크게 상처를 받고부터는 더 심해진 것 같아요. 내가 이렇게 왔는데, 언니도 오고 싶었을 거예요.」

그녀는 그를 사랑했다. 하지만 그의 곁에 오는 건 두려워하고 있었다.

「그건 다 김진수 그 자식 때문이에요. 그 전에 언니는 그러지 않았거든요. 언니도 자기 감정에 솔직한 사람이었어요.」

그들은 저녁을 먹으며 하늘의 이야기를 했다. 그러다가 갑자기 하민이 어디론가 전화를 걸었다.

"언니!"

목소리 톤이 높았다. 후안은 한국말을 몇 마디 알아듣게 되었는데 그건 한국에 있을 때 많이 들었던 말이었다. 엄마, 아빠, 언니, 회장님, 여보세요. 감사합니다. 같은 말이었다. 언니라고 말하는 걸 보니 하늘이 분명했다.

[잘 지냈어?]

영상 통화였다.

「언니, 세바스도 있으니까. 여기 말로 해 줘.」

하민이 그를 보며 살짝 윙크했다. 하늘을 보고 싶어 하는 그의 마음을 아는 것이었다.

[알았다. 안녕 세바스.]

그리운 목소리였다.

[잘 지내죠?]

「세바스와 난 잘 지내. 언니는 더 말랐어. 밥은 먹는 거야?」

[그래, 잘 먹고 있어.]

「그런데 왜 그렇게 사꾸만 말라가는 거야?」

하민이 진심 어리게 걱정을 했다.

[괜찮아.]

「언니 우리 2주 후에 결혼하는 거 알지? 엄마, 아빠, 언니만 부를 거야. 우리 결혼식은 서울에서도 한 번 할 거니까 친척분들에게는 따로 말해 줘. 올 거지?」

[당연히 가야지. 그런데 난 갔다가 금방 와야 해. 우리 사장님께서 날 너무 원하신다.]

하늘의 목소리는 밝게 들렸다. 하지만 그녀의 마지막 말이 귀에 거슬렸다. 왜 마띠가 그녀를 원하는 걸까?

[마띠랑 같이 갈게.]

「그래, 사장님이랑 꼭 같이 와!」

하늘이랑 오는 마띠가 불만이었다. 하지만 그는 아무런 말도 하지 않았다. 하늘의 목소리를 들으니 그나마 기분이 좋아졌다.

[응. 이만 끊자.]

「응! 부모님께도 안부 전해 줘.」

[알았다.]

전화를 끊은 하민이 그를 바라보며 말했다. 아주 진지한 얼굴이었다.

「언니가 온데요. 이번이 마지막 기회예요. 아셨죠?」

「내 생각도 그래, 사랑하니까 잡아.」

세바스의 말에 그는 아무런 말을 할 수가 없었다. 그는 원해도 하늘이 원하지 않는다는 말은 하고 싶지 않았다.

리우에 하늘은 그날의 하늘처럼 맑았다. 내일모레 하민의 결혼식에 맞춰 식구들이 초대를 받아 브라질에 도착했다.

"여기 너무 좋다."

오랜만에 여행을 온 엄마는 들떠 있었고 아빠도 그런 엄마가 귀여운지 자꾸 엄마를 보며 웃었다. 어딜 가도 다 짝이 있는데 그녀만 혼자였다. 잘하면 후안을 만날 수 있을 거란 작은 기대를 했지만 마띠아스의 말로는 후안은 지금 미국에 출장 중이라고 했다.

잘하면 올 수 있지만 아무래도 오기 힘들 거라고 말했다. 왜 이렇게 서운한 걸까? 자신과는 이제 아무런 관련이 없는 사람이었다.

세바스가 잡아 준 호텔에 도착한 엄마와 아빠는 시차 때문에 그대로 침대에 누워 버리셨다. 그사이 그녀는 그리웠던 리우해변을 혼자서 둘러보았다. 그때와 별반 차이가 없어 보였다. 뜨거운 햇살 아래서 시원한 음료를 마시며 그녀는 바다를 보았다.

마치 여름휴가를 온 기분이었다. 한국은 겨울인데 신기했다. 여긴 겨울도 더웠다. 오늘은 28도 정도의 기온이라서 그런지 겨울인데도 반팔에 반바지를 입었다. 사람들은 그때와 같이 자유로운 분위기였다.

한참 동안 혼자 앉아 있다 보니 그녀에게 말을 거는 사람들이 있었다. 혼자 있으면 안 될 것 같아서 그녀는 리우호텔로 서둘러 들어갔다. 저녁에 되자 부모님께는 룸서비스로 저녁을 시켜 드렸고 그녀는 후안과 처음으로 만났던 바로 향했다.

그리고 그 자리에 앉아 칵테일을 마시며 그를 그리워했다. 하긴 그녀가 차 버린 복이었다. 그러니 지금 와서 후회해 봤자 아무런 소용이 없었다.

바텐더가 그녀를 기억하고는 인사를 건넸다. 그리고 후안의 이야기를 물었다. 그녀가 떠나고 후안이 한동안 이곳에서 그녀를 찾았다는 말이었다. 잊어야 하는데……. 이곳은 후안과 그녀의 추억이 있는 곳이라서 그녀의 마음을 더 아프게 했다.

결혼식 전날, 그녀는 서울에서 가져 온 신부용 화장품을 하민에게 전해 주었다.

"세바스가 다 준비해 줬어."

"정말?"

"응, 여기서 최고인 사람들만 불렀데."

생각했던 것보다 세바스티앙의 집안은 대단한 모양이었다. 오늘은 세바스의 본가로 초대를 받은 날이었다. 결혼식 전에 얼굴이라도 보자는 말이어서 그녀는 가족들과 함께 세바스의 본가로 향했다.

"왕족이야?"

엄마가 놀라서 말했다.

"브라질의 캐네디가야."

"와우."

이번엔 점잖은 아빠도 집안의 중앙에 있는 커다란 분수를 보고는 놀란 눈치였다.

"세바스의 집안은 대단한 집안인가 봐, 집이 아니라 리조트 수준인데?"

아빠는 젊었을 때 남미에서 일하신 경험이 있으셔서 포르투갈어를 하실 줄 알았다.

"우리 하민이가 이렇게 좋은 집에 시집가는 줄도 모르고……."

엄마가 갑자기 울음을 터트렸다.

"엄마, 그만해. 좋은 일인데 왜 그래?"

그녀의 말에 엄마가 얼른 눈물을 닦았다.

"맞아, 좋은 일이지."

세바스가 집 앞에 나와서 그를 맞이했다. 정장을 입은 세바스를 보고는 하늘은 옷을 많이 준비해 오길 잘했다는 생각을 했다. 엄마를 위해서 그녀는 이브닝드레스를 두 벌이나 사 주었고 아빠도 정장을 몇 벌 가져왔다.

오늘 엄마는 블랙의 점잖은 드레스를 입었다.

"괜찮아?"

엄마가 빙그르르 돌며 물었다.

"엄마가 예쁘니까 우리도 예쁜 거야."

하민이 철 든 소리를 했다.

"나는?"

그녀도 엄마처럼 빙그르르 돌며 분위기를 띄우려 노력했다.

"예뻐."

"오늘은 언니가 제일 예뻐."

"오늘은 우리 하민이가 제일 예쁘니까 걱정하지 마."

하늘이 웃으며 말했다. 사실 오늘 하늘은 노란색의 칵테일 드레스를 입었다. 그녀의 구릿빛 피부와 아주 잘 어울렸다. 거기에 머리도 굵은 웨이브를 주고 귀걸이도 남미의 분위기에 맞춰 커다란 링 귀걸이를 했다. 그냥 보기에도 섹시함이 넘쳐흘렀다.

세바스의 부모님이 그녀와 부모님을 보고 반갑게 인사를 했다. 명품을 휘감은 세바스의 부모님은 딱 보기에도 재력이 눈에 보였다. 식구들이 서로 인사를 하고 들어가려는데 갑자기 뒤에서 위험이 느껴지는 소리가 들렸다.

[후안!]

세바스가 그 어떤 때보다도 후안을 반갑게 맞았다.

"후안이 온다고 왜 얘기 안 했어?"

"나도 몰랐어."

하민이 몰랐다고 하는데 눈에는 장난기가 가득했다. 왠지 당한 것 같다는 기분이 들었다. 밝은 하늘색 슈트를 입은 그는 패션모델 같았다.

"누구야?"

엄마가 잘생긴 이방인을 보더니 신기한지 물었다.

"언니네 회사 회장."

"그대 그 파란 눈?"

"엄마……."

하늘이 엄마에게 뭐라고 했다.

"회색 눈."

모두가 세바스티앙에게 눈길을 돌렸다.

"내가 가르쳐 줬어. 저 말밖에 몰라. 엄마가 하도 회색 눈이라고 그러니까 뭐냐고 묻잖아."

"검은 눈."

엄마를 보더니 세바스가 검은 눈이라고 한국말로 말했다.

"맞네, 검은 눈."

엄마도 기분 좋게 웃었다. 처음엔 그렇게 싫어하더니 지금은 아주 둘도 없는 사위였다. 하늘은 일부러 후안에게 시선을 두지 않았다. 그가 뚫어지게 그녀를 보고 있다는 걸 알지만 지금은 그냥 가족들 뒤로 숨는 게 편했다.

저녁 식사를 하기 위해 식탁에 둘러앉아 있는 내내 그녀는 입이 바싹바싹 말랐다. 그래도 다행히 하민이나 세바스가 그들을 연결해서 이야기하지 않아 주니 고마웠다. 후안은 세바스의 부모님과 이야기를 하느라 바빴다.

하긴 그녀만 의식하지 세바스는 아무렇지 않은 모습이었다. 저녁 식사 후에 와인을 마실 때도 그는 괜찮은 모습이었다. 아니 눈길 한 번 주지 않았다. 그녀는 답답한 마음에 정원으로 나왔다.

바깥 공기를 마시니 조금은 답답함이 덜한 것 같았다. 내일 결혼식에서도 이렇게 흘러가듯이 서로를 무시하면 되는 것이었다.

"아파……."

그녀는 가슴이 아팠다. 뭔가 무거운 게 그녀의 가슴을 누르는 것처럼 답답했다.

"어머!"

갑자기 누군가 그녀의 팔을 잡아당기는 바람에 하늘은 깜짝 놀랐다. 와인 잔을 놓칠까 봐 그녀는 몸의 중심을 잡기 위해 노력했다. 하지만 그가 그녀의 와인 잔을 테라스에 놓고는 그녀를 어디론 가로 데려갔다.

「어딜 가는 건가요?」

그는 말이 없었다. 그리고는 나무 숲 사이로 그녀를 데려갔다. 정원이 워낙 넓어서 그들이 어디 있는지 다른 사람들은 알 수 없을 것 같았다.

「이거 놓고 말해요.」

그는 여전히 그녀의 손을 잡고 있었다.

「아파요.」

팔목이 피가 안 통하는 것 같았다.

「여긴 왜 온 거예요?」

「조금 있으면 마띠도 올 거야.」

사장님도 같은 비행기를 타고 왔었다. 후안이 세바스의 친구라는 걸 잠깐 잊었다. 그녀를 보기 위해 온 것이 아니라 친구를 보기 위해 온 것이었다.

「당신 때문에 온 게 아니라 하민이 때문에 온 거예요.」

여기에 오기 전에 후안의 기사를 보았다. 멜리나와 재결합에 관한 인터넷 기사였다. 그녀는 몰랐는데 서 대리가 보고는 회장님이 재결합한다며 아주 난리였다.

「멜리나와 재결합을 한다고요? 난 방해 안 해요.」

「왜?」

「제가 왜 두 사람의 재결합을 방해해야 하나요?」

하늘은 마음에도 없는 소리를 했다. 정말 말리고 싶었다. 나는 어떻게 하냐고 때라도 쓰고 싶었다. 하지만 그녀는 그럴 수가 없었다.

「그래야지.」

「왜요?」

「날 사랑하니까.」

「……」

후안의 말에 그녀는 멍하게 후안을 바라보았다. 후안은 그녀가 준 팔찌를 차고 있었다.

"사랑해."

그가 한국말로 '사랑해'라고 말했다. 그 팔찌에 각인한 문장의 뜻을 안 것이다.

「그건…… 그냥 쓴 거예요.」

「왜 그냥 쓴 건지 물어봐도 될까?」

「아뇨.」

후안의 돌아가려는 그녀의 팔을 잡아 자신의 품 안에 가두었다.

「보고 싶었어.」

보고 싶었다는 후안의 말은 거짓이었다.

「거짓말.」

그는 전화도 없었고 그녀를 찾는 그 어떤 것도 하지 않았다.

「사실이야.」

후안을 보던 하늘의 눈에서 눈물이 흘러내리기 시작했다.

「후안, 나 힘들어요. 당신을 잊기 위해 난 매일 밤을 뜬눈으로 지새웠어요. 아침마다 혹시 당신이 한국에 오지 않을까 일정을 확인했어요. 말로는 아니라고 하지만 난 너무 힘이 들어서 죽을 것 같아요.」

후안이 그녀를 힘주어 끌어안았다.

「놔줘요. 두 번이나 버림받는 건 싫어요. 도대체 내가 뭘 잘못한 거죠?」

「난 멜리나랑 재결합 안 해. 그건 멜리나 쪽에서 뿌린 거짓말이야.」

그들의 시선이 공중에서 뜨겁게 부딪쳤다.

"읍!"

그가 하늘의 뒤통수를 한 손으로 잡고는 입술을 삼켰다. 너무 그리웠던 그의 체취에 그녀는 미칠 것만 같았다. 정원의 어두움이 그들을 가려 주었다. 하늘도 그리움에 이성을 잃고 그의 키스를 받아들였다.

그는 다급하게 그녀의 혀를 빨아들이고 다른 손으로는 그녀의 온몸을 어루만졌다. 그의 손이 치마 속으로 들어와 엉덩이를 잡았다. 그리고 자신의 발기한 페니스에 그녀의 여성을 댔다. 그의 페니스가 닿자 그녀의 여성이 젖어 들기 시작했다.

"으으음······."

그들의 혀가 뜨겁게 얽혀들었다. 그의 손이 그녀의 팬티 안으로 들어왔다. 그녀의 젖은 여성을 만지는 질척이는 소리가 정원을 울리는 것 같아서 그녀는 부끄러웠다.

「들려요…….」

그녀의 말에도 그는 멈출 생각이 없어 보였다. 그녀의 입술을 삼키며 질 안으로 손가락을 넣었다.

「미치게 보고 싶었어.」

그가 그녀의 팬티를 단번에 찢어 버렸다. 천이 찢기는 소리가 정원을 울렸다. 그는 자신의 바지를 내리고 그동안 그녀가 그리워했던 페니스를 꺼냈다. 하늘은 저도 모르게 그의 페니스를 손으로 잡았다.

「으윽!」

그의 입에서 신음이 터져 나왔다. 그는 하늘의 손을 치운 후에 그녀의 다리를 들었다. 그리고 단번의 동작으로 그녀의 질 안에 페니스를 넣었다.

"아악!"

"윽!"

오랜만에 느껴지는 그의 페니스가 주는 아찔한 고통에 하늘은 미칠 것만 같았다.

"하아……."

그가 허리를 움직이기 시작했다. 그도 흥분했는지 처음부터 빠르고 깊게 그녀를 공격했다. 하늘은 그에게 떨어지지 않으려 필사적으로 매달렸다.

"으윽!"

그가 자신의 분신을 바닥으로 쏟아 냈다. 그리고는 하늘의 입술을 뜨겁게 삼켰다.

한참이 지난 후에 그들은 따로 안으로 들어갔다. 어른들은 그들에 대해 알지 못했지만 세바스와 하민은 그들을 눈을 가늘게 뜨고 보고 있었다.

9

　방 한 면 전체가 통유리로 된 사무실은 리우의 아름다운 해변이 한눈에 보이는 곳이었다. 바다와 하늘의 경계선이 보이지 않을 정도로 모든 게 파란색인 이곳은 아름다운 전망보다 더 아름다운 사람이 있었다.

　금세기 최고의 조각 몸매를 가진 세계적인 모델 후안 데 리스가 자신의 사무실을 서성거리고 있었다. 브라질 본사의 비서인 이반은 종일 정신없이 구는 후안 때문에 제대로 일을 하지 못하고 있었다. 그의 곁을 지키며 눈치를 살피기에 바빴다.

　「회장님.」

　「어, 말해.」

계속 서성이는 그 때문에 이반은 계속 그의 뒤를 쫓아다니면서 일정을 말했다.

「말씀하신 대로 저녁 일정은 모두 취소했습니다. 그런데 약간의 문제가 있습니다.」

「말해.」

리우해변이 보이는 그의 사무실은 마음이 확 트이는 전망을 하고 있었지만, 오늘 그의 마음은 여느 때와는 다르게 조급했다.

「멜리나 씨 때문에 문제가 생길 것 같습니다.」

「멜리나가 왜?」

「저희 주식을 매입하고 있습니다.」

지금 멜리나가 SAP의 주식을 닥치는 대로 매입한다는 소식이 시장에 파다했다.

「고마운 일이지만 나와 세바스, 그리고 우리 쪽 주주들의 지분을 합치면 80%가 넘어 그러니 그냥 놔둬도 돼.」

「알겠습니다, 회장님.」

「이세 퇴근 시간이 다 되어 가는데 ㅣ가 주겠나?」

그의 말에 당황했지만 프로답게 금방 표정을 갈무리한 이반이 나갔다. 그는 창밖을 바라보며 심각한 얼굴로 서 있었다.

리우의 가장 높은 빌딩이 그의 빌딩이었다. 그중에서도 그의 사무실이 가장 전망이 좋았다. 항상 답답할 때 보면 넓은 바다가 그의 마음을 뻥 뚫어 주었는데 오늘은 아니었다.

오늘은 답답한 게 아니라 떨렸다. 세바스의 말로는 하민의 식구들을 저녁 식사에 초대했다고 말했다. 원래는 낮에 점심을 먹으려다가 후안을 위해서 저녁 시간으로 옮겼다고 했다. 그러니까 하늘을 만나면 말을 잘해 보라는 뜻이었다.

하늘이 리우에 왔다. 물론 그를 보러 온 건 아니었지만 세바스의 결혼식에 참석하기 위해 온 것이었다. 한 달 만에 하늘을 보는데 그동안 얼마나 그녀를 그리워했는지 그 누구도 모를 것이다.

이 모든 건 하민의 머리에서 나왔다. 언니인 하늘도 답답하고 그도 답답하다는 말이었다. 하지만 사실 그는 자신의 근무지를 브라질이 아닌 한국으로 옮길 생각이었다. 처음에는 디자인 학교만 한국에 짓고 자신의 근무지는 유럽 쪽으로 옮길까 생각했지만, 하늘 때문에 마음이 바뀌었다.

그리고 한국 디자이너들의 감각도 좋았고 여러 가지 면에서 한국이 인프라가 잘 되어있었다. 만드는 작업은 인건비가 적게 드는 곳에서 하면 되는 것이었고 일단은 한국 사람들의 뛰어난 감각이 마음에 들었다.

그런데 생각보다 하늘을 만나는 시기가 좀 빨라진 것이었다. 주변에서 그들을 돕고 있었다. 그는 피식 웃었다. 그러면서 자신의 팔에서 한 번도 풀지 않은 하늘의 팔찌를 보았다. 사랑한다고 쓰여 있다는 말에 그는 내심 기분이 좋았다.

하지만 속으로 걱정되는 게 있었다. 하늘이 그를 좋아는 하지만, 끝까지 함께하는 건 싫다고 말하는 것이었다. 그는 팔찌의 색에 맞추어 하늘색 슈트를 입었다. 더운 날씨였지만 오늘은 하늘의 부모님을 만나는 날이기도 했다.

그는 시간에 맞추어 세바스의 본가로 향했다. 그의 람보르기니가 차고에 들어서자 일하는 사람들이 주차해 주었다. 그는 정원을 가로질러 가다가 집 앞에 서 있는 한 무리의 사람들을 보았다.

그리고 그중에 노란 드레스를 입고 환상적인 바디라인을 자랑하는 하늘에게 시선이 고정되어 버렸다. 저렇게 아름다웠었나 그의 심장이 거칠게 뛰었다. 이렇게 심장이 뛰다가는 그녀의 앞에 가기도 전에 심장 마비로 죽을 것 같았다.

하늘이 까르르 웃는 소리가 들렸다. 그는 걸음을 멈추고 그녀를 넋을 놓고 보았다. 진작 움직였어야 했다. 저렇게 아름다운 여인을 그냥 한 달이나 내버려 두다니. 그는 너무 어리석었다.

가까이 갈수록 그녀의 웃는 얼굴이 그의 머릿속에 각인되는 것 같았다. 거의 한 달간이나 못 본 얼굴이었다. 잊으려고 했던 건 아니었다. 그녀에게 돌아가기 위해 기회를 만들던 중이었다.

그러다 보니 시간이 이렇게 되었다. 더운 공기를 타고 그녀가 뿌리던 페라가모 향이 그의 코끝을 스치는 것 같았다. 그동안 하늘의 모든 걸 너무 상상한 모양이었다. 나지도 않는 향기까지 상상하는 걸 보면 말이다.

「후안!」

세바스가 그를 보더니 반갑게 맞아 주었다. 하늘의 시선이 자연스럽게 그를 향했다. 마치 집시 여인처럼 오늘 하늘이 입은 노란 드레스는 자극적이었다.

쿵쿵쿵!

심장이 뛰는 게 아니라 터질 것만 같았다. 그와 하늘의 시선이 공중에서 부딪혔다. 밤마다 그리워하던, 아침에 눈을 떴을 때 가장 먼저 생각이 나던 그녀가 지금 그의 앞에 있었다. 달려가서 안고 입 맞추고 싶었다. 아니, 그녀의 욕망으로 젖은 촉촉한 질 안에 들어가고 싶었다.

하지만 안으로 들어가서 저녁을 먹는 내내 하늘은 그의 시선을 무시했다. 가끔 서로의 시선이 부딪치기는 했지만, 하늘은 고개를 돌려 버렸다. 그는 차분하게 먹잇감을 기다리는 맹수처럼 기회를 엿봤다.

식사가 끝이 나고 와인을 마시는 시간이었다. 그때 하늘이 정원으로 나가는 걸 보고는 당장에 따라 나갔다. 후안은 기회를 놓치지 않고 하늘을 끌고 정원 안으로 들어갔다. 나무들이 빽빽하게 있는 그곳은 안으로 들어가면 밖에서는 찾지 못하는 곳이었다.

그 안에서 무슨 일을 벌여도 몰랐다. 그는 안으로 들어가자마자 하늘을 안았다. 멜리나와 재결합할 거라고 오해하는 그녀에게 그는 사실을 말해 주었다. 멜리나와는 아무 관계도 아니라고 말이다.

그리고 나무 사이에서 그녀의 팬티를 찢고는 거칠게 섹스를 했다. 도저히 그녀를 갖지 않고는 견딜 수가 없었다. 야외에서의 섹스는 오래 하기 불편했다. 그래서 후안은 하늘의 손을 잡고는 자신의 차에 그녀를 태웠다.

「뭐 하는 거예요?」

놀란 하늘이 항의했다. 하지만 하늘의 말은 귀에 들리지도 않았다.

「납치?」

후안의 말에 그녀는 아무 말도 하지 않았다. 그의 집은 세바스티앙의 집에서 5분도 걸리지 않았다. 자신의 집에 도착한 후안은 하늘의 손을 잡고 집 안으로 빠르게 들어갔다.

「후안, 여기가 어디예요? 도대체 왜 이러는 거예요?」

정원에 들어서자 하늘이 놀란 눈을 하며 물었다.

「여긴 우리 집이야. 그리고 난 널 가질 거야.」

「우린 방금…….」

「그건 시작에 불과해.」

그의 정원은 세바스티앙의 본가보다 훨씬 넓었다. 그리고 지금 집에는 직원들이 퇴근해서 아무도 없었다. 그는 자신의 집 모든 곳에 그녀를 새기고 싶었다.

「후안, 왜 여기서 이래요?」

「널 안지 못한 지 한 달이 되었어. 내가 어떤 마음으로 견뎠을 것 같아? 너의 살 내음과 너의 그 뜨거운 곳에 들어가고 싶어서 난 밤마다 괴로웠다고.」

「그럼…… 왜 연락하지 않았어요?」

그녀가 핵심을 찔렀다.

「그렇게 하는 게 널 위하는 거라고 생각했으니까.」

「그건 날 위한 게 아니었어요. 날 찾았어야 했어요.」

그녀의 말에 그의 이성은 무너져 내렸다. 그녀도 그를 원하고 있었다. 후안의 호흡이 또다시 거칠어지기 시작했다. 그녀를 부드럽게 해야 하는데 그게 쉽지 않았다.

「읍!」

그가 그녀의 입술을 삼켜 버렸다. 잔디 정원의 한복판에 그들이 있었다. 집 안에 아무도 없으니 그냥 그들의 에덴동산이었다. 그녀의 얼굴을 양손으로 감싸 안고 깊은 키스를 하던 그가 하늘을 안아 들었다.

그리고는 수영장의 앞에 서서 그녀의 옷을 벗겼다. 그녀의 드레스가 발목 아래로 흘러내렸다. 그녀는 안에 아무것도 입지 않고 있었다. 그가 찢어 버린 팬티는 그의 뒷주머니에 있었다. 그는 하늘을 보며 자신의 슈트를 벗어 버렸다. 그와 그녀는 아무것도 걸치지 않은 자연의 모습이었다.

「여기가 에덴이군.」

그가 하늘을 안아 들고는 수영장으로 내려가는 계단을 내려가 수영장 안으로 내려갔다.

「우리 집의 모든 곳에서 널 가질 거야. 수영장에서, 주방에서, 거실에서, 욕실에서, 잔디밭에서…….」

「그럼 난 언제 집으로 돌아갈까요?」

그녀의 말에 그가 심각한 표정으로 말했다.

「안 보네. 절대로. 날 원망해도 난 이제 절대로 널 보내지 않을 거야.」

그가 마치 자신에게 다짐하듯이 말했다. 물속에서 그녀가 그의 목에 팔을 감고 아겼다. 그리고 그녀가 자신의 다리를 그의 허리에 감았다.

「나에게 시간을 줘요.」

「안 돼, 이제 더는 도망갈 수 없어. 여기서, 내 옆에서 생각해. 수영장, 주방, 거실, 침실 정원에서 날 보며 생각해. 그러다 보면 날 사랑하지 않을까? 내 곁에서 떠나기 싫지 않을까?」

그녀가 그를 보았다.

「그렇게 지내다 보면 내가 불쌍해서 결혼하지 않을까? 너 없이는 못 사는 내가 불쌍해서 말이야……. 그리고 심심하니까 날 한번 사랑해 볼 수도 있지 않을까?」

「후안…….」

「날 더는 불쌍하게 만들지 말아 줘. 제발…….」

그는 진심으로 말하고 있었다.

「이제 더는 떨어져 있고 싶지 않아. 내가 가는 출장지마다 널 데리고 다닐 거야. 아니, 널 내 주머니에 넣고 다닐 거야.」

그녀의 눈에서 눈물이 흘러내렸다.

「사랑해. 이 말을 못 하게 될까 봐 두려웠어.」

「왜, 진작에 연락하지 않았어요.」

「두려웠어. 네가 날 떠날까 봐. 그리고 네가 안 오면 내가 다시 한국에 가려고 했었어.」

그의 말에 하늘이 펑펑 울었다.

「기다리게 해서 미안해.」

「난…… 당신이 날 버릴까 봐 두려웠어요. 또다시 버려지면 난 못 살 것 같았어요. 그래서 더 깊어지기 전에 헤어지는 게…….」

하늘이 그의 얼굴을 양손으로 감쌌다.

「그런데 이미 늦었어요. 당신을 향한 나의 마음은 이미 깊어졌으니까. 사랑해요.」

그의 입술을 다급하게 삼켜 버린 하늘이었다. 온몸이 녹아내리는 것 같았다. 그들은 수영장 안에서 서로의 입술을 잡아먹을 듯이 삼켰다. 서로의 혀가 얽혀 들어갔다. 너무나 뜨거워 몸이 타 버릴 것 같았다.

「안 보낼 거야.」

「안 갈게요.」

그들이 입술이 또다시 얽혀들었다. 수영장의 차가운 물도 그들의 열기를 식히지 못하고 있었다. 그의 페니스가 그녀의 여성에 닿아 있었다. 하늘은 물속으로 손을 넣어 그의 페니스를 그녀의 질에 맞추었다.

그러자 그가 단번의 동작으로 그녀의 질에 자신의 페니스를 밀어 넣었다.

"미칠 것 같아요."

그이 커다란 페니스가 물과 함께 그녀 안으로 들어갔다. 이렇게 미친 듯이 여자를 원해 본 적은 기필코 단 한 번도 없었다.

"아아앙……."

그녀의 입에서 거친 신음이 쏟아져 나왔다. 그는 물속에서 그녀를 안고 나왔다. 후안은 자신의 집을 돌며 그녀를 가질 생각이었다. 집 안 전체를 그들의 진한 섹스의 향기로 물들일 생각이었다.

수영장에서 나온 그는 수영장 앞에 있는 소파에 그녀를 눕혔다. 그녀의 다리를 벌리고 아름다운 여성을 내려다본 그는 무릎을 꿇고는 그녀의 여성을 집어삼켰다.

"아아악!"

하늘의 신음이 온 집 안을 울리고 있었다. 여자의 몸을 하나도 빠짐없이 먹고 싶다고 생각한 적은 처음이었다. 그는 탐스럽게 익은 그녀의 분홍빛이 감도는 여성을 혀를 이용해 아래서 위로 핥았다.

"하아 하아……."

하늘의 호흡이 욕망으로 인해 거칠어지고 있었다. 그는 잘 익은 복숭아를 반으로 가르듯이 그녀의 여성을 혀를 이용해서 반으로 갈랐다. 그녀가 허리를 휘며 몸을 부르르 떨었다. 그는 여자의 여성을 깊이 빨아들였다.

"아악!"

그리고 다리를 더 크게 벌려 그녀의 여성을 더 적나라하게 보았다. 그는 클리토리스를 혀끝으로 눌렀다. 그러자 기다렸다는 듯이 하늘이 몸을 휘었다.

"그만……."

그녀가 그의 얼굴을 들어 올리려고 했지만, 그는 꼼짝도 하지 않았다. 대신에 혀를 세워 그녀의 질 안에 밀어 넣었다.

"후안, 제발……."

뜨거운 욕망에 휩싸인 하늘은 자신이 지금 그가 못 알아듣는 한
국말을 하고 있다는 걸 모르는 눈치였다.

「더 벌려.」

그가 다리를 양쪽으로 더 벌렸다. 하늘은 숨을 헐떡이며 욕망에
사로잡힌 모습이었다. 이 모습도 너무나 자극적이었다. 그동안 참
았던 욕망이 터지며 그는 미친 듯이 하늘의 여성을 빨고 그녀의
질에 혀를 넣어 핥아 댔다.

「후안…….」

그녀가 그의 이름을 부르자 욕망이 터져 버렸다. 그는 몸을 일
으켜 그녀의 질에 자신의 페니스를 넣었다. 수영장 안에서는 그녀
의 안에만 들어갔다. 하지만 지금은 그보다 더한 걸 원했다. 그가
자신의 페니스를 그녀 안에 넣고 움직이기 시작했다. 미칠 것 같
은 욕망의 늪에 빠져 버린 그였다.

"아아아앙……."

그가 움직일 때마다 그녀의 입에서 신음이 터져 나왔다. 하늘이
질이 그의 페니스를 조이고 있었다. 저절로 그의 입에서도 신음이
흘러나왔다. 헐떡이는 소리가 수영장을 가득 채웠다. 그래도 만족
할 수가 없었다.

쾌감이 전신을 뚫고 나가는 기분이었다. 그는 하늘을 뒤로 돌게 했다. 그리고 그녀의 엉덩이 뒤로 그의 페니스를 다시 넣었다. 짐승 같은 섹스가 시작되었다. 그들에겐 오로지 본능뿐이었다.

그의 손은 흔들리는 그녀의 가슴을 잡았다. 손가락으로는 유두를 만지며 그는 미친 듯이 허리를 튕겼다.

"아아아악!"

그녀의 비명에 그는 거친 호흡을 뱉어 내며 몸을 일으켰다. 아직은 자신의 분신을 쏟아 내고 싶지 않았다. 그는 다시 하늘을 안아 들고는 안으로 들어갔다. 집 안은 깔끔한 갤러리 같았다. 그는 하얀 벽 앞에 하늘을 세웠다.

하늘이 힘겨운지 무너져 내리고 있었다.

「……힘들어?」

「아뇨, 다리에 힘이 풀려서…….」

「난 멈출 수가 없어. 널 너무 원해.」

그는 하늘을 벽에 세운 채로 다리를 한쪽을 들어 올렸다. 그리고 그녀의 질 안에 자신의 페니스를 넣었다. 힘든 모습과는 달리 그녀의 질 안에서는 애액이 흘러내리고 있었다.

퍽퍽퍽!

하늘은 손톱을 세워 그의 등을 할퀴기 시작했다. 이렇게 격렬한 섹스는 처음이었다. 아니 그가 이렇게 미친 적은 단 한 번도 없었다. 후안은 그녀를 안고는 침실로 향했다. 하늘이 거의 쓰러질 것 같았기 때문이었다.

그는 침대에 그녀를 눕히고는 다리를 벌려 자리를 잡았다. 그리고 마지막을 향해 미친 듯이 달리기 시작했다. 그 어떤 때보다 뜨거운 시간이 지나고 있었다.

욕망의 절정을 맛본 후에 그는 하늘의 옆에 쓰러지듯이 누웠다.

「헉헉, 죽을 것 같아요.」

그가 하늘을 자신의 품 안에 안았다. 왠지 이게 꿈이고 그녀가 사라질 것 같았기 때문이었다.

「내 곁에 있어.」

「후안…….」

그가 여자에게 곁에 있어 달라고 사정을 했다.

「거절은 하지 마. 여기에 하늘이 없다면 내가 서울로 갈 거니까. 하늘이 곁에 없으니까 내가 불행해서 안 되겠어.」

그는 하늘을 끌어안고 그녀의 머리에 입술을 가져갔다.

'제발 내 곁에 있어.'

두 번째는 입 밖으로 내지 않았다. 대신에 온 마음을 담아 그녀의 입술에 키스했다.

후안과 함께 그녀는 묵고 있는 호텔로 돌아왔다. 다행히 세바스와 하민이 엄마, 아빠에게 잘 얘기해 주어 그냥 넘어갈 수 있었다. 하늘은 후안과 헤어지고 방으로 돌아온 후 창가에 서서 멍하게 리우의 밤바다를 보았다.

"동거? 결혼?"

그녀는 미칠 것 같았다. 그 생각만 하면 가슴이 답답해졌다. 어떻게 해서든지 이 상황을 빠져나오고 싶은데 그게 잘 안 되었다. 그녀는 겨우 김진수 때문에 사랑하는 남자를 놓칠 수 없었다. 어떻게 해야 할까?

받아들이자니 감당할 자신이 없었다. 그녀는 자신의 손으로 몸을 감쌌다. 춥지 않은데 괜히 몸이 으슬으슬 추웠다. 긴장한 탓인 것 같았다.

내일이 하민의 결혼식인데 일찍 일어나려면 지금 잠을 이루어야 했다. 하지만 잠이 오지 않았다. 그때였다. 그녀의 핸드폰이 요란하게 울렸다. 진수의 전화였다. 번호는 저장하지 않았지만 하도 전화가 와서 외워 버렸다. 번호를 차단했어야 하는 건데 짜증이 났다.

Rrrrrrr—

그녀가 받지 않자 문자가 왔다. 안 받으면 죽어 버리겠다는 내용이었다.

Rrrrrrr—

좋은 일을 앞두고 이상한 일이 벌어지면 안 되니까 하늘이 전화를 받았다.

"무슨 일이야?"

「그건 내가 묻고 싶은 말이야.」

무슨 말을 하는 건지 알 수가 없었다.

「너의 그 잘난 애인 덕에 난 의사 생활 못 하게 생겼어.」

"뭐?"

「그 자식이 우리 병원에 대한 안 좋은 소문을 퍼트려서 손님들이 오지 않잖아.」

헛소리도 정도껏 해야지 들어 주는 것이었다.

"후안은 한국을 떠난 지 한 달이 넘었고 널 해칠 만큼 한가한 사람도 아니야."

진수가 거친 숨소리를 냈다.

「아버지 회사의 지분도 다 사 버리고 다음 주에 이사회를 열어서 사장도 바꾼다고…….」

갑자기 진수가 울기 시작했다.

「너한테 사과하지 않으면 다 쓸어 버리겠다고 말이야. 다른 건 겁도 안 내는 사람들이니 경제적으로 숨통을 조여 버리겠다고 했어. 아버지는 당장 너한테 무릎이라도 꿇으라고…….」

그가 무슨 말을 하는지 이해가 되지 않았다. 후안이 지금 그녀

대신 복수해 주고 있는 건가 하는 생각이 들었다.

"난 관심 없어."

「제발……. 한 번만 용서해 줘! 지금 은아는 완전히 거지가 됐어. 직장도 못 구하고…….」

은아에 대해 디자인 팀장이 이야기해 준 게 기억이 났다.

"미안한데 난 너의 일에 관심 없어. 그리고 잘못을 했으면 벌을 받아야겠지. 그게 어떤 방법이든 간에."

하늘이 차갑게 말하고는 전화를 끊어 버렸다. 그녀를 버렸다고 생각했는데 후안은 그녀를 버린 게 아니라 그녀의 뒤에서 서서히 복수하고 있었던 것이다. 후안이 미치게 보고 싶었다.

그녀는 후안에게 전화를 걸었다.

「어디예요?」

「호텔.」

「아직 안 갔어요?」

그가 가지 않았다는 사실이 놀라웠다. 그리고 가슴이 두근거렸다. 그는 왜 가지 않고 있었던 걸까? 그녀를 기다린 건 아닐까?

「바야. 잠깐 내려오겠어?」

그의 말에 하늘은 잠시 망설이다가 내려가기로 했다. 그녀는 원피스를 벗고 슬립 스타일의 미니 드레스로 갈아입었다. 이 옷은 디자인 팀장님이 특별히 그녀를 위해 만들어 준 옷이었다. 너무 야릇한 디자인이라서 화끈한 걸 원하는 날 입으라고 했다.

오늘 하늘은 그녀 대신에 복수해 준 후안에게 고마움의 인사를 하고 싶었다. 그래서 무채색 정장을 너무 싫어하는 후안을 위해 붉은색의 원피스를 입었다.

붉은 새틴으로 된 원피스는 안에 아무것도 입지 않으면 극대화할 수 있다고 했다. 한국에서는 못 입고 해외에 나가서 입으란 말도 잊지 않았다.

그녀의 등장에 바가 술렁거렸다. 그녀는 붉은 새틴 원피스에 붉은 립스틱을 바르고 킬힐을 신고 내려갔다. 그녀가 움직일 때마다 가슴이 출렁이며 움직였다. 부끄럽긴 했지만 다른 사람들은 솔직하게 신경 쓰이지 않았다.

그녀의 눈에는 오로지 후안뿐이었다.

「안녕, 옆에 앉아도 되나요?」

바의 의자에 그를 보며 앉은 하늘이었다. 그는 그냥 넋을 놓고 그녀를 바라보았다.

「오늘 여기가 처음이라서…….」

하늘의 목소리가 섹시하게 잠겨 들었다.

「나도 처음인데?」

그가 뜨거운 눈길로 그녀를 머리서부터 발끝까지 음미했다.

「혼자 오셨어요?」

그녀가 바의 높은 의자에 엉덩이를 걸쳐 앉았다.

「아마도…….」

그의 목소리가 위험하게 갈라졌다.

「이것도 인연인데 술 한 잔 사 줄래요?」

그녀가 몸을 살짝 구부려 가슴골이 보이게 했다. 그도 흥분한 얼굴이었지만 바텐더의 눈이 그녀를 향해 있었고 입은 놀라움에 벌어졌다.

「마티니 두 잔.」

후안은 바텐더를 매섭게 째려보며 말하고는 그녀의 가슴을 뜨거운 눈으로 바라보았다. 그의 뜨거운 시선에 유두가 저릿해지면서 단단해졌다. 그녀의 유두는 이미 새틴 드레스를 뚫고 올라와 있었다.

「만지고 싶나요?」

「…….」

하늘은 바텐더가 음료를 만들고 있는 사이에 자신의 손가락으로 유두를 살짝 건드렸다. 그러자 유두가 흥분으로 더 단단해졌다. 그리고 입술을 혀로 살짝 쓸어내렸다.

「하늘…….」

후안이 강한 경고를 그녀에게 보냈다. 하지만 여기서 멈출 거라면 시작도 하지 않은 하늘이었다. 하늘이 의자에서 내려와 그의 곁으로 갔다. 그리고 그의 다리 사이에 섰다. 그는 하늘의 날씬한 허리를 한쪽 팔로 감았다.

「날 죽일 셈이야?」

「아뇨, 당신을 유혹할 거예요.」

허전한 마음에 한 섹시한 붉은 네일이 오늘 모든 것의 정점을 찍었다. 섹시한 그녀의 손이 그의 허벅지를 쓰다듬었다. 그리고 위험하게 후안의 페니스 근처까지 손을 옮겼다. 사람들이 힐긋거리며 그들을 보았다.

그때 마티니가 나왔다. 후안이 바텐더에게 팁을 주며 뭐라고 귓속말을 건넸다. 그러자 바텐더가 그들을 데리고 다른 사람들의 방해를 받지 않을 룸으로 안내했다.

룸에는 긴 의자와 테이블이 전부였다. 후안이 자리에 앉은 다음에 그녀를 자신의 한쪽 다리에 앉혔다. 하늘은 그의 무릎에 앉아 마티니를 한 모금 머금고 그의 입에 키스했다.

키스하자 입안에 마티니가 오갔다. 이렇게 술을 마시니 상당히 자극적이었다.

「이 옷은 뭐야?」

「디자인 팀장님께 선물 받았어요. 이상해요?」

「너무 자극적이야.」

그는 그녀의 새틴 위로 나온 유두를 자극했다.

「내일 예식이 끝나면 어머니, 아버지께 우리의 관계를 말씀드리자.」

「으으음, 알았어요.」

그의 무릎 위에서 하늘은 허리를 활처럼 휘었다.

「내가 마녀를 사랑한 건가?」

「아마도…….」

하늘은 그의 무릎에 앉아 그의 입술에 자신의 입술을 가져다 댔다.

「김진수, 고은아에게 복수해 준 거 고마워요.」

「그래서 이런 옷차림으로 날 죽이려고 한 거야?」

「싫어요?」

「아니, 그냥 하늘은 내 심장 건강에 안 좋은 여자라서…….」

그들의 입술이 뜨겁게 만났다. 호텔 방보다 은밀한 방이 그녀를 더 자극했다. 그의 손이 그녀의 가슴을 움켜쥐었다. 하지만 그녀의 옷은 벗기지 않았다. 드레스 위로 솟은 유두를 그가 혀로 쓸어 올렸다.

"하아……."

그의 손이 허벅지를 만지며 치마 안으로 들어왔다. 그리고 그는 손을 멈추었다.

「미쳤어…….」

「아마도.」

그녀는 팬티를 입지 않았다. 그래서 지금 애액으로 젖어 있었지만 막을 방법이 없었다. 하늘이 그의 앞에 서서 한쪽 다리를 의자 위로 올렸다. 그리고 치마를 들어 올렸다.

「빨아 줘요…….」

후안은 그녀의 부탁을 거절하지 않았다. 하늘의 자극적인 행동에 후안은 짐승이 되어 그녀를 만족시켰다.

리우호텔 바에 후안이 있다는 소식을 듣고 멜리나는 가장 섹시한 옷을 입고 나갈 준비를 했다. 오늘이야말로 그와 담판을 지어야겠다고 생각했다.

금사로 된 미니 드레스는 입으나 마나 한 옷이었다. 가슴만 겨우 가리고 치마 길이도 너무 짧았다. 그녀는 킬힐을 신고 호텔에 갈 만반의 준비를 했다. 향수를 뿌리고 막 나가려는데 전화가 울렸다.

거울에 비친 금발 머리의 멜리나는 일반인이라기보다는 팝스타 같았다. 그녀는 평소에도 육감적인 몸매를 드러내길 좋아했다.

후안의 뒤에 붙여 둔 사람이었다.

「여보세요?」

[아가씨…….]

지금 통화하고 있는 사람은 특공대 출신의 살인 청부업자였다. 원하면 언제든지 죽이라고 말할 수 있는 상황이었다.

「말해요.」

[지금…… 그가 다른 여자와 있습니다.]

「뭐라고요?」

당장 가서 그년의 머리털을 몽땅 뽑아 버리고 싶었다.

「기다려요. 갈 테니까.」

[지금은 오실 필요가 없을 것 같습니다. 둘이 호텔 방으로 이동했습니다.]

준비하는 데 시간을 너무 많이 드린 모양이었다.

「잘 감시해요. 누군지는 확인할 수 있어요?」

[알아보도록 하겠습니다. 동양인 여자인데 여행객 같습니다.]

멜리나는 전화를 끊었다. 그리고 1층으로 내려갔다. 브라질 최고 갑부인 아버지는 UL사의 회장이었다. 그녀는 금으로 장식이 된 계단을 내려가서 거실에 앉아 있는 아버지 앞으로 향했다.

「어디 가려고?」

아버지는 어머니 없이 자란 그녀에게 많은 애정을 주고 있었다.

「아빠, 난 후안과 재결합하고 싶어요.」

「나도 노력 중이다. 그런데 후안 녀석이 워낙 고집이 센 놈이라서…….」

그게 후안의 매력이었다. 아니 후안은 모든 게 매력적인 사람이었다. 아직도 후안과 보낸 밤을 떠올리면 온몸이 후끈했다.

「SPA 주식은요?」

「모으고 있어.」

아빠는 그녀를 위해서라면 뭐든 해 주는 사람이었다. 어떻게 해서든지 그와 재결합하고 싶은 멜리나였다.

탕탕탕!

꿈을 꾸고 있는 걸까? 밖에서 문을 두드리는 소리가 요란했다.

"으으음……."

눈을 떠보니 후안의 품 안에 있었다. 여긴 어디 나는 누구인 상황으로 눈을 뜬 하늘은 시계를 보았다. 알람도 못 듣고 계속해서 잠을 잔 것이었다.

탕탕탕!

"성하늘!"

"어, 엄마!"

그녀는 시트를 돌돌 말고는 문 쪽으로 향했다. 하지만 문을 열 수는 없었다.

"어서 문 열지 않고 뭐 해?"

"지금 일어나서 엉망이야."

하늘은 대충 둘러댔다.

"준비 다 했어?"

"아니, 나 너무 피곤해서 알람을 못 들었어. 30분 내로 준비하고 엄마 방에 갈게."

"알았어."

그녀의 뒤에서 후안이 그녀를 안았다.

「준비해야 해요. 안 그러면 예식에 늦어요.」

「같이 씻자.」

그가 하늘을 안아 들고는 욕실로 향했다. 그녀는 빠르게 씻고 서울에서 가져온 단정한 하객 옷을 입었다. 오늘은 하민의 날이었기 때문에 그녀는 최대한 튀지 않게 차려입었다. 그리고 후안을 내보낸 후에 엄마, 아빠가 묵고 있는 방으로 향했다.

엄마는 분홍색 한복을 곱게 차려입었고 아버지도 한복을 입으셨다. 외국에서 한복을 보니 자랑스럽다는 생각이 들었다.

"한국에서도 예식을 한다니까 너무 서운하게 생각하지는 마."

화장하는 내내 눈물을 글썽인 엄마였다.

"네가 먼저 가야 했는데……."

"괜찮아."

그녀는 이렇게 말하고는 부모님과 함께 예식이 있는 교회로 향했다. 한국과는 다른 교회의 분위기였다. 뭐든 이국의 정서가 묻어나서 신비한 아름다움을 더 배가시켰다. 확실히 브라질이라서 그런지 세바스의 손님들이 많았다.

사람들은 모두 세바스의 결혼을 축하해 주었다. 하늘은 부모님의 옆에서 하민의 아름다운 모습을 지켜보았다.

예식이 끝이 나고 피로연을 하는데 뜻밖의 인물이 찾아왔다. 그건 후안의 전처인 멜리나였다. 멜리나는 실물로 보니 영화배우 같았다.

"와우."

하민이 그녀의 옆에서 저도 모르게 탄성을 질렀다.

"언니, 사이즈가 남다르네."

"……."

키는 그녀와 비슷했지만, 굴곡이 달랐다. E컵은 되어 보이는 가슴을 거의 반쯤 드러낸 명품 원피스를 입은 멜리나의 골반은 확실히 동양인의 골반과는 사이즈가 달라도 너무 달랐다.

완전 호리병 몸매의 멜리나에 비하면 하늘은 어린애 몸매였다.

"저 여자야?"

"멜리나 이리스야. UL그룹의 상속녀이자 후안의 전처이기도 하고, 아직도 질척대는 여자이기도 하지. 후안이 해외 출장이 많아서 부딪치는 일이 없어서 그렇지. 브라질만 오면 수시로 등장하나 봐."

"언니는 아무렇지 않아?"

하민이 담담하게 얘기하는 그녀에게 물었다.

"아니, 아주 싫어."

"그런데 담담해 보여서."

"그래 보인다니 다행이네."

하늘의 입장에선 화를 낼 수도 없는 노릇이었다. 그녀는 후안의 여자 친구일지는 몰라도 피앙세도 부인도 아니었다. 아직 공식화 된 건 아무것도 없었다. 그러니 제대로 화를 낸다거나 오지 말라 는 식의 말은 할 수 없는 처지였다.

「안녕, 세바스, 결혼 축하해.」

멜리나는 세바스에게 축하 인사를 했지만, 그 옆에 있는 신부는 거들떠보지도 않았다.

「호호호, 세바스 오늘 너무 멋지다.」

멜리나는 오버하며 세바스와 친하다는 걸 과시했다. 겉으로 보 기에도 동양인을 차별하는 것 같았다. 왜 남의 결혼식에 와서 저 러는 걸까? 하늘의 표정이 굳어졌다.

「난 네가 동양인과 결혼할 줄은 몰랐어. 이게 무슨 일이니? 호 호호.」

하민은 어이없다는 표정으로 멜리나를 보았다. 뭐 이런 인간이 다 있냐는 표정이었지만 세바스 앞이라서 참는 것 같았다.

「난 너를 초대한 적 없는데?」

세바스도 상대하기 싫은지 차갑게 말했지만 멜리나는 얼굴이 상당히 두꺼운 여자였다. 왜 멜리나를 보면서 진수와 은아가 떠오른 것일까? 나라는 달라도 진상들의 이미지는 같은 모양이었다.

「난 네 부모님의 초대로 왔어. 알지? 우리 아빠와 네 아버지의 관계…….」

「그건 두 분이 알아서 할 문제고. 파티를 즐기려면 좀 예의 있게 행동해.」

세바스가 아주 차갑게 말했다.

「그건 내가 알아서 할게. 난 오늘 후안을 보러 왔거든.」

결혼식에 와서 축하는 못 해 줄망정 찬물을 끼얹고 있는 멜리나의 모습에 하늘은 한숨이 나왔다.

"하민아 신경 쓰지 마. 또라이인가 봐."

그녀의 말에 하민이 키득거리며 웃었다.

"맞네."

후안은 지금까지 그녀의 곁에 있다가 지금은 세바스의 부모님과 우리 부모님 사이에 있었다. 아빠는 후안이 마음에 드는 눈치였다. 둘이 아까부터 계속해서 대화하고 있었고 엄마도 웃는 걸 보니 아빠가 통역을 잘해 주는 모양이었다.

세바스가 사람들과 이야기를 나누느라 하민과 그녀 둘이 잠깐

서 있었다.

"오늘 너무 예쁘다."

피로연 드레스로 갈아입은 하민은 오늘의 주인공다웠다. 핑크 이브닝드레스는 하민의 아름다움을 더욱 빛나게 했다.

그때였다. 멜리나가 어떤 여자들과 함께 그녀의 곁으로 다가왔다.

「마늘 냄새나는 동양인 여자하고 왜 결혼을 하는지 이해를 못 하겠어.」

멜리나가 냄새가 난다고 코앞에 손을 흔들었다. 하민과 그녀는 멜리나의 무례한 행동을 보고는 기막혀하고 있었다.

「멜리나, 그만해.」

멜리나를 아는 다른 하객이 와서 그녀를 말렸다.

「왜? 어차피 못 알아듣는데…….」

그녀가 못 알아듣는 줄 알고 떠들어 대는 것 같았다. 확실한 건 멜리나는 하민이 아닌 그녀를 쳐다보며 말했다.

「이건 완전히 세바스가 미친 거지. 어떻게 이렇게 우리의 피를 흐릴 수가 있는 거지?」

「물을 흐리는 건 그쪽 아닌가요?」

참다못한 하늘이 조용히 한마디 했다. 멜리나가 흠칫 놀란 것 같았다.

「당신이 뭔데 여기에 와서 이러는 건지 모르겠지만, 남의 피로연에 왔으면 조용히 있다가 가요.」

하민도 하늘을 거들었다.

「넌 뭐야? 뮬란이야?」

하늘이 멜리나를 차갑게 보았다. 부로 백인들이 동양인들을 눈이 찢어진 뮬란에 비유하며 놀렸는데 멜리나가 그녀에게 하는 말이 그런 뜻이었다.

「그러는 넌 뭐야?」

멜리나 따위에게 밀릴 그녀가 아니었다. 그때 후안과 세바스, 마띠아스가 그녀들에게 왔다.

「무슨 일이지?」

후안이 인상을 쓰며 물었다.

「저 동양인 여자가 너무 무례하게 구네. 여기는 브라질이고 저런 동양인 여자가 설칠 곳이 아니야.」

"쟤 뭐라는 거니? 말이야 막걸리야?"

"미친년이네."

하늘과 하민이 한국어로 욕을 하자 한국어를 할 줄 아는 마띠아스가 웃었다.

「저 여자들이 뭐라고 하는 거야?」

멜리나가 거품을 물려 말했다. 마치 그녀들이 멜리나를 공격하는 것처럼 갑자기 약한 척이었다. 후안이 곁에 있어서 그러는 모양이었다.

"아니, 우리나라 말도 못 하는 멍청이가 왜 저러는 거야? 우리는 자기네 말도 다 할 줄 아는데."

"그러게 말이다. 우리한테 마늘 냄새난다고 난리였거든요. 코막고."

"뭐?"

이번엔 마띠아스가 화가 난 것 같았다.

「마늘 냄새난다고 했어?」

마띠아스의 말에 멜리나의 곁에 있던 여자들이 순식간에 사라졌다.

「나는 걸 난다고 하지. 그럼 뭐라고 해?」

멜리나도지지 않았다.

「소란 피우지 말고 가.」

후안이 조용한 목소리로 경고했다.

「왜 그렇게 이 동양인 여자들을 보호하지 못해서 안달인 거야?」

멜리나가 끝까지 비웃었다.

「네가 비웃을 여자들이 아니야. 이쪽은 오늘의 주인공이자 세바스의 부인이고 이쪽은 내 부인이 될 사람이니까.」

멜리나가 놀란 얼굴로 하늘을 바라보았고 후안은 하늘의 허리를 감싸 안고 그녀의 입술에 살짝 입을 맞추었다.

「당신이 왜 이혼당한 건지 알겠어요. 예의라고는 하나도 없는 사람이군요. 당신도 백인들 사이에서 인종 차별을 받는 일이 있다면 기분 나쁘겠죠. 어떤 피부색이든 무시할 권리는 없어요. 그리고 후안의 곁에서 맴돌지 말아요. 기분 나쁘니까.」

하늘이 똑 부러지게 말했다.

「아 참, 우리한테 사과는 하셔야죠.」

「뭐?」

「우리가 당신에게 머릿속이 비었다고 말하면 기분 좋겠어요? 똑같은 거예요. 서로에 대한 예의는 지켜 줬으면 해요. 그리고 오늘의 주인공인 내 동생과 세바스에게도 사과해요.」

멜리나는 발을 동동 구르며 사과 한 마디 없이 파티장을 빠져나갔다.

「잘했어.」

후안이 그녀의 정수리에 입술을 눌렀다.

「역시, 우리 성 실장이야.」

마띠아스가 엄지를 척 하고 올렸다.

「좋은 날인데 참았어야 했어요.」

「아니야, 잘했어. 멜리나에게 그런 말을 할 사람은 브라질엔 없으니까. 춤출까?」

후안이 하늘의 손을 잡고는 플로어로 나가 음악에 맞추고 춤을 추었다. 춤을 춘다기보다는 안고 있는 것이나 마찬가지였다.

두 사람은 피로연에서 사람들이 눈을 피해 몰래 빠져나왔다. 물론 하민과 세바스에게는 언질해 주고 나왔다.

그들은 손을 잡고는 리우의 해변을 걸었다. 사람들이 그를 바라보았지만, 그는 아무렇지 않게 그녀와 손을 잡고는 다정하게 모래사장을 걸었다. 그들은 한 손엔 각자의 신발을 들고 다른 손은 꽉 잡은 상황이었다.

바닷가의 소리가 너무 듣기 좋았다. 그들은 모래사장 한가운데서 진한 키스를 했다.

멜리나는 그녀가 심어놓은 청부업자로부터 리우 바닷가를 거니는 후안과 동양 여자의 사진을 전송받았다.

"미친, 이러려고 날 버린 거야?"

멜리나는 용서할 수가 없었다. 후안은 자신과 결혼했을 당시에 이렇게 다정하게 군 적이 없었다. 그와 한 섹스도 손가락에 꼽을 정도였다. 물론 한 번 할 때마다 환상적이긴 했지만, 그녀에겐 턱없이 부족한 섹스였다.

그런데 무덤덤한 후안이 동양 여자에겐 더없이 부드러운 남자가 되어있었다. 멜리나는 견딜 수가 없었다. 그녀는 자신이 고용한 청부업자에게 전화를 걸었다.

　「돈은 원하는 대로 줄 테니까. 여자는 죽여 버려.」

　멜리나는 이를 갈며 말했다. 이렇게 자존심을 구기다니 후안에
대한 미움도 커졌다.

10

세바스티앙과 하민은 브라질 전역을 캠핑카를 타고 여행을 하는 거로 신혼여행을 떠났고 엄마, 아빠도 비행기를 타고 서울로 먼저 갔다. 고맙게도 마띠아스가 부모님을 모시고 서울로 돌아갔고 하늘은 지금 후안에게 잡혀 있는 상황이었다.

후안의 집 안 수영장에서 그들은 한가로이 수영을 즐기고 있었다.

쪽!

그녀를 안고 있던 후안이 하늘의 입술에 입을 맞추었다.

「내일부터는 출근해야 하는데 난 뭘 하죠?」

「하고 싶은 거 해. 관광해도 좋고.」

그녀는 그렇게 시간을 낭비하는 것도 싫었고 그와 떨어져 있는 것도 싫었다.

「난 당신과 떨어지기 싫어요. 그래서 당신의 비서로 들어가서 일을 하면 안 될까요? 난 일을 그렇게 못하는 사람이 아닌데…….」

후안이 그녀를 말없이 바라보았다.

「그러면 저의 분리 불안도 사라질 것 같고…….」

하늘이 그의 목에 팔을 감고 그의 목에 입술을 묻었다.

「시간이 된다면 다른 서비스도 할 수 있고…….」

「무슨 서비스지?」

그녀가 그의 입술에 진하게 키스했다.

「이런 서비스죠.」

「그럼, 일을 못 하는 거 아니야?」

「아뇨.」

그가 하늘의 입술을 바라보았다. 그리고 그녀의 도톰한 입술을 단번에 빨아들였다.

「이번 주는 쉬어, 마띠아스에게 얘기해서 이쪽으로 발령 낼 테니까.」

하늘이 그의 입술에 진하게 키스했다.

「일하기 힘들어지겠는걸?」

「아마도 그렇겠죠?」

그들은 온종일 수영장에서 시간을 보냈다. 수영하기도 하고 식사도 수영장에서 먹고 사랑도 수영장에서 나누었다. 행복한 시간이었다.

브라질에서 장기간 머물게 되었다. 후안이 마피아스에게 이야기를 해서 그녀는 이쪽으로 발령이 날 것 같았다. 서류 처리하는 일주일 동안은 편하게 쉬라는 말을 들었다. 오늘 후안은 출근을 했고 그녀는 리우의 해변을 빈둥거리며 다녔다.

스케이트보드를 잘 타는 건 아니었지만 후안의 집에 있는 스케이트보드를 타고 리우의 해변을 돌아다니며 시간을 보내고 있었다. 안 그래도 까무잡잡한 피부는 더 까맣게 탔다. 구릿빛 피부가 건강미를 한껏 높여 주고 있었다.

하늘은 음료수를 마시고 후안과 통화했다.

「점심은 먹었어요?」

[아직, 다른 걸 먹고 싶어.]

그의 말에 하늘이 웃었다.

「어제도 그렇게 많이 먹었는데. 그러다가 살쪄요.」

이렇게 말하며 키득거렸다. 그와는 언제나 이런 식으로 야릇했다.

[괜찮아, 하늘을 매일같이 먹고 싶어.]

「일찍 들어와요. 보고 싶으니까.」

[응, 이따가 봐. 사랑해.]

「저도 사랑해요.」

닭살이 돋는 통화를 마치고 그녀는 스케이트보드를 타고 집 쪽으로 향했다. 후안의 집은 부촌이 몰려 있는 곳이라서 차들도 별로 없고 스케이트보드를 타기에 딱 좋았다.

"악!"

순간적인 일이었다. 바퀴가 고장이 나는 바람에 그녀는 보드에서 미끄러져 바닥에 그대로 꼬꾸라지고 말았다.

"아⋯⋯."

무릎에 보호대를 차지 않았으면 큰일이 날 뻔한 상황이었다. 아스팔트에 넘어지면서 손바닥도 까지고 팔꿈치도 다쳤다.

"아, 아프다."

간신히 몸을 일으킨 그녀는 스케이트보드를 가슴에 안고는 집으로 걸어갔다.

"후안이 보면 화내겠는데⋯⋯."

그녀는 피가 나는 팔 뒤꿈치를 보며 혼잣말을 했다. 거리엔 정말 개미 새끼 한 마리도 없어서 다행히 창피하지는 않았다. 스케이트보드를 안고 집으로 절뚝거리며 가는데 갑자기 그녀 앞에 검은 고양이가 나타나 깜짝 놀라고 말했다.

"어머!"

저도 모르게 고양이를 피해 몸을 돌리는 순간이었다. 가슴에 강한 충격을 받은 하늘은 그대로 바닥에 쓰러졌다. 헬멧을 쓰고 있었지만, 아스팔트에 그대로 머리를 박았다. 가슴의 고통 때문에 숨을 쉴 수가 없었다.

심장에 뭔가 강한 충격을 받은 것 같았다.

"아……."

아프다는 말이 나오지 않았다. 시야가 고통으로 인해 점점 흐려졌다. 뭔가 뜨거운 게 가슴에서 흘러내리는 것 같았다. 하늘은 자꾸 시야가 가물가물해졌다. 이대로 자면 안 되는데…….

후안의 인생에서 오늘처럼 바쁜 날이 없었다. 새로 오픈한 매장들이 많아서 점주들을 모아 오전 내내 회의를 했고 새로운 브랜드 런칭으로 디자이너들과 점심을 거른 채로 회의를 거듭했다. 중간에 하늘과 통화를 한 것을 빼면 그는 오늘 일 이외의 한 일이 없었다.

그가 이렇게 시간을 타이트하게 쪼개면서까지 일을 하는 이유는 집에 일찍 들어가기 위해서였다. 이반이 너무 무리하지 말라고 했지만, 그는 이반의 말을 듣지 않았다.

디자이너 회의가 끝나고 서류를 검토하고 있는데 이반이 창백한 얼굴로 사무실에 들어왔다. 이반이 비서로 들어온 이래 저런 표정은 처음이었다. 멜리나가 주식을 가지고 장난을 친 모양이었다.

「왜?」

심각한 일이 일어난 것 같았다.

「총…….」

「총?」

「회장님, 집 앞에서 총격이 있었습니다.」

그는 뒷말은 거의 들리지 않았다. 그리고 밖으로 달려 나가며 물었다.

「어디야!」

「리우 병원 응급실입니다.」

바로 쫓아온 이반이 답했다. 다행히 리우 병원은 그의 회사 옆이었다. 그는 차를 타지 않고 달리기 시작했다. 차를 타거나 주차할 시간이 없었다. 피습을 당하다니 기가 막혔다.

하늘이 제발 무사하길 바라는 마음이었다. 그는 눈앞에 뿌옇게 변하는 걸 느꼈다.

「헉헉헉, 하늘이……. 동양인…….」

리우 병원 응급실에 그가 등장하자 모두가 웅성거리기 시작했다.

「어딨어? 어딨느냐고!」

그가 소리를 지르며 환자들을 확인했다. 그리고 피를 흘리며 의료진에게 둘러싸인 하늘을 발견했다.

「하늘아……..」

그가 그녀의 머리맡에 앉아 상체가 피범벅이 된 하늘의 손을 잡았다.

「심장에……..」

그를 알아본 의료진이 하늘의 상태를 말하는데 다른 말은 들리지 않고 심장과 총상이라는 말만 들렸다.

「죽는…… 겁니까?」

후안의 목소리가 떨렸다.

「아뇨, 스케이트보드가 살린 겁니다.」

뒤에서 심장을 노리고 총을 쐈는데 몸을 틀면서 스케이트보드에 맞았다는 것이다. 조준 사격이었는데 천운이었다고 했다. 범인은 잡지 못했지만, 경찰이 지금 조사 중이라고 들었다. 하지만 브라질의 경찰은 비리가 심했다. 그래서 믿을 수가 없었다.

「그런데 왜 눈을 안 뜨고 있는 겁니까?」

「쇼크가 컸는지 기절한 상태입니다. 조금 있으면 의식은 돌아올 겁니다. 그리고 가벼운 뇌진탕 증상도 있습니다.」

그는 걱정이 되었다.

「잠시 후에 준비되는 대로 수술 들어갈 겁니다.」

「수술?」

「엑스레이를 찍어 봐야 알겠지만 보드 파편을 제거해야 할 것 같습니다.」

충격으로 인해 보드의 파편이 가슴 쪽에 박혀 있는 모양이었다.

「상태는 위중한 편이 아니니 걱정하지 않으셔도 됩니다.」

의사들이 수술 준비를 하느라 그를 침대에서 내보냈다. 그는 이 반에게 전화를 걸었다. 그리고 사건 해결 능력이 뛰어난 사설탐정 들을 알아보라고 했다. 하늘에게 총을 쏜 녀석을 반드시 찾아서 죽여 버릴 생각이었다.

3시간의 수술이 끝나고 얼굴이 잔뜩 부은 채로 하늘이 병실로 이동되었다. 그는 누워 있는 하늘 옆에 앉아서 손을 꼭 잡았다. 아 무리 생각해도 강도는 아니었다. 강도들은 보드를 탄 사람들보다 는 차려입은 사람들의 가방을 노리기 일쑤였다.

「누구지?」

하늘의 얼굴을 손으로 쓸어내리며 후안은 깊은 생각에 사로잡 혔다. 그리고 범인이 잡히면 반드시 가만두지 않을 생각이었다.

그때 하늘이 인상을 쓰면서 깨어나고 있었다.

"후안, 아파……."

그의 이름을 부르며 한국말로 뭐라고 말하는 하늘이었다. 하늘이 깨어나면 한국말부터 배울 생각이었다. 그는 하늘이 말하는 걸하나도 알아들을 수 없었다.

"무서워……. 아파……."

하늘의 손을 꼭 잡아주었다.

"엄마……."

엄마가 무슨 뜻인지는 알았다. 그는 호출 버튼을 눌러 의료진을 불렀다.

"후안, 사랑해요."

「나도 사랑해.」

그때 의료진들이 들어와 하늘을 살폈고 그러는 사이에 하늘의 정신이 돌아왔다.

「괜찮아?」

「네, 괜찮아요.」

「기억나는 거 있어?」

「으음……. 스케이트보드의 바퀴가 고장이 나서 넘어졌어요. 그러다가 집 앞에서 고양이를 보고 놀라서 들고 뒤를 돌았는데…… 갑자기 가슴이 너무 아팠어요. 그리고 기억이 없어요.」

「강도는 못 봤어? 복면을 쓰고 있었다거나…….」

「주변에 아무도 못 봤어요.」

그렇다면 의사의 말대로 멀리서 조준 사격을 했다는 건데, 이상했다. 누가 하늘의 목숨만 노린 걸까? 하지만 아까부터 그의 머릿속에는 멜리나가 떠올랐다.

멜리나는 방 안을 서성거렸다. 하늘이 총에 맞았다는 소식을 들었다. 총을 쏜 저격수에겐 이미 돈을 송금했다. 하지만 죽었다는 소식이 들려야 하는데 이상하게 그런 말이 없었다. 궁금해서 돌아버릴 것 같은데 방송에서도 보도가 없었다.

아무래도 후안이 손을 쓴 것 같았다. 그래서 멜리나는 경찰에게 기자들에게 정보를 흘리라고 했다. 시끄러울수록 좋을 것 같았다.

「여보세요?」

[네, 아가씨.]

리우 병원에 원장은 그녀의 집의 주치의였다.

「아까 전화로 물어봤던 건 어떻게 됐나요?」

[수술은 끝이 났고 생명엔 지장이 없습니다.]

멜리나의 입술이 파르르 떨렸다. 짜증이 온몸을 스쳤다.

「명중했다고 했는데…….」

[네?]

「아니에요. 알겠습니다.」

그녀는 전화를 끊고 저격수에게 전화를 걸었지만 받지 않았다.

일을 마쳤으니 연락을 끊은 것 같았다. 실력이 최고라고 들었는데 아닌 모양이었다. 하긴 죽지 않더라도 평생 침대를 지켜야 한다면 그게 더 고통스러울 것이다.

「아이, 짜증나.」

그냥 확 죽어 버리는 게 더 좋았다. 멜리나는 이대로 있을 수 없다는 생각이 들었다. 그녀는 평소에 입지 않는 청바지와 티셔츠를 입고 머리에는 가발을 썼다.

「아무래도 내가 처리해야겠어.」

그녀가 나가려고 하는데 갑자기 후안에게 전화가 걸려 왔다. 그녀는 반가운 마음에 후안의 전화를 받았다.

「여보세요?」

[어디야? 잠깐 만났으면 좋겠는데?]

「집이에요.」

[지금 갈게. 10분이면 도착해.]

후안이 왜 그녀를 찾는 것일까? 궁금한 마음이 들었다. 후안은 그녀가 청부업자를 고용한 줄은 모를 것이다.

멜리나는 2층으로 올라가 옷을 골랐다. 그가 10분 후에 온다고 했으니 시간이 없었다. 오늘따라 눈에 들어오는 옷이 없었다. 그래서 그녀는 가장 야릇한 옷을 골라 입었다. 그건 외출복이 아닌 슬립이었다. 이왕 보여 줄 거 확실한 게 나을 것 같았다.

황금색 레이스로 된 슬립 안에는 아무것도 입지 않았다.

그가 남자라면 그녀를 안을 수밖에 없는 디자인이었다. 그녀가 가운을 걸치지도 않고 소파에 앉자마자 후안이 도착했다.

「후안!」

후안의 옷에는 피가 묻어 있었다.

「이게 어떻게 된 거예요? 다쳤어요?」

「아니, 하늘의 피야.」

하늘이 다치긴 한 모양이었다.

「그런데 왜 그 여자 이야기를 나한테 하죠?」

「관련이 있나 해서.」

「아뇨, 없어요. 관련이 있다면 죽었겠죠.」

후안의 눈빛이 변했다.

「살아 있다는 건 어떻게 알았지?」

「죽었다면 당신이 찾아오진 않았을 테니까요.」

「……알았어. 다음엔 증거를 가지고 오지.」

「아무리 그래도 난 모르는 일이에요.」

「우리가 다시 만났을 땐 내가 어떻게 하는지 기대할 만할 거야. 그리고 난 너한테 단 한 번도 관심이 없었어. 우리는 무슨 일이 있어도 다시 시작할 수 없으니까, 엉뚱한 일에 시간 낭비하지 마. 그리고 난 하늘이를 사랑해.」

그는 이렇게 말하며 그대로 떠나 버렸다. 혼자 남은 멜리나는 화가 나 이를 갈았다.

「사랑? 기가 차는군. 정말 기대하라지.」

멜리나는 옷을 갈아입기 위해 자신의 방으로 향했다.

병원의 밤은 깊어갔다. VIP 입원실은 호텔 방처럼 고급스러운 곳이었다. 하루 입원비가 브라질의 원만한 직장인들의 한 달 월급보다도 비싼 곳이었다. 후안은 잠들어 있는 하늘의 옆에서 벌써 1시간째 서성이고 있었다.

하늘은 세 군데에서 파편을 제거하는 수술을 받았다. 다행히 깊이 박히지 않아서 목숨에는 지장이 없었지만 그래도 길게 찢어진 상처가 있어서 흉터가 남을 것 같다는 말을 들었다.

흉터는 상관없었지만, 하늘이 원한다면 세계 최고의 의료진에게 데려가서 흉터를 제거하는 수술을 받게 할 것이다. 멜리나가 이번 일에 깊이 관련되어 있다는 건 느낌으로 알 수 있었다.

「무슨 생각을…… 그렇게 해요?」

「일어났어?」

후안이 하늘의 손을 꼭 잡았다. 안 그래도 마른 하늘인데 지금은 뼈밖에 남지 않은 것 같았다. 하늘의 이런 모습에 후안은 마음이 아팠다. 서울에서는 김진수, 고은아 때문에. 브라질에선 멜리나 때문에 하늘만 고생인 것 같아 더 마음이 쓰였다.

「범인은 잡았어요?」

이렇게 아픈데도 후안은 하늘을 원했다. 그녀의 입술을 보며 그는 자신이 미친 게 아닌가 하는 생각을 했다.

「아니, 아직…….」

「너무 신경 쓰지 말아요. 곧 잡힐 거예요.」

하늘이 졸린지 다시 하품을 했다.

「졸리면 자.」

「내일 출근하려면 후안도 얼른 집에 가요. 난 여기 의료진들이 있으니까.」

그녀는 이렇게 말하며 눈을 감았다.

「안 갈 거예요?」

「자는 거 보고 갈게.」

하늘이 웃으며 침대 옆을 툭툭 쳤다.

「같이 자요.」

「하늘이 옆에 있으면 난 잠 못 자.」

그녀가 피식 웃으며 다시 침대를 툭 하고 쳤다. 후안도 못 이기는 척 하늘의 옆에 누웠다.

「환자가 너무 섹시해.」

「거짓말, 이렇게 부었는데 뭐가 섹시해요.」

「아니, 내 눈엔 섹시해.」

후안은 이렇게 말을 하고는 하늘을 자신의 품에 안았다. 이렇게 서로의 심장 소리를 들으며 그들은 잠시 잠을 청했다.

그런데 그때 이반이 안으로 들어왔다.

「찾았습니다.」

「찾았어?」

생각보다 빠르게 찾은 것 같았다. 그는 하늘이 깰까 봐 이반을 데리고 밖으로 나왔다.

「어디서 찾은 거야?」

「미국으로 가려는 걸 공항에서 잡았다고 합니다. 하지만 아직 경찰에 넘기지는 않았습니다.」

그는 이반과 함께 범인을 감금해 놓은 곳으로 향했다. 리우에서 조금 떨어진 마을의 허름한 창고에 범인은 감금되어 있었다.

벌써 그의 부하들에게 맞아서 피투성이가 된 상황이었다.

쏴아!

그가 오니까 부하들이 놈에게 물을 뿌려 정신이 들게 했다.

「말해, 누가 시킨 건지.」

「……」

놈은 벙어리처럼 말이 없었다.

「멜리나가 시킨 건가?」

놈의 눈썹이 움찔하는 게 느껴졌다.

「전부 다 말하게 될 거야. 뼈가 다 부러지고 네 손톱이 다 뜯겨 나가 고통에 몸부림치게 되면……. 너도 어쩔 수 없이 말하게 될 거야. 우린 어떻게 해서든지 들을 거야. 하지만…….」

후안의 놈의 앞으로 다가가 쭈그리고 앉았다.

「네가 그냥 말해 주면 목숨도 살려 주고 경찰에 넘기지도 않을 거야. 대답이 마음에 든다면 도피 자금도 줄 수 있어.」

그의 눈을 들여 다 본 놈이 한참 동안 고민을 하더니 말을 했다.

「멜리나…….」

후안은 놈의 모습을 핸드폰으로 찍고는 멜리나의 집으로 향했다.

멜리나의 집에 도착한 후안은 집에 그녀가 없음을 확인하고는 병원으로 차의 방향을 돌렸다. 빨리 가야 했다. 뭔가 더 불길한 예감이 들었기 때문이었다.

멜리나는 가발까지 쓰고는 완벽하게 다른 사람의 모습으로 병원에 침투하는 데 성공했다. 깊은 밤이었다. 모두가 잠든 시간에 그녀는 청소부들이 입을 법한 옷을 입고 안으로 들어갔다. 하늘이 VVIP실에 있다는 것에 재산을 모두 걸 수 있었다.

리우 병원에는 5개의 VVIP병실이 있었다. 그녀도 몇 번인가 입원한 적이 있어서 잘 알았다. 그녀는 간호원들 몰래 조심스럽게 안으로 들어가서 하늘이 있는 병실을 찾았다. 그리고 세 번째 문을 열고는 하늘을 확인했다.

하늘은 깊이 잠이 들어 있었다. 그래서 그녀는 곁으로 살살 다가가서는 하늘을 흔들어 깨웠다. 죽이기 전에 누구의 손에 죽는지 알려 주고 싶었기 때문이었다.

「일어나.」

편안하게 잠들어 있는 하늘이 너무나 미웠다. 그녀의 전남편이자 그녀의 유일한 사랑인 후안의 사랑을 받는 여자가 그녀 앞에 무방비로 누워 있었다.

「당신은……?」

하늘은 놀란 눈으로 그녀를 보고 있었다.

「맞아, 죽이라고 시켰더니 실패를 했지 뭐야? 그래서 내가 직접 처리하려고 왔어.」

멜리나는 눈을 번뜩이며 하늘을 보았다.

「……후안이 가만있지 않을 거예요.」

후안의 이름을 들먹이다니. 멜리나는 분노가 더 끓어 오른 상황이었다. 베개로 눌러 죽일 생각이었는데 이렇게 나오면 더 잔인한 방법으로 죽이고 싶어졌다. 하지만 시간이 없었다.

「브라질에서 우리 집안의 영향력을 모르는군.」

그녀가 비웃었다. 그리고는 빠르게 하늘의 베개를 빼앗았다.

「이러지 말아요. 그러면 당신의 인생도 망가져요.」

「아니, 내가 널 잔인하게 죽여도 브라질에선 아무런 죄가 안 돼. 우리 집안은 힘이 있으니까.」

멜리나는 자신이 있었다. 그녀가 무슨 짓을 해도 빼 줄 아버지가 있기 때문이었다.

「멜리나, 당신을 위해 말하는 거예요.」

「차라리 살려 달라고 사정해. 그게 지금 상황에선 맞으니까. 호호호!」

「……미친년.」

멜리나는 하늘을 마음껏 비웃었다.

「잘 가.」

"사람 살……. 읍!"

급하니까 한국말이 나오는 것 같았다. 그녀는 베개로 하늘의 얼굴을 세게 눌렀다.

「별것도 아닌 게 까불고 있어. 후안은 내 남자야.」

하늘이 베개 밑에서 버둥거렸다. 멜리나의 얼굴에 미소가 걸렸다. 진작 이렇게 했어야 했다.

"으으읍!"

하늘의 힘이 점점 더 빠지고 있었다.

「이러면 너무 싱겁잖아……. 악!」

그런데 그때 누군가 그녀의 뒤에서 그녀를 잡아당겼다. 그리고는 얼굴을 주먹으로 가격 당했다.

「윽!」

이가 부러진 것 같았다. 너무나 아파서 정신이 없었다. 쓰러진 그녀의 모자를 누군가가 벗겼다.

「감히 누가 내 모자를…….」

누군가 그녀의 몸에 손을 댄 건 처음이었다. 어떻게 감히 멜리나 이리스의 몸에 손을 댈 수가 있는가? 멜리나는 고개를 들어 놈을 째려봤다. 그러나 곧 표정이 굳어 버렸다.

「후안…….」

턱의 통증과 함께 마음의 통증이 밀려왔다.

「멜리나, 넌 사람이 아니야!」

후안이 분노하며 말했다. 그리고는 하늘에게 다가가 끌어안았다. 후안은 지금 그녀를 경멸 어린 시선으로 바라보았다. 참을 수가 없었다.

「괜찮아?」

「네…….」

멜리나는 분노를 참지 못하고 후안의 등 뒤로 올라타 그의 목을 조르기 시작했다.

「넌 내 것이야!」

그러나 후안이 그녀를 등의 매단 채로 벽으로 돌진해서 멜리나를 벽에 부딪히게 했다.

「악!」

멜리나가 바닥에 떨어졌다. 하지만 그녀는 독기가 올라 그의 다리를 이를 물었다.

「아악!」

도저히 참을 수가 없었다. 세상에 그녀를 이렇게 무시하는 남자는 없었다. 괴로워하는 그를 보면서도 멜리나는 떨어지지 않았다. 자신이 갖지 못할 바엔 죽여 버릴 것이다. 아무도 후안을 가질 수 없었다.

후안은 그녀의 남자였다. 다리를 움켜잡은 후안이 바닥에 쓰러진 틈을 타서 멜리나는 그의 배위에 올라탔다.

「넌 내 꺼야!」

후안의 목을 야무지게 잡은 멜리나는 그의 숨통을 조르기 시작했다.

「으으윽.」

후안도 독기 서린 그녀를 어찌할 방법이 없었다. 그의 얼굴이 점차 붉어졌다. 조금만 더 누르면 죽을 것 같았다. 그때였다.

퍽!

멜리나의 머리에서 불에 덴 것 같은 뜨거움이 느껴졌다. 그리고는 그 자리에서 쓰러졌다. 너무 큰 고통이었다. 이렇게 끝내고 싶진 않았다. 멜리나는 정신을 차리기 위해 노력했지만 눈은 떠지지 않았다.

하늘은 멜리나에게 물려 고통스러워하는 후안을 보며 옆에 있던 장식용 도자기로 멜리나의 머리를 내리치고 말았다. 하늘은 도자기 밑이 쇠로 되어 있다는 걸 나중에 알았다. 덕분에 멜리나는 의사들이 오기 전까지 죽은 듯이 기절해 있었다.

「괜찮아요?」

「괜찮은 것 같아.」

그가 하늘을 뜨겁게 안아 주었다.

「다 나 때문이야……..」

후안의 눈에서 눈물이 흘러나왔다. 하늘도 그의 품에서 울었다.

「두려웠어요. 당신을 두 번 다시 못 볼까 봐요.」

「나도……. 사랑해.」

그는 하늘을 꼭 끌어안고는 한동안 그렇게 있었다. 하늘이 그의 목에 선명하게 난 손자국을 어루만졌다.

「괜찮아요? 상처가…….」

「괜찮아.」

"……내가 안 괜찮아요. 죽여 버리겠어."

하늘은 너무 화가 나서 침대에서 뛰어 내리려고 했고 그런 하늘을 후안이 안았다.

「하늘아…….」

"죽여 버릴 거야!"

얼마나 세게 눌렀는지 후안의 목에 피멍이 들어 있었다. 하늘이 발버둥 치는 사이에 의사들이 바닥에 피를 흘리고 쓰러진 멜리나를 끌고 갔다. 후안의 비서인 이반이 멜리나에 관한 뒤처리를 맡기로 했다. 이번에는 천하의 멜리나도 빠져나갈 수 없을 것 같았다.

VIP병실에 침대 한 대가 더 들어왔다. 하늘과 후안은 나란히 병원에 누워 있었다. 멜리나가 후안의 다리를 너무 많이 물어서 며칠간 치료를 받아야 하기 때문이었다.

나란히 침대에 누운 그들은 많은 이야기를 나누었다. 그러는 동안 두 사람은 뜨거운 욕정이 아니 마음으로 서로를 아낀다는 걸 깨닫게 되었다.

「난 한국 전통 결혼식을 하고 싶어요.」

입원 이틀째 되던 날 하늘이 말했다.

「…….」

후안은 그녀의 입에서 결혼 이야기가 나오자 놀란 것 같았다.

「지금 집은 싫어요. 멜리나가 1년이나 산 집이잖아요. 그리고 서울에도 집이 있었으면 좋겠어요. 아이는 세 명 정도 낳고…….」

후안이 언제 왔는지 그녀의 옆에 앉았다.

「하늘이 하고 싶은 거 다 해.」

「고마워요.」

그들은 깊은 키스를 나누었다. 하늘은 솔직하게 그녀가 다시 결혼을 생각하게 될 줄은 몰랐었다. 이게 다 그녀를 사랑하는 후안 덕분이었다. 그리고 고맙게도 그녀를 차 준 김진수 덕분이기도 했다. 한순간의 불행이 영원한 불행은 아니란 걸 하늘은 깨닫게 되었다.

이제 하늘에겐 행복한 미래만 있을 것 같았다. 후안의 입술이 뜨겁게 그녀의 입술을 감쌌다.

11

브라질에서 치료가 끝나고 한국에 돌아온 지 이틀째 되는 날이었다. 부모님은 그녀에게 있었던 일을 모르고 계셨다.

오늘은 월요일이라서 출근했다. 후안은 내일 비행기로 들어오기로 했다. 그래서 그녀는 회장실을 혼자 지키고 있었다. 오늘은 회장실의 새로운 인원을 뽑는 날이었다. 그녀는 이곳에서 비서실장으로 근무하기로 했고 세바스티앙도 한국에서 일하게 되었다.

하늘은 하민과 함께 한국으로 들어왔다. 하민은 지금 엄마와 함께 집을 보러 다니는 중이었고 그녀의 집도 알아봐 준다고 했다.

멜리나와의 일이 일어난 지도 4주가 흘렀다. 이번엔 멜리나는 아무리 UL그룹의 딸이어도 빠져나올 수가 없었다. 멜리나의 아버지인 이리스 회장이 그녀에게 직접 전화를 걸어서 선처를 호소했지만, 그녀가 거절했다.

멜리나는 잘못을 했고 정당한 죗값을 치르는 게 맞았다.

Rrrrrr—

하민의 전화였다. 집 때문에 그녀에게 전화를 건 모양이었다.

"말해."

[뭘 그렇게 딱딱하게 받아.]

"일하는 중이야."

[그래? 집 때문에 전화했어. 세바스티앙이 보여 준 집들이 너무 으리으리해서 어떻게 해야 할지 모르겠어. 엄마는 재벌들한테 딸 시집보내다가 집안 거덜날 거 같다고 난리고.]

"넌 어떻게 했으면 좋겠는데?"

[난 언니처럼 모아 놓은 돈도 없는데…….]

"그렇다고 세바스티앙은 작은 집엔 안 들어갈걸?"

후안이나 세바스티앙은 최소 집 안에 수영장은 있어야 하는 사람들이었다.

"집 안에 들어가는 살림도 다 그 사람들이 할 텐데?"

[하지만 양심이 있지, 어떻게 다 받아?]

"그건 받는 게 아니야. 우리는 그 사람들을 따라갈 수 없고 그 사람들이 우리에게 맞추려면 너무 힘들 거야. 그냥 서로 할 수 있는 일을 하는 것뿐이라고 생각해. 남들이 보기엔 우리가 하는 게 적어 보일 수도 있지만 그게 우리의 최선이면 그걸로 족한 거야."

그게 그녀가 한 달간 후안과 살면서 내린 결론이었다.

"티셔츠도 100만 원짜리 입는 사람들이야. 난 5천 원짜리 입는데 말이야. 우리가 따라갈 수도 없고, 그 사람들에게 사는 수준을 낮추라고 할 수도 없어."

[그래서?]

"그냥 세바스가 하자는 대로 해. 집은 네가 마음에 드는 곳을 고르고."

[말은 쉽지. 그게 얼만지 알아? 45억이야.]

"세바스는 뭐래?"

[계약하래.]

"그럼, 계약해."

[다들 미쳤어.]

하민이 전화를 끊었다. 솔직하게 하늘은 후안을 설득하길 포기했다. 그리고 세바스도 고집이 센 건 마찬가지였다.

"정신을 놓는 게 답이야."

아직 한국에선 그들의 관계를 알지 못했다. 다만 세바스와 그녀

의 동생이 결혼한 사실은 알려졌다. 그래서 축하해 주는 사람이
많았다.

"실장님."

"어, 서 대리."

"식사하러 가시죠."

"알았어."

시장실의 비서들이 다 그녀를 챙겼다. 이유는 회장실로 불러 달
라는 것이었다. 모두가 후안에게 지대한 관심이 있었다. 거기에
둘도 없는 친구인 세바스티앙이 한국 여자와 결혼했으니 일말의
희망을 품고 난리들이었다.

"서 대리하고 연정 씨는 잘 지냈어?"

"네."

오랜만에 구내식당에서 밥을 먹으니 맛있었다.

"회장실 비서들은 뽑으셨어요?"

"응, 마음에 드는 직원들은 뽑았지. 면접 보고 결정하려고."

"저희는……."

"마띠아스가 들으면 서운하겠는걸? 그리고 회장실은 브라질어
를 할 줄 알아야 해."

다들 실망하는 표정들이었다. 식사하는 내내 다른 부서의 직원
들도 회장실 비서에 대해 물었다.

"다들 난리네, 그래도 소용없다."

서 대리가 밥을 먹으며 말했다.

"네?"

"우리 회장님 임자 있어."

지난번 촬영장에서의 일 이후로 서 대리는 그들의 관계를 의심했다. 하긴 그날 후안이 스킨십을 너무 해 대는 통에 옆에 있으면 모를 수가 없었다.

"임자 있어요? 누구? 멜리나 그 여자는 이혼했잖아요."

멜리나의 소식은 한국까지 들려오지 않은 모양이었다.

"그런 일이 있어."

"유언비어도 종류가 있는 거예요. 후안 회장님이······."

갑자기 구내식당이 조용해졌다.

"내가 지금 헛것을 보는 게 맞죠?"

연정이 입에 젓가락을 물고는 얼빠진 표정으로 그들에게 다가오는 남자를 보고 있었다.

"이리로 오는 게 맞아요?"

"응, 그런 것 같아."

구내식당에 후안이 들어왔다. 얼빠진 표정이 된 건 하늘도 마찬가지였다. 설마, 이상한 짓을 하려는 건 않겠지? 하지만 그건 어디까지나 하늘의 바람이었다.

「하늘…….」

"읍!"

구내식당 안에 정적이 흘렀다. 모든 게 멈춰 버린 듯이 정지된 화면이었다. 후안이 그녀에게 다가와서 그녀의 입술에 입을 맞추었다. 그것도 며칠 못 본 그리움을 담아서 말이다.

달그락!

연정이 입에 물고 있던 젓가락을 떨어뜨렸다.

"내가 임자 있다고 했지?"

"그 임자가 지금…….”

"맞아, 우리 실장님."

"아…….”

다들 놀란 얼굴이었다. 아니 충격을 받은 얼굴이었다.

「내일 오는 날이잖아요?」

「너무 보고 싶어서 빨리 왔는데, 싫어?」

「아니, 싫지는 않지만……. 지금 이 상황은 좀 당황스러워요.」

그가 주변을 둘러보더니 웃었다. 그리고는 그녀의 손을 잡고는 그대로 나왔다.

"서 대리, 미안한데 이것 좀…….”

"아, 네."

서 대리에게 식판을 부탁한 하늘은 그의 손에 이끌려 밖으로 나왔다.

「식사 안 했어요?」

「다른 게 더 먹고 싶어서 같이 먹으려고.」

그는 회사 앞의 한정식집으로 그녀를 데려갔다. 그리고 룸을 잡아서 식사를 주문했다. 그들이 나란히 앉아 있어도 방해받지 않을 곳이었다.

「여긴 언제 알았어요?」

「비행기 안에서 검색했지.」

「여기서 이러면 안 돼요.」

「알아, 끝까진 안 할 거야. 그리고 너무 그리웠어.」

한 상이 나오고 나서 그는 방 안에 아무도 들이지 말라고 했다.

「저 사람들 우리가 뭘 할지 다 알 걸요?」

그의 입술이 그녀의 목 주위를 맴돌고 그의 손은 그녀의 상의 속으로 들어와 가슴을 만지고 있었다.

「이렇게 하면 일은 어떻게 하려고 그래요?」

후안은 내딥 대신에 그녀의 유두를 빨기 시작했다.

"하아……."

그들이 떨어진 지 며칠 되지도 않았는데 후안은 지금 그녀를 미친 듯이 탐하고 있었다.

그렇게 긴 점심시간이 끝나고 그들은 함께 사무실로 향했다. 후안은 그녀의 손을 잡았고 하늘은 그냥 포기한 상황이었다. 그들이 본사 사옥에 들어서자 마띠아스가 그들을 놀란 눈으로 바라보았다.

「내일 온다고 하지 않았어?」

「세바스티앙이 이틀 동안 쉬지도 못하게 하고 일을 시켰어.」

「아…….」

마띠아스가 상황을 이해한 모양이었다.

「세바스는?」

「집 보러.」

세바스티앙은 지금 엄마, 하민과 함께 있었다.

「집은 성북동으로 정했데요. 마띠아스의 집도 가까워요.」

「잘했어. 그런데 이런 애정 행각은 회사에서는 되도록 삼가해 줘.」

「왜?」

「부러우니까.」

마띠아스가 삐진 듯이 말하고 앞장서서 엘리베이터 쪽으로 갔다.

「마띠의 말이 맞아요. 회사에서 손은 좀…….」

「아니, 회사에서도 하늘은 내 '여보' 야.」

요즘 '여보' 란 한국어를 어디서 배워 와서 자꾸만 그녀에게 '여보' 라고 했다. 하여튼 후안은 너무나 닭살이 돋는 남자였다.

엄마와 하민은 아침부터 발품을 팔아 두 개의 집을 골랐다. 큰 곳은 언니네 집이었고 그보다 조금 작은 곳은 그녀의 집이었다. 부동산에서는 그녀들을 보고는 약간 무시하는 상황이었다.

세바스가 직접 와서 보려고 했지만, 시간이 나지 않아서 그녀가 보기 시작한 것이었다.

"이곳은 50억 짜린데 200평에 지하층까지 있는 아주 고급스러운 곳입니다."

"둘러봐도 되나요?"

"물론입니다. 하지만 예산이 맞으시는지……."

살짝 무시당하는 기분이었다.

"언니는 마음에 드는 거 고르라고 했는데, 너무 비싸니까."

"세바스는 뭐래?"

그녀는 세바스에게 전화를 걸었다. 아무래도 말하고 고르는 게 나을 것 같았다.

Rrrrrr—

「여보세요?」

[응, 밖이야?]

「네, 집을 보러 오긴 했는데 너무 비싸서 부담스러워요. 그리고 부동산 사람이 나랑 엄마랑 무시해요.」

하민이 입이 툭 튀어 나왔다. 부동산 업자는 엄마가 집 안을 보는 사이에 딴짓하고 있었다. 설명 같은 건 하지 않았다.

「기다려.」

「오늘 계약하지 말아요?」

「아니, 기다려.」

그러더니 갑자기 대문이 열리고는 그가 들어왔다. 멍한 얼굴로 있는 하민과는 달리 부동산 업자는 깜짝 놀란 얼굴이었다.

「난 100억쯤 예상한다고 통역해.」

"100억쯤 예상한대요."

그는 열린 문틈으로 보이는 벤츠 리무진을 보고는 얼른 태도를 바꾸었다.

「여긴 작아.」

"여기가 작다는데요? 수영장도 작고 너무 작아서 답답하다고……."

부동산 업자의 표정이 가관이었다.

"그리고 SPA그룹 아세요?"

"그럼요. 이 옷도 거기 브랜드입니다."

"다른 집은 거기 회장님이 살 집이에요."

부동산에서 어찌할 줄을 모르고 있었다.

"왜 진작에 말씀을 안 하신 겁니까?"

"이렇게 비싼 집들을 알아보러 다니면 당연히 잘할 거라고 생각했죠. 이렇게 무시당할 거라고는 상상도 못 했네요."

세바스가 다른 부동산에서 집을 구하겠다고 말하고는 그녀와 엄마를 차에 태웠다. 부동산 업자는 망연자실한 표정으로 그들이 떠나는 모습만 바라보았다.

「일찍 왔네요?」

「하민이 보고 싶어서.」

「엄마가 고맙데요.」

엄마는 세바스의 팬이었다. 물론 후안을 살짝 더 좋아하는 것 같지만 말이다.

「집에서 쉬라고 하고 싶지만, 호텔에서 지낼 거예요?」

「응, 우선은 집을 구할 때까지는 레지던스에서 지낼 거야.」

집은 얻은 모양이었다. 그리고 그들은 다른 부동산을 소개받아 오후에는 집을 구하러 다녔다. 세바스는 피곤한 티를 하나도 내지 않고 엄마의 비위까지 맞춰 주었다. 이러니 하민은 세바스를 좋아할 수밖에 없었다.

저녁에 호텔에 모인 친구들은 제각각 파트너가 있었지만 마띠는 아직 상대가 없었다. 그도 그럴 것이 그는 연애를 즐기지 친구들처럼 결혼을 생각하진 않았기 때문이다. 그리고 다른 친구들에 비해 그는 외모에 자신이 없었다.

특히 한국 남자들처럼 멋쟁이들은 그의 패션 감각에 많은 점수를 주지 않았다. 그래서일까? 특별하게 그를 좋아해 주는 여자는 아직 만나지 못했다. 물론 그도 마음을 빼앗긴 여자는 없었다.

딩동!

마띠의 집에 누군가 손님이 찾아왔다. 손님이 올 리가 없는데 이상했다.

「누가 배달 음식 시켰어?」

「…….」

두 커플은 키스하느라 그가 말하는 걸 듣지도, 신경 쓰지도 않았다.

"누구세요?"

그가 문을 열자 미모의 여인이 그를 보고 있었다. 아담한 키에 단정한 복장인 여자는 검은 뿔테 안경을 쓰고 있었다.

"한국말 하세요?"

"네, 합니다."

"전 윤서현입니다. 후안 데 리스 씨의 범무적인 일을 맡고 있습니다.

그녀가 그에게 명함을 건넸다.

"우린 범무팀이 있습니다만."

"그게 개인적인 일이라서요."

갑자기 하늘이 일이 떠올랐다. 김진수와 고은아를 완전 매장해 버리겠다는 굳은 의지를 보이는 후안이었다.

"아, 이쪽으로……."

"후안 씨는……."

"지금 키스 중이라."

"아……."

키스 중이란 말에 변호사는 그리 놀라는 것 같지 않았다. 마띠는 그녀를 데리고 테라스로 나가 앉을 자리를 마련해 주었다. 겨울이라서 춥다고 생각하면 오해였다. 그의 테라스는 모닥불처럼 보이는 난로가 설치되어 있었다.

"커피 드릴까요?"

"감사합니다. 키스가 길어질까요?"

"빨리 끝내라고 하죠."

"네."

굉장히 웃기는 상황인데 여자는 아주 덤덤했다. 혹시 결혼을 한 기혼자일까? 그래서 이런 상황에 익숙한가? 하는 생각이 들었다. 그는 커피를 한 잔 가지고 그녀에게 갔다.

"무슨 일인지 저에게 말해도 됩니다."

"아니……."

그가 명함을 그녀에게 주었다.

"그리고 전 후안의 둘도 없는 친구입니다."

"……김진수 씨와 고은아 씨의 뒷조사를 의뢰하신 흥신소입니다."

"흥신소?"

그는 자신의 귀를 이심했다.

"이건……."

그에게 사진과 서류를 내민 여자였다.

"전달해 주시면 될 것 같아요."

그가 얼빠진 얼굴로 그녀를 보았다.

"커피 감사했습니다. 굳이 만나지 않아도 됩니다."

그녀는 이렇게 말을 하고는 사라졌다. 저렇게 마른 여자가 흥신소라니 웃기는 일이었다. 마띠는 서류를 후안에게 몰래 건넸다.

다음날 후안은 회장실에서 최종 면접을 본다는 소식을 듣고는 마띠아스도 자리에 함께했다. 서류전형으로 하늘이 최종 후보 다섯 명을 뽑고 그중에 세 명을 뽑기로 했다. 세바스와 하늘이 있기 때문에 세 명 정도면 충분하다는 말이었다.

"오늘은 매혹적인 아가씨들을 많이 보겠군."

"여자는 한 명입니다."

"난 그럼 가면 안 될까?"

마띠아스가 투덜거렸다.

"가시는 게 나을 걸요?"

"왜?"

"딱 사장님 스타일이에요. 아담하고 예쁜 외모에 스펙도 좋고요. 우리나라 최고의 대학을 나왔고 3개 국어는 기본이죠. 우리나라 말까지 4개 국어를 해요."

왠지 흥미가 갔다. 오랜 시간 동안 그와 일을 한 하늘이 이렇게 말할 정도면 그의 스타일이 맞을 것이다.

그때 사람들이 안으로 들어왔고 그의 눈이 여자에게 고정되었다.

"어디서 봤는데……."

"윤서현 씨를요?"

"응."

검은색 정장을 입고 하얀 얼굴에 아름다운 눈…….

"흥신소!"

그의 말에 여자가 고개를 들어 그를 보았다. 그건 나머지 후보들도 마찬가지였다.

"아니, 한국의 흥신소를 한다고……."

그가 말을 끊었다. 그리고 앞에 앉은 여자의 완벽한 이력을 보았다. 이 여자는 왜 흥신소의 일을 한 것일까? 나머지들은 나가고 심층 면접을 보기 시작했다.

"우리 어제 봤죠?"

"네."

"어제의 일은?"

"아버지가 흥신소를 하셔요. 어제는 제가 심부름을 한 거죠. 그동안 제가 통역을 했거든요."

퍼즐이 맞춰지는 상황이었다.

"그래서?"

그는 여자를 한참 동안 보았다. 아름답고 여린 모습이었지만 그녀의 말에는 힘이 있었다.

면접이 계속 진행되는 동안 그의 시선은 서현에게 가 있었다. 면접이 끝나고 최종 발표만이 남았다. 오늘 마띠는 자신이 줄 수 있는 최고점을 서현에게 주었다.

왠지 모르게 서현이 마음에 든 마띠였다.

늦은 저녁 피곤한 몸으로 집으로 돌아가는 길에 하늘은 후안의 품에 안겨 잠이 들었다. 많이 피곤했는지 이상하게 아무런 말도 없이 잠이 들어 버렸다. 그는 그런 하늘을 품에 꼭 안고는 한 손으로는 머리를 쓰다듬었다.

「힘들었나 보군.」

그는 주머니를 만지작거렸다. 한국에 출장을 왔을 때 그는 하늘에게 청혼할 생각이었다. 그래서 반지까지 준비했는데 결혼에 대해 불안해하던 하늘이 그를 거절하자 반지를 주지 못했었다.

그는 주머니에서 반지를 꺼내 잠든 하늘 앞에서 열어 보았다. 반지가 두 개였다. 하나는 다이아몬드였고 하나는 브라질에서 맞춘 터키석 반지였다. 그의 팔찌와 같이 터키석 반지에는 '사랑해'라는 한국어를 새겨 넣었다. 후안의 입술에 미소가 걸렸다.

그런데 세상모르고 잠이 든 하늘은 이상하게 식은땀을 흘리고 있었다. 후안은 뭔가 이상한 느낌이 들어서 반지를 주머니에 넣고는 하늘을 깨웠다.

「하늘아…….」

「……네.」

「왜 그래? 아픈 거야?」

그가 하늘의 이마를 손으로 짚었다. 분명히 열이 느껴지고 있었다.

「당장 병원으로 가.」

그는 기사에게 차를 돌려 병원에 가자고 했다. 그들은 레지던스와 가까운 대형 병원 응급실로 향했다.

「나 괜찮아요……. 감긴가 봐요.」

「아니, 뭔가 다른 것 같아.]

그는 느낌이 아주 이상했다. 응급실에 도착하자 그는 하늘은 안아 들고는 응급실로 향했다. 하늘은 병원에 도착하자마자 의식을 잃었다. 뭔가 큰일이 생긴 것 같아서 그는 하민에게 전화를 걸어 어머니와 함께 병원에 오라고 전했다.

「1시간 전까지는 아무 이상이 없었는데 갑자기 집에 가는 차 안에서 이렇게 됐습니다.」

그의 말에 의사는 하늘을 보더니 별다른 반응이 없었다.

「결혼은 하셨나요?」

「다음 달에 합니다.」

「검사를 봐야 알겠지만, 빈혈인 것 같습니다.」

의사의 말에 후안은 안심이 되었다. 괜히 큰 병인 줄 알고 마음을 졸였는데 다행이었다.

「검사를 좀 많이 해야 하니까 여기 사인해 주세요.」

영어를 잘하는 의사는 그의 물음에 대답을 잘해 주었다.

「빈혈인데 이렇게 많은 검사를 하나요?」

「임신성 빈혈일 수도 있어서요. 임신이라면 임신성 저혈압일 수도 있고. 여러 가지 검사를 해서 치료를 받는 게 아기에게도 좋겠죠?」

「……」

멍하게 있는 그를 보고는 의사가 웃었다. 지금 의사는 분명히 아기라고 했다. 그의 아기가 지금 하늘의 배 속에 있었다. 아니 물론 검사를 해 봐야 하지만 그럴 확률이 있다는 말이었다.

하늘은 검사를 받으러 갔고 그는 응급실 앞에서 하민과 어머니를 기다렸다.

「후안!」

하민의 목소리였다.

「언니는요?」

「검사받으러.」

「무슨 검사요? 심각한 거예요?」

하민은 울 것 같은 표정이었다.

"엄마……"

"무슨 일이야? 하늘이는?"

장인어른과 세바스도 같이 온 상황이었다.

"그게……"

그도 확실한 상황이 아니라서 말을 쉽게 꺼낼 수가 없었다.

"성하늘 씨 보호자분?"

"네."

여기저기서 난리였다. 하지만 아까 그 의사가 아니라서 장인어른이 의사에게 갔다.

"무슨 일입니까?"

"임신이십니다. 잘 안 드셨는지 빈혈이 좀 심하셔서……."

그는 의사가 뭐라고 했는지 하민에게 물었다.

「언니, 임신이래요.」

후안은 너무 기뻐서 심장이 터질 것 같았다.

「임신 3주 차고 너무 초기에 빈혈이라서 조심해야 한다네요.」

그는 소리를 지르며 저도 모르게 방방 뛰었다. 그에게 아기가 생기다니 이건 신의 축복이었다.

후안은 정신을 놓은 사람처럼 병원 복도를 뛰어다니고 있었다. 멜리나의 사건이 있고 병원에서 집으로 온 이후 그들은 매일같이 뜨거운 나날을 보냈다. 그전에는 그가 피임약을 복용하고 있었는데 그때는 전혀 하지 않았다.

아기가 생기면 좋겠다는 생각은 했지만 이렇게 빨리 찾아올 줄은 몰랐다.

「그렇게 좋아?」

세바스가 묻자 그가 고개를 끄덕였다.

「나도 처음으로 네가 부럽다는 생각을 했다.」

하지만 그 말은 하민에게 들리지 않게 작은 소리로 말했다. 후안과는 달리 세바스는 다복한 가정에서 자랐다. 그의 집안은 사촌들과도 아주 친하게 지내는 집안이었다. 아마 후안보다 세바스가 더 자식 욕심이 있을 것이다.

하지만 오늘 세바스를 배려하기 힘들었다. 지금 그는 정말 뛸 듯이 기뻤기 때문이었다.

머리가 깨질 듯이 아팠지만 견딜 만했다. 눈을 떠야 하는데 눈꺼풀이 너무 무거웠다. 겨우 눈을 뜬 하늘은 자신 앞에 있는 얼굴들을 멍하게 보고만 있었다. 가장 먼저 하민과 엄마가 보이고 그 뒤에 남자들이 서서 그녀를 내려다보고 있었다.

"무섭게 왜들 이래?"

"일어난 거야?"

여전히 머리는 아팠지만 정신을 차리지 못할 정도는 아니었다.

"몸살감기인가 봐. 그런데 왜 이렇게 나 모인 거야?"

그녀는 일어나려다가 자신의 팔에 링거가 꽂혀 있는 걸 보고는 다시 누웠다. 감기보다는 조금 더 아픈 것 같았다.

"감기 아니고 빈혈이래."

하민이 평소보다 다정하게 말했다. 그 옆에 엄마도 다정한 표정을 짓고 있었다. 마치 힘내라는 표정이었다.

"나 무슨 경기 나가? 왜 그렇게 응원하는 표정들이야?"

거기에 더 가관인 건 남자들의 표정이었다.

「후안, 왜 이러는 거예요?」

「좀 더 쉬어야 해. 마음 편하게 하고, 어지럽지는 않아?」

후안은 운 것 같은 눈이었다. 그녀의 병이 좀 심하긴 한 것 같았다. 빈혈이 아니라 백혈병 같은, 아주 안 좋은 병에 걸린 게 분명했다.

"하민이 너 솔직하게 말해. 나 무슨 병에 걸린 거야? 심각해?"

"아니라고는 못 해."

"……."

하민의 말에 그녀는 너무나 놀란 상황이었다.

「후안, 언니한테 말해 줘요. 우리는 잠깐 나가 있을 테니까.」

하민과 식구들이 잠시 밖으로 나가고 후안이 그녀의 옆에 앉아 손을 꼭 잡아 주었다. 하늘은 마음의 준비를 했다. 도대체 뭔데 식구들이 우르르 몰려와서 이 난리일까?

「후안, 난 어릴 때부터 건강한 체질이었어요. 그리고 병을 이겨낼 수 있을 정도의 정신력도 가지고 있으니까 말해요. 내가 기절한 동안 무슨 일이 있었는지.」

병원의 시계를 보니 새벽 2시였다.

「하늘, 우리에게 선물이 찾아왔어.」

지금 병이 아니고 선물이라고 했다. 병원에 누워 있으면서 선물이라고 말할 수 있는 건 아무리 눈치가 제로인 하늘이라도 알 수 있었다. 하늘의 눈에 눈물이 차오르기 시작했다.

「설마······.」

「벌써 3주가 됐다고 하네.」

하늘은 아무런 말도 하지 않고 후안을 끌어안았다.

「나도 너무 기뻐. 소리는 아까 다 질렀어. 그리고 지금은 새벽이고.」

그가 얼마나 좋아했는지를 말해 주었다.

「브라질에 전화했고 브라질에서의 결혼식은 뒤로 미루기로 했어. 의사가 비행기 타는 건 권장하지 않는다고 말했거든.」

하늘은 이게 꿈이 아닌가 하는 생각이 들었다. 하지만 지금 그녀의 얼굴을 어루만지고 있는 후안의 손길은 따뜻했다.

「꿈은 아니겠죠?」

「아니야.」

후안이 그녀의 입술에 키스했다. 하늘은 가슴 벅찬 기쁨을 느꼈다.

다음 날, 병원에서 퇴원한 하늘은 레지던스가 아닌 친정에서 며

칠 동안 지내기로 했다. 하늘의 건강을 염려한 한금자 여사님의
뜻이었다.

"엄마, 난 돼지가 아니야."

"왜?"

"이렇게 움직이지도 않고 먹기만 하면 그건 돼지지."

하늘은 삼시세끼를 거의 임금님 수라상처럼 받고 있었다.

"너는 저체중이라서 살이 쪄야 해. 아기가 배 속에서 엄마 영양
분을 얼마나 뺏어 먹는 줄 알아? 엄마가 튼튼해야 아기도 튼튼한
거야."

엄마의 말에 하늘은 두 손 두 발 다 든 상황이었다.

"언니! 이거 먹어 봐."

하민은 디저트 담당이었다. 우리나라 최고의 레지던스에 살다
보니 그곳의 디저트바에서 날이면 날마다 디저트를 사 오는 중이
었다.

"그만 사 와."

"나도 임신하면 이렇게 해 줄 거야?"

"당근이지. 내가 당한 만큼 너에게도 갚아 주마."

"난 이것보다 더 해 줘도 괜찮아."

하민도 임신을 하고 싶은 모양이었다. 하지만 그건 신의 뜻이었
다.

그렇게 매일같이 여자 셋이 모여 먹기에 바빴다. 오늘은 밖이 우중충해서 부침개가 먹고 싶었다.

"엄마, 우리 부침개 해서 먹을까?"

"좋지."

엄마는 말이 떨어지기가 무섭게 부침개를 하기 시작했다. 이렇게 행복한 시간이 언제까지 이어질지는 모르지만, 하늘은 즐길 생각이었다.

"언니, 그거 알아?"

"뭐?"

"세바스가 그러는데, 김진수네 아버지가 회사에서 쫓겨났대. 그런데 그 회사의 실질적인 주인이 누군 줄 알아?"

"누구?"

"후안이라고 그러더라고. 거기 사촌 동생이 우리 학교 후배거든."

"정말?"

"응. 그래서 김진수 부모님이 완전 머리 싸매고 드러누웠는데, 김진수도 프로포폴 때문에 걸렸대. 알지?"

"아니."

"김진수가 프로포폴을 했나 보더라고, 완전 인생 막가는 거지."

김진수는 그러고도 남을 인간이었다. 마마보이로 자라고 어려움이란 걸 모르는 인간인데 지금의 상황을 받아들이기 힘들 것이다.

고은아의 소식은 들었다. 디자인 계통은 직업을 구할 수가 없어서 이력서만 잔뜩 내고는 손가락만 빨고 있다는 소리를 듣긴 했다.

그녀에게 고통을 준 만큼 당하는 것이었다.

"먹자."

"우리 한금자 여사는 손도 빨라."

하민이 이렇게 말하며 젓가락으로 부침개를 가르기 시작했다. 하늘은 엄마와 하민과 즐거운 시간을 보내면서도 후안이 보고 싶었다.

쓰러진 지 일주일이 지나고 하늘은 레지던스로 돌아왔다. 의사가 괜찮다고 했기 때문이었다. 친정에 있는 동안 그녀는 3킬로그램이나 몸무게가 늘었다. 이게 다 한금자 여사님 덕분이었다.

레지던스에 도착한 하늘은 너무 피곤한 나머지 잠이 들었다. 왜 이렇게 잠이 쏟아지는 건지. 그녀는 요즘 머리만 대면 그대로 숙면이었다.

"으으음……"

야릇한 꿈을 꾸는 걸까? 아니면 후안이 온 걸까? 그녀는 아주 깊은 딥키스를 하고 있었다.

「언제 왔어?」

「……오전에요.」

「괜찮아?」

그의 입술이 그녀의 목을 타고 내려 왔다.

「괜찮아요.」

하늘이 눈을 뜨자 그녀는 소파가 아닌 침실에 누워 있었다. 시계를 보니 그가 온 지도 한참이 지난 상황이었다.

「깨우지 그랬어요?」

「너무 달게 자서 깨울 수가 없었어.」

그녀가 피식 웃었다. 후안은 요즘 그녀의 눈치를 보는 것 같았다.

「밥은요?」

「먹어야지.」

그녀는 하품을 하면서 침대에서 일어났다.

「엄마가 반찬이랑 먹을 거 싸 줬어요.」

일어나려고 하는데 후안이 그녀를 안아 들었다.

「이렇게 하면 버릇 나빠져요.」

그녀는 키득거리며 웃었다. 그리고 그의 턱에 입을 맞추었다.

「세계에서 가장 섹시한 남자가 신랑이라니 난 행운아예요.」

후안이 그녀를 뜨거운 눈빛으로 보았다. 이런 후안의 시선이 하늘은 좋았다.

"어?"

후안이 거실에 그녀를 내려 주었다.

「후안…….」

「한국에선 이렇게 한다고 하길래.」

이벤트 업체의 솜씨이기는 했지만 그녀가 잘 동안 그가 준비한 건 프러포즈였다. 거실 전체가 장미로 도배되어 있었고 중간에 현수막에 '결혼해 줄래?'라는 문구가 쓰여 있었다. 돈이 많이 들어간 작업임에 분명했다. 천장에는 풍선들로 가득했다.

「고마워요.」

그녀는 이렇게 말을 하고는 그의 품에 안겼다.

「당연히 결혼할 거예요.」

하늘은 저도 모르게 눈물을 흘렸다. 결국 이렇게 돌고 돌아서 사랑을 찾은 것이었다.

「사랑해요.」

후안이 그녀의 입술에 살짝 키스하더니 한 발짝 뒤로 물러섰다. 그리고는 한쪽 무릎을 세우고 앉아서 동화 속 왕자님처럼 그녀에게 반지를 내밀었다.

"나와 결혼해 줄래?"

그가 한국말로 프러포즈했다. 하늘의 얼굴에 미소가 떠올랐다.

"네."

그녀도 한국말로 답했다. 그리고 그에게 안겼다.

「이렇게 행복해도 되는 걸까요?」

「그럼, 당연하지.」

그녀의 손에 그가 다이아몬드 반지를 끼워 주었다. 엄지손톱만 한 다이아 반지는 너무 아름다웠다.

「예뻐요.」

그리고 반지 케이스 안에는 또 하나의 반지가 들어 있었다. 그건 그녀가 선물한 터키석 팔찌와 같은 터키석 반지였다. 그리고 반지 밴드에 '사랑해'라는 문구가 쓰여 있었다. 하늘은 그의 목에 팔을 둘렀다.

그리고 한참 동안이나 행복의 눈물을 흘렸다. 하지만 후안은 그녀에게 살짝 키스를 할 뿐 더 이상의 행동은 하지 않았다. 장난기가 발동한 하늘은 그의 입술에 진한 키스를 했다.

그래도 후안은 키스만 할 뿐 그녀의 몸에 손을 대지 않았다. 하늘은 키스하며 그의 와이셔츠 안으로 손을 넣었다.

「하늘…….」

그가 그녀의 손을 잡아 아래로 내렸다. 키스는 했지만 더 이상은 안 할 생각인 것 같았다. 아마도 임신 때문에 걱정이 되는 모양이었다. 그가 손을 놓자 이번엔 그의 페니스를 손으로 잡았다.

「하늘, 제발……」

급기야, 그녀의 손을 잡은 후안이 사정했다. 하지만 여기서 멈출 하늘이 아니었다. 이번엔 하늘이 그의 앞에 무릎을 꿇고는 그의 버클을 빠르게 풀었다.

「하늘, 난……」

그가 말을 잇지 못하고 있었다. 아마도 그녀를 위해 참는 것 같았다. 하지만 이번엔 하늘이 빨랐다. 그의 바지를 내림과 동시에 그의 페니스를 입안에 넣었다.

「윽!」

그가 하늘의 머리를 잡았다. 쾌감으로 그의 입에선 계속해서 신음이 터져 나왔다. 하늘은 그의 페니스를 사탕처럼 빨기 시작했다. 하늘이 후안에게 이렇게 해 준 적은 거의 없었다. 후안이 그녀의 여성을 빨아 주기 바빴기 때문이었다.

후안의 섹스는 오로지 그녀를 위한 것이었다. 그래서 이번엔 그녀가 후안을 위한 섹스를 하기로 마음먹었다. 그녀는 그의 페니스를 뜨거운 혀로 핥으려 그를 올려보았다. 그의 얼굴은 붉었고 쾌감에 들떠 있었다.

더는 버티기 힘이 들었는지 그가 하늘을 일으켜 세웠다.

「실수할 뻔했어.」

그는 이렇게 말하며 하늘을 일으켜 세웠다.

「당분간은 하늘과 아기를 위해서…….」

그가 이를 악물고 말하는 게 느껴졌다.

「참지 말아요. 의사 선생님이 괜찮다고 했어요.」

「정말이야?」

그녀가 고개를 끄덕이자 그가 하늘을 안아 들었다.

「미친 게 분명해. 하늘이 날 이렇게 만든 거야. 난 절대로 섹스에 미친놈이 아니었다고.」

후안이 억울하다는 듯이 계속해서 말을 쏟아 냈다.

「여자들이 아무리 원해도 난 이렇게까지 한 적은 없어. 이상하게 하늘만 보면 미친놈이 되는 것 같아. 곁에만 있어도 아래로 피가 몰려…….」

침대로 향하면서 그는 계속해서 떠들었다.

「난 원래 이런 놈이 아닌데…….」

「알아요.」

「사랑해.」

그는 사랑한다는 말도 빠르게 하고는 그녀를 침대에 눕혔다. 그리고 자신의 바지를 빠르게 벗고 그녀의 옷도 한꺼번에 벗겨 버렸다. 그만큼 후안은 지금 급했다.

그는 침대에 오르자마자 애무는 건너뛰고 그녀의 다리를 벌렸다.

「용서해 줘. 너무 참았어.」

「알아요.」

그녀는 이렇게 말하며 피식 웃었다. 후안의 표정이 너무 웃겼지만 겨우 참은 하늘이었다. 지금 후안의 머릿속엔 섹스밖에 없어 보였다. 하지만 그 모습이 싫지 않았다. 그는 분명히 그녀를 원하고 있기 때문이었다.

"악!"

역시나 오늘도 그의 페니스는 컸다. 그는 정신없이 허리를 움직이더니 그녀의 안에 자신의 분신을 쏟아 내고는 그녀의 위에 쓰러졌다.

「헉헉헉, 최고의 섹스였어. 아니 하늘이와 하는 섹스는 매번 최고야.」

그는 정말로 그렇게 생각하는 것 같았다.

쪽!

그가 하늘의 입술에 소리 나게 뽀뽀를 했다.

"사랑해."

"저도 사랑해요. 그런데 한국말 발음이 아주 좋아요."

「안 그래도 마띠에게 몇 마디 배웠어.」

「뭐요?」

"사랑해, 안녕하세요? 반갑습니다. 장인어른, 장모님."

「많이 배웠네요.」

아주 많이 노력한 것 같았다.

"나랑 결혼해 줄래?"

그건 프러포즈용인 것 같았다.

"자자, 난 널 원해……."

「못 말려요.」

마띠에게 한마디 해야 할 것 같았다.

"사랑해."

"저도 사랑해요."

그들의 입술이 뜨겁게 부딪쳤다. 이렇게 사랑하는 사람을 만나다니 그녀는 전생에 세계를 구한 슈퍼 영웅인 게 분명했다. 그들은 또 한 차례의 뜨거운 섹스를 한 후에 침대에 널브러졌다.

후안은 또 한 번의 섹스를 원했지만 이를 악물고 참고 있었고 하늘은 그의 품 안에서 잠을 청했다. 하늘은 잠이 들기 전에 자신의 배를 살짝 쓰다듬었다.

자신에게 찾아온 소중한 선물이 그녀 안에 있었다. 그녀는 아기의 태명을 '선물이'로 할 생각이었다.

"선물아, 사랑한다. 그리고 아빠, 엄마에게 찾아와 줘서 고마워."

그녀는 이렇게 말하며 행복한 꿈나라로 빠져들었다.

에필로그

하늘의 임신 소식으로 마지막 면접자들이 다 채용되었다. 세바
스티앙이 그들을 가르쳤고 일부는 사장실에서 실습하기로 했다.
다 초보들이어서 가르칠 게 많았다. 마띠는 회장실의 비서 중에서
제일 나이가 어린 장해준과 유일하게 여자인 윤서현과 가르치게
되었다.

나머지 세 명은 세바스티앙의 몫이었다.

"잘 부탁합니다. 성 실장이 있었으면 더 잘 가르쳐 주었겠지만,
지금은 좋은 일로 못 나오는 거니까. 성 실장이 나올 동안 잘 배우
도록 해요."

"네, 알겠습니다."

서현은 차분한 인상이었다. 그 이상도 이하도 아니었다. 홍신소를 하시는 아버지가 있다는 건 전혀 모를 정도였다. 첫인상이 너무 강한 탓이었을까? 이상하게 자꾸만 시선이 갔다.

"서 대리가 도와줄 겁니다. 일들 보세요."

그는 일단 그들을 내보내고 일을 하기 시작했다. 마띠는 요즘 결혼 생각이 간절했다. 그래서 친구들 모르게 결혼 정보 회사에 자신의 이름을 올렸다. 덕분에 주말엔 많은 여자들과 만나고 있었다.

이게 다 후안과 세바스 때문이었다. 너무 예쁘게 살아서일까? 그는 너무 부러웠다.

점심시간에 그는 정치인과 점심을 먹고 회사로 돌아왔다. 그러다가 엘리베이터에서 서현과 마주쳤다.

"식사는 했어요?"

"네."

"맛있었어요?"

"네."

"뭐 먹었는데요?"

"네, 아니 죄송해요. 지금 뭘 듣고 있어서……."

"뭘 듣는데요?"

"녹취한 거요. 점심시간이라서 들은 거예요. 집에 가서 녹취록을 만들어야 하거든요."

그가 그녀의 존재를 아니까 거짓말을 하지 않는 것 같았다.

"아버지 일이에요? 아니면 본인 일?"

그녀가 그를 보며 웃었다.

"아르바이트죠."

그렇게 웃으니 덧니가 보였다. 왜 이렇게 귀여운 것일까? 마띠는 자신이 미친 게 맞다는 생각이 들었다.

그들은 사무실에 도착했다.

"커피 드릴까요?"

"좋죠."

그는 이상하게 서현에게 말을 놓을 수가 없었다. 그녀는 뭔가 비밀스러운 부분도 있고 귀여운 부분도 있었다.

"여기요."

"저기, 아무한테나 그렇게 웃지 말아요."

"네?"

"그냥……. 아니에요. 일 봐요."

그는 저도 모르게 툭하고 속마음을 말하고 말았다.

"미친놈."

그는 이렇게 말을 하고는 일에 열중했다. 그렇게 아무 생각 없이 일을 하다가 보니 퇴근시간이었다. 오늘은 저녁 약속이 없었다. 혼자 밥도 먹기 싫어서 오늘은 비서실 직원들과 함께 저녁을 먹기로 했다.

그들은 근처의 한우집으로 향했다. 서 대리의 팔짱을 끼고 가는 서현은 영락없는 막내였다. 그에게는 무뚝뚝한데 여자들에겐 살가운 것 같았다.

마띠의 시선이 자꾸만 서현에게 향했다. 그들은 삼겹살을 먹고 노래방도 갔다. 다들 잘 노는 스타일이라서 마띠도 즐거웠다. 그는 끝까지 함께하는 눈치 없는 상사가 아니었다. 그는 몰래 빠져나와 대리 기사를 불렀다.

대리 기사가 빨리 와서 그는 자신의 차를 타고 주차장에서 빠져나오는 중이었다. 그때 마침 서현이 택시를 잡고 있는 모습이 보였다.

"서현 씨, 타요."

"아니 그게……."

"왜요?"

"급하게 갈 곳이 있어서……."

"타세요, 데려다줄게."

"감사합니다. 성북동이요."

그의 집이 성북동이었다.

"어디로 가는데?"

"세바스티앙 씨 댁에요."

그 집에는 왜 가는 것일까? 세바스는 직원을 집으로 부르지 않는다.

"왜 거기에 가는 건가요?"

"녹취록 때문에요."

"녹취록?"

마띠가 후안이나 세바스와 둘도 없는 친구란 걸 아는 서현이었다.

"아까 그 녹취록?"

"맞아요."

도대체 녹취록이 뭔데 이 난리인지…….

"내용이 뭡니까?"

"김진수가 고은아와 통화한 내용입니다. 고은아에게 돈을 줄테니 성 비서님을 공격하라고……."

심각한 상황이었다.

"그래서 듣다가 이건 녹취록을 만드는 것보다 내용을 아셔야 할 것 같아서요. 후안 회장님은 이 말을 들으시면 냉정한 판단을 못 하실 것 같아서 세바스티앙 비서님께 가는 거예요."

"이 내용은 아무도 몰라?"

"이거 고은아 씨 가방에 설치한 도청기로 녹취한 거라서 조금 복잡해요. 어쨌든 이 내용은 도청하신 분하고 저밖에 몰라요."

"미치겠군. 이것들은 아직도 정신을 못 차린 거야?"

"그러게요. 아무튼 김진수 씨는 지금 프로포폴 때문에 구치소에 있어서, 이건 고은아 씨 잡아들이는 데 쓰일 거예요."

마띠는 서현을 멍하게 보았다.

"경찰을 하지 그랬어?"

"아빠가 위험하다고 못 하게 했어요."

경찰이 참 잘 어울릴 것 같았다.

"이렇게 일을 여러 개 하면 힘들지 않아?"

"지금은 아빠가 혼자 하시기 힘들어서요."

그녀는 마음도 고왔다. 세바스티앙 집에 들러 내용을 얘기한 후에 마띠는 그녀를 데리고 자신의 집으로 왔다.

"이 집은 참 멋진 것 같아요."

"지난번에 와 봤지?"

"네, 그전에도……."

그녀의 아는 지인이 이곳에 사는 건가 하는 생각이 들었다.

"아는 사람이 있나 보지?"

"엄마가 돌아가시고 경찰이셨던 아빠가 흥신소를 처음 차리셨어요. 제가 대학에 합격하고 집에서 놀던 때 아빠가 도와달라고 해서 가끔 도와드려요."

"그런데?"

"처음 의뢰했던 여자분이 자신의 남자 친구가 바람이 났다는 거예요."

"흥미롭군."

"그래서 아빠를 따라 왔다가 그 남자를 보게 됐고 제가 한눈에 반했죠."

이건 또 뭔가 흥미진진한 이야기였다.

"그래서?"

"굉장히 단단한 사람 같아 보였어요. 옷도 너무 멋지게 입고."

그녀의 마음을 사로잡은 사람이 누구인지 궁금했다.

"그렇게 일을 할 때마다 마음에 드는 남자가 나타나면 곤란하지."

"아니, 그 후로 지금까지 없어요."

"누군지 몰라도 자신이 행운아인지 모르는 사람이군."

그녀가 피식 웃었다

"그런 웃음은 짓지 말라고 했을 텐데?"

"오해할 말씀은 하시는 게 아니에요."

그녀가 핵심을 찔렀다.

"사장님께서는 수많은 여자를 그런 식으로 유혹하셨는지 모르지만, 전 거기서 빼 주세요."

서현은 아주 당당하게 말했다.

"왜? 내가 싫어서?"

"아뇨, 그건 아닌데……."

서현이 아무런 말을 하지 않았다. 그녀는 뭔가 생각이 많아 보였다. 왜 이런 느낌이 드는 걸까? 그는 키스하고 싶으면 키스했고 손을 잡고 싶으면 잡는 스타일인데, 이상하게 서현에게는 그게 되지 않았다.

그가 커피를 내려놓고 와인을 잔에 부었다. 그리고 한 번에 마셨다.

"아직도 그 남자를 그리워하나?"

"뭐……. 곁에 있으니까 지금은 그리워하진 않지만, 원하죠."

서현은 아무렇지 않게 그의 마음을 후벼 팠다.

"그 사람을 만나는군."

"아뇨, 곁에는 있지만 제가 그 사람을 오래 좋아한 줄은 모르겠죠."

마떠는 씁쓸한 마음에 다시 와인을 원샷했다.

"누군지 좋겠군."

그는 와인을 한 잔 더 마셨다.

"저도 한 잔 주시겠어요?"

그는 그녀에게도 와인을 한 잔 주었다.

"남자들은 참 바보 같아요."

"……."

"하긴 후안 회장님이나 세바스티앙 비서님은 아니지만."

세바스와 후안은 여자를 잘 만나긴 했다.

"그럼, 난 바보야?"

갑자기 울컥하는 마음이 들었다.

"바보……. 맞는 것 같아요."

와인을 다 마신 서현이 그의 앞에 섰다.

"사장님, 저한테 관심 있으시죠?"

"……."

그는 정곡을 찔려 할 말이 없었다.

"김하나 씨 기억하세요?"

"……."

기억이 가물가물했다.

"저도 이런 존재가 될까 봐 기다리는 중이에요. 와인, 잘 마셨습니다."

쪽!

서현이 갑자기 그의 입술에 자신의 입술을 살짝 맞추었다. 정신이 몽롱해진 마띠는 그녀가 현관까지 갈 동안 멍하게 자리를 지켰다.

"잠깐!"

그는 서현을 세웠다.

"김하나? 그 여자가 누구지?"

"모르면 됐습니다."

그녀는 사라졌고 마띠는 숙제 하나를 얻은 기분이었다.

다음 날, 모든 일상이 평온했다. 마치 폭풍 전야처럼 큰일이 일어나기 전의 고요함 같은 것이었다.

"뭐지?"

마띠아스는 책상에 앉아 멍하게 생각했다.

"김하나……."

어젯밤부터 생각했는데 도저히 기억이 나지 않았다. 하긴 한국에서 만난 여자들이 너무 많으니 기억이 나지 않을 수밖에 없었다.

"누구냐고."

그러던 그는 처음 한국에 와서 그와 만났던 여자의 얼굴을 떠올렸다. 그리고는 그 여자의 이름을 기억하려고 애를 썼다. 하지만 떠오르지 않았다. 그렇게 그는 온종일 기억도 나지 않는 김하나에 대해 생각했다.

그리고 퇴근 시간에 약이 바짝 오른 그가 서현을 불렀다.

"윤서현 씨, 오늘 약속 있나?"

"아니요."

"그럼, 저녁이나 하지."

"그건 좀……."

"명령이야."

서현이 나가고 그는 발을 동동 굴렀다. 그의 인생에서 직원에게 명령한 적은 단 한 번도 없었다. 이런 짓을 정말 싫어하는 그인데 오늘은 이상했다. 아니 윤서현을 본 이후에 이상해져 버렸다.

퇴근 후에 그들은 그의 집으로 향했다. 근처에 저녁을 먹을 수 있는 곳이 많았지만, 기억에도 없는 김하나에 관해 물어보려면 집이 편할 것 같았기 때문이었다.

"여기서 저녁을 먹나요?"

"맞아."

"직접 해 주시게요?"

"스테이크야. 굽기만 하면 돼."

"왜 갑자기 반말하세요?"

"……."

왜 갑자기 이렇게 됐는지 모를 일이었다. 그가 앞치마를 두르는 데 잘 안 되었다. 괜히 손이 떨려서 끈을 묶지 못했다.

"오늘 왜 이러세요?"

서현이 다가와서 그의 끈을 묶어 주었다. 그가 갑자기 몸을 돌려 서현의 양팔을 잡았다.

"김하나가 누구지?"

"한국에서 처음 사귄 여자도 기억 못 하세요? 그 여자가 화나서 뒷조사시킬 만했네요."

"그럼……."

서현이 그의 팔을 풀었다.

"이제야 아셨어요? 난 후안 회장님이 일을 시킬 때부터 아빠에게 부탁했어요. 이 일에 꼭 끼워 달라고."

"그럼 날 계속 감시한 거야?"

"제가 그렇게 한가한 사람이 아니라서요. 대신에 우리 회사에 들어오기 위해 공부를 열심히 했죠."

서현이 웃었다.

"저 밥 안 주실 거예요?"

"아니."

그는 스테이크를 구워 서현에게 주었다. 그리고 생각해 보니 하나의 얼굴이 떠올랐다. 이제는 거의 기억도 없지만.

서현은 작은 체구인데도 음식을 잘 먹었다.

"이제 집에 갈게요. 잘 먹었습니다."

"……."

"아 참, 난 열심히 노력해서 당신하고 결혼할 거예요."

"……."

그녀의 당찬 모습에 마띠는 눈을 뗄 수가 없었다.

"기다려요."

마띠가 서현의 팔을 잡았다. 그리고 그녀의 입술에 부드러운 키스를 했다.

"내가 어떻게 하면 되는 거지?"

"기다려요. 내가 멋진 여자가 될 때까지."

"못 기다리겠어."

그가 서현의 얼굴을 감싸고 진한 키스를 했다. 그들의 혀가 뜨겁게 얽혀 들었다.

"가야 해요."

마치 신데렐라처럼 그녀는 그의 품에서 벗어났다.

"제가 말했죠? 멋진 여자가 된 후에 당신과 결혼하겠다고. 그때까지 참아요."

그녀는 이 말을 남기고 그의 집을 나가 버렸다.

"못 기다리겠어……."

그는 환상적인 키스의 여운에서 못 헤어 나오고 있었다.

5월의 따사로운 햇살 아래 후안과 하늘이 결혼식을 올렸다. 안토니오 데리스가 태어나고 브라질에 와서 올리는 결혼식이었다. 안토니오가 태어나고 바쁜 일정 때문에 그들은 결혼한 지 2년 만에 결혼식을 올렸다.

후안이 항상 미안해했지만, 하늘은 행복한 나날을 보내느라 결혼식에 관한 생각은 없었다.

"언니."

만삭이 된 하민은 자신이 임신했다는 것도 잊은 채 거의 뛰어다니고 있었다.

"너, 임산부야."

"알아. 아는데, 누가 왔는지 좀 보라고."

"누구?"

브라질 대통령 부부였다. 그들은 후안의 위치를 말해 주고 있었다. 유명한 연예인들도 초대되었다. 축가는 세계적인 팝가수가 불러 줄 예정이었다.

"하여튼……. 후안은 최고가 아니면 안 돼."

"언니, 오늘 후안 봤어?"

"아니, 서로 바빠서 아침에 일어나자마자 헤어졌어."

결혼식 준비로 정신이 없었다. 결혼식은 브라질의 집에서 올렸다. 집 안의 정원이 너무 넓어서 많은 사람을 초대할 수 있었다.

"실장님……."

서현이 뭔가를 손에 들고 왔다.

"아침도 못 드셨죠? 칼로리가 높은 거예요."

초콜릿이었다.

"이거 드셔야 버티실 수 있어요. 여긴 날씨도 너무 더워요."

하늘은 서현을 보면서 미소 지었다. 말이 갈수록 마띠를 닮아가는 것 같았다.

"마띠는?"

"후안 회장님 옆에 있어요. 오늘 회장님께서 이것저것 준비하실 게 많아서 세바스 비서님도 함께 계세요."

"고마워."

그녀는 초콜릿을 입안에 넣었다. 단 게 전신에 퍼지는 것이 긴장했던 마음이 조금은 나아진 것 같았다.

"마띠가 잘해 줘?"

"네, 제가 그동안 오래 기다렸다고 더 잘해 주세요. 가끔 심통을 내서 그렇지 괜찮아요."

"무슨 심통?"

"제가 다른 남자하고 인사만 해도 말을 안 해요."

"여기 남자들 다 그래, 소유욕이 강한 사람들이라서."

세 남자가 어쩜 그리 똑같은지. 하늘은 웃음이 나왔다. 이렇게 멋진 남자들이 불안해하는 게 웃겼다.

"예식 시작해."

하민의 목소리가 들렸다.

"제 손 잡으세요."

서현이 그녀를 의자에서 일으켜 주고 드레스도 정리해 주었다.

"고마워."

"오늘 너무 예쁘세요. 완전 고급지시고……."

서현이 감탄했다. 서현이 드레스를 잡아 주어 이동하는 데는 편했다. 그녀는 식장에서 기다리고 있는 후안의 모습을 보았다. 세상에서 가장 멋진 신랑이 그녀 앞에 있었다.

후안이 빠르게 다가와 그녀의 손을 잡았다. 그리고는 귓가에 대고 속삭였다.

"지금 먹고 싶어."

"후안……."

그는 뜨거운 눈길로 그녀를 보았다. 그들은 버진 로드를 걸어 주례의 앞으로 다가갔다. 예식이 끝이 날 때까지 그녀는 아무런 생각도 할 수 없었다. 왜 이렇게 떨리는지 정신을 차릴 수가 없었다.

마띠는 서현의 옆에 서서 그녀의 손을 꼭 잡았다. 이렇게 아름다운 여인이 자신의 여자라는 게 좋았다. 물론 손을 잡고 키스를 한 게 전부였지만 말이다.

"예쁘죠?"

"난 서현이가 더 예뻐."

"풋!"

"왜? 예쁘다는데……."

"난 예쁘지 않아요."

그녀는 자신의 외모에 자신이 없는 것 같았다. 그의 눈에는 세상에서 가장 예쁜 여자인데 말이다.

예식이 끝이 나고 피로연이 시작되었다. 서현은 오늘도 답답하게 정장을 입으려고 했다. 그래서 그가 처음으로 드레스를 사 주었다.

서현은 그가 사 주는 걸 좋아하지 않았다. 하지만 피로연 자리에서까지 답답해 보일 필요는 없었다. 하늘색 미니 드레스는 그녀의 아름다운 다리를 잘 살려 줄 것 같았다.

"어때요?"

그녀가 옷을 갈아입고 나와서 그의 등을 톡톡 두드렸다.

"……."

마띠는 서현이 아름답다고 생각했지만, 오늘이 최고로 아름다웠다. 하늘색이 서현의 하얀 피부와 너무나 잘 어울렸다.

"어때요? 이상해요?"

그의 반응에 서현이 실망한 것 같았다. 그의 시선이 서현의 풍만한 가슴으로 향했다. 이렇게 글래머였다니 정말 놀라웠다.

"사장님?"

그녀는 고개를 갸웃거리자 마치 인형을 보는 듯했다. 그는 서현을 손을 잡고는 집 안의 아무 방이나 들어가 문을 잠갔다.

"마띠…… 읍!"

오늘은 도저히 참을 수가 없었다. 서현의 아버지에게 서현을 끝까지 지켜 준다고 했지만, 오늘은 아니었다. 1년을 넘게 참았는데 이제는 어려웠다.

"으으읍!"

그가 서현의 가는 허리를 안고 깊은 키스를 했다. 그리고 한 손을 올려 그녀의 풍만한 가슴을 처음으로 만졌다.

"미칠 것 같아."

그의 페니스로 온몸의 피가 다 몰려들었다.

"사람들이……."

"문 잠갔어."

"그래도……."

"오늘은 아무도 신경 안 써."

그는 이렇게 말하며 그녀의 팬티 안으로 손을 집어넣었다. 그녀의 귓불을 빨아들이며 그는 조용히 속삭였다.

"나 오늘 너 가질 거야."

"……."

그녀는 거부하지 않았고 마띠는 드디어 서현을 가졌다.

피로연의 음악이 그들을 위해 흐르고 있었다. 후안의 손이 그녀의 엉덩이를 감쌌고 그의 입술이 그녀의 정수리에 가 있었다.

"사랑해."

"사랑해요."

「우리 안토니오는 잘 자던데요?」

「유모가 워낙 잘하시는 분이니까.」

그들은 50대의 브라질 유모에 아주 만족하고 있었다. 덕분에 아이는 브라질어부터 배울 것만 같았다. 하늘은 비서 일을 하고 있었다. 그녀가 원하는 일이니 후안도 말리지 않았다. 그녀가 집에 들어갈 때까지 유모는 안토니오를 잘 봐 주었다.

사실, 결혼하고 그녀보다 후안이 더 바빴다. 퇴근 시간을 맞추려고 그는 거의 초인적인 스피드로 일을 했고 그녀와 항상 같은 시간에 퇴근했다. 집에 와선 안토니오를 잘 봐 주었다.

「당신은 완벽한 사람이에요.」

「고마워, 그런데 다들 어디 간 거야?」

「집 안 어딘가에 있지 않을까요? 서로를 바라보는 눈빛이 열렬하던데.」

「우리는?」

하지만 손님들이 너무 많아서 그들은 자신들의 시간을 가질 수가 없었다.

피로연이 끝이 나고 후안은 그녀를 어깨에 메고는 안으로 들어갔다.

"후안……."

그는 자신들의 침실로 향했다.

「마띠는 게스트 룸에, 세바스는 서재에 있어.」

후안의 말에 하늘은 웃음이 터졌다.

「다들 자기 여자들에 빠져 있지. 아주 멍청이들이야.」

「왜요?」

「많은 여자가 있는데 한 여자에게 푹 빠져서 몇 년째 정신들을 못 차리니까.」

「당신은요?」

「내가 제일 멍청할걸?」

그의 말에 하늘이 웃었다. 그리고 그는 문을 부술 듯이 열고 들어가서 그녀를 침대 위에 내려놓았다.

「너무 오래 참았어.」

「어제 했잖아요.」

그가 옷을 빠르게 벗고 있었다. 드레스 셔츠를 벗고 턱시도까지 완벽하게 벗어 버렸다. 그는 신이 주신 완벽한 몸매의 남자였다. 그가 빠르게 그녀를 덮쳤다. 그리고 하늘을 자신의 배 위에 앉혔다.

하늘은 드레스를 입었고 그는 지금 아무것도 입고 있지 않았다. 그녀가 옷을 벗으려고 하지 그가 그녀의 손을 잡았다. 벗지 말라는 의미였다. 사실 그녀가 입은 드레스는 웨딩드레스와는 다른 디자인의 흰색 베라왕 드레스였다.

가슴을 거의 다 드러내는 깊은 V라인의 드레스는 입고 있다기보다는 야하게 몸을 드러냈다는 게 맞았다. 거기에 지금 하늘은 속옷을 전혀 입고 있지 않았다. 물론 아직 그는 모르고 있지만 말이다.

「드레스가 너무 야하죠?」

「맞아, 너무 하고 싶었어.」

그의 손이 그녀의 드레스 안으로 들어와 그녀의 허벅지를 타고 점점 위로 올라갔다. 그리고 그는 마침내 그녀가 아무것도 입지 않았다는 걸 깨달았다.

「하늘…….」

「난 당신이 춤을 추다가도 만지고 밖에서 날 뜨겁게 키스하면서 만질 줄 알았어요.」

「서운한 거야?」

「조금.」

그가 피식 웃었다. 그리고는 몸을 일으켜 그녀와 마주 보고 앉았다.

「예뻐.」

그가 손을 그녀의 머리로 가져가 핀을 뽑아 냈다. 그러자 그녀의 머리가 베일처럼 내려왔다. 하늘은 그런 그의 가슴을 밀었다. 그리고는 이미 젖은 그녀의 질 안으로 그의 페니스를 밀어 넣었다.

규칙적인 리듬에 맞춰 허리를 움직이자 그가 신음했다. 부드러운 베일처럼 그녀의 머리가 리듬에 맞춰서 흔들렸다. 그의 손이 드레스의 파인 부분으로 들어와 그녀의 가슴을 만졌다.

"흡!"

그가 주는 짜릿함에 하늘은 거침 호흡을 삼켰다. 그녀는 앞뒤로 허리를 움직이며 섹스를 주도했다. 그녀의 여성이 움찔거렸다.

"아흐……."

그녀가 움직이지만, 그도 같이 허리를 움직였다. 그들은 섹스의 완벽한 파트너였다. 그녀의 클리토리스가 경련을 일으키며 그녀를 자극했다.

"헉헉헉······."

거칠어진 숨소리가 방 안을 가득 울리고 있었다. 그의 얼굴이 욕망으로 인해 찡그려지고 그의 입에선 동물의 으르렁거리는 소리가 났다. 그가 드레스의 끈을 어깨 아래로 내리자 드레스가 허리에 걸쳐지며 가슴을 드러냈다.

그녀의 가슴이 움직임에 의해 출렁거리는 것이 눈에 보이자 하늘은 부끄러움에 얼굴을 붉혔다.

「그렇게 수많은 섹스를 했는데, 아직도 부끄러워?」

그가 물었지만 대답할 수 없었다. 그는 그런 하늘이 사랑스럽다는 듯이 웃었다. 그리고는 하늘을 자신의 아래로 내렸다.

「왜요?」

그가 그녀의 몸짓에 만족하지 못했나 하는 생각이 들었다. 하지만 잠시 후에 그녀의 생각이 틀렸다는 걸 알게 되었다. 그는 참지 못하고 있었다.

「하늘아, 미칠 것 같아.」

그가 그녀의 다리를 벌리고는 그녀의 여성을 삼켰다.

"하아······."

그녀의 입에서 거친 신음이 터져 나왔다. 아랫부분이 찌릿했다. 그가 혀로 여성 전체를 핥았고 그녀는 몸을 활처럼 휘었다. 그는 자리를 잡아 그녀의 여성에 페니스를 끼워 넣었다.

그들의 입에서 동시에 탄성이 터져 나왔다. 그들은 하나였고 너무나 뜨거웠다.

"사랑해요…… 윽!"

"사랑해."

그들은 하나가 되어 침대 위에 엉켜 있었다.

「우리 둘째 가질까요?」

「아니.」

「왜요?」

「하늘이 아픈 게 싫어.」

그는 안토니오를 낳을 때 너무 놀랐었다. 그녀가 고통에 몸부림칠 때 자신은 아무것도 해 줄 수 없어서 안타까웠다고 했다. 그래서 아기를 낳기 싫다고 말했다.

하늘이 그의 입술에 잔잔하게 키스했다.

「이래도 안 돼.」

「딸 하나는 꼭 낳고 싶어요.」

그녀의 입술이 그의 몸을 타고 내려왔다. 그리고 그의 페니스에 머물며 그를 애태웠다.

「하늘아…….」

「가질 거예요.」

후안은 하늘을 이길 수 없다는 걸 알고 다시 하늘을 눕히고 자리를 잡았다.

「그래, 딸 하나 낳자.」

그이 말에 하늘은 피식 웃었다. 그리고는 다리를 벌려 그를 맞이했다. 그들의 뜨거운 시간은 밤새 계속되었다.

그리고 그날 그들에게 하늘에서 준 선물이 배달되었다.

『브라질의 하룻밤』 완결